고려말에서 조선 후기에 이르기까지 자료 총망라!!

고시조 해설 감상

황국산 옮김

太乙出版社

첫머리에

시조는 우리 민족 문화의 큰 맥을 이루고 있는 문학의 거대한 줄기이다. 고대에서부터 현대에 이르기까지 면면히 이어져 내려온 민족 정기를 한눈에 바라볼 수 있는 가장 선명한 정신적 유산이라는 점에서도 시조가 차지하는 비중은 실로 다대하다 아니할 수 없을 것이다.

우리 고유의 문학 장르인 시조의 발전 과정은 역사의 발달과 함께 그 흐름이 유여하다.

고려말에 완성되어 조선조 초기와 중기를 거치는 동안에 거의 완숙기에 접어들었고 현대에 이르러서도 그 틀과 내용이 보강되어 계속 맥을 키워나가고 있다.

최근 문단에서는 현대시를 쓰는 데에도 우리의 옛시의 운율적인 요소를 충분히 이해하고 응용할 줄 알아야만 보다 율동적이고 생동감 넘치는 현대시를 잘쓸 수 있다고 토로한다. 맞는 말이다. 제아무리 형식을 무시한 현대시라고 하더라도 운율적인 면이 완전히 무시된다면 그 시는 현대시로서도 상당한 값어치를 잃게 될 것이다.

어쨌든 우리의 고유시인 시조는 일편 문학적인 측면에서나 역사적인 측면에서나 대단히 자랑스러운 민족 문화 유산이 아닐 수 없다.

모든 문학이 다 그러하겠지만, 시조 역시 은유와 상징의 기묘(技妙)로서 창출되어진 예술의 진수이므로 이를 올바로 이해하기 위해서는 상당한 연구와 노력을 기울여야 할 것이다.

특히 시조가 갖는 틀의 한정성에 있어서 내용의 긴축은 불가피하므로 이의 올바른 이해를 위하여서는 풍부한 낱말의 어휘와 지식을 쌓는 일이 선행되어야 한다고 생각한다.

그동안 우리의 문학인 시조는 각계 각층의 작가들에 의해서 수없이 많이 지어져 왔고 읊어져 왔다. 대략적인 수치만으로 계산한다 하더라도 4,000여수가 훨씬 넘는 방대한 양의 시조가 지어졌다. 참으로 다대한 양이 아닐 수 없다.

내용 면에 있어서도 우리의 정신적인 면모와 역사적인 변천을 한눈에 살펴볼 수 있는 것들이 많아서 그 풍성함을 실로 감탄하지 않을 수 없다. 연마다 번뜩이는 예지와 해학과 풍자, 그리고 아름다운 자연 속에서 여유롭게 살아가는 넉넉한 풍류의 멋이 잘 나타나고 있다.

그러나 한정된 틀과 옛스러운 표현, 요즘과는 약간 다른 미의식으로 말미암아 현대의 독자들과는 그다지 가깝지 않은 일면이 없지 않은 것도 사실이다.

하지만 생활이 복잡해지고 문명이 발달할 수록 여유있는 삶이 필요한 것이다. 날마다 쌓이는 피로감은 한결 스트레스를 가중시킨다. 어디론가 찌들대로 찌든 삶의 현장을 벗어나고 싶은 심정이야말로 현대인이 가진 또 하나의 바램일지도 모른다.

육체적으로는 설혹 삶의 울타리 속에서 쫓기는 한이 있더라도 정신적으로는 조금이라도 여유있는 시간을 가져보는 것, 그것이야말로 다변화하는 현대를 살아가는 우리에게 있어서는 무엇보다도 필요한 안정된 삶의 조건일 것이다.

정신적인 여유를 갖기 위해서는 어떻게 하는 것이 가장 바람직한 일일까?

그것은 다름아닌 우리의 옛시를 음미하고 감상해 보는 것, 그리고 그 속에서 우리의 조상들이 살다간 삶의 여유있는 모습에 눈을 돌리고, 하해같은 정신의 높고 넓음에 함께 공감하는 것, 그럼으로써 우리도 조상들처럼 여유있는 마음을 가져보는 일이다.

마음이 여유로우면 삶 그 자체도 여유로와진다. 제아무리 육체적으로 쫓기는 일이라 하더라도 마음의 여유를 가지고 임하면 스트레스가 쌓이지 않는다. 현대병 중에 가장 무서운 병 중의 하나인 스트레스는 모든 다른 병의 근원이 된다. 따라서 스트레스의 처방, 즉 이의 예방과 치료는 정신적인 안정과 여유 속에서만 가능하다.

정신적인 여유를 갖는 가장 좋은 방법은 앞에서도 말했듯이 우리의 옛시를 감상하면서 조상들의 사상과 생활과 얼을 배우고 이해함으로써 우리 조상들의 드넓은 정신을 닮아가는 것이다. 이 책은 바로 현대인의 메마른 정신의 황무지를 개간하여 보다 정서적인 여유를 가진 아름다운 사상의 터밭을 가꾸어 보자는 견지에서 엮어진「고시조 해설 감상집」이다.

수없이 많은 시조 가운데 가장 모범이 되고 작품성과 시대성이 뛰어난 것들로만 추려 모아, 독자들의 이해를 더욱 돕기 위하여 각 시대별로 대별하여 실었다. 또한 내용적인 이해를 돕고, 감상을 원활히 할 수 있도록 하기 위하여 각 작품마다 어구풀이와 해설, 감상, 작가 소개를 덧붙였다. 그리고 필요한 경우에는 참고란을 두어 보충 해설을 달았다.

작품 하나하나에는 우리 조상들의 삶의 형태와 관습과 역사적인 면모와 지혜와 얼이 깃들어 있다. 이를 올바로 이해하고 감상하는 일이야말로 참으로 여유있는 삶을 살아가는 하나의 방편이 될 것으로 믿어 의심치 않는다.

바쁜 일과 속에서도 시간이 허락할 때마다 틈틈이 꺼내어 가까이 한다면 여러분의 생활에 새로운 활력소를 불러일으켜 주는 하나의 영약이 될 수도 있을 것이다.

가급적이면 독자 여러분이 보다 쉽게 시조를 이해하고 가까이 할 수 있도록 나름대로 체계를 잡아 엮고자 노력하였다. 전체를 제 5부로 나누었는데, 제 1부에서는 고려 말기의 시조를 다루었고 제 2부에서는 조선 전기의 시조를 다루었으며, 제 3부에서는 사회 혼란기인 임진왜란 이후에서 조선 말기에 이르는 동안의 시조를 수렴하였다. 그리고 제 4부에서는 시대와는 별도로 여류시조만을 모아 보았다. 제 5부에 있어서도 시대와는 무관하게 작가 미상의 무명씨시조들만을 모아서 엮어 보았다. 이렇게 하는 것이 아무래도 독자 여러분에게 시조의 올바른 이해와 독서의 편의를 도와주는 지름길인 것만 같아서 나름대로 쪼개어 본 것이다. 하지만 편자의 짧은 지식과 식견으로는 이만한 일조차도 상당히 벅찬 일이 아닐 수 없었다. 부족한 점이 있더라도 독자 여러분의 넓은 아량과 이해가 있기를 바란다. 아울러 이 책을 엮는데 기간(旣刊)의 고시조본(古時調本)과 해설서(解說書)를 다소 참조하였음을 밝혀둔다. 여러 편자 선생님들께도 감사를 드린다.

또한 이 졸편(拙編)으로 인하여 정작 독자 여러분의 마음에 다소의 여유라도 생긴다면 편자로서는 더없는 기쁨이 아닐 수 없겠다. 그럼 독자 여러분의 끊임없는 지도편달을 앙망하며, 여러분의 앞날에 아름다운 꿈과 함께 행복이 가득하기를 진심으로 기원한다.

엮은이 황 국 산 씀.

●차 례

제5부—무명씨시조(無名氏時調) — 303

제 1 부

고려 말기(高麗末期)의 시조(時調)

*고려 말기(高麗末期)의 시조

●고려 말기(高麗末期) 시조의 특징

시조가 형성되기 시작한 연대는 자세히 알려져 있지 않다. 학자들 간에는 삼국시대 때부터 시조가 발생하기 시작했다는 설도 있고 고려시대 때부터 시조가 형성되기 시작했다는 설도 있다.

그러나 대부분의 학자들은 고려 중기부터 시조가 형성되기 시작하여 고려 말기에 이르러 완성되었다고 주장하고 있다. 현재로서는 이 설이 가장 타당성있는 정설로 받아들여지고 있다.

시조의 형식은 초장·중장·종장의 3장으로 되어 있으며 자수는 45자 안팎이다. 형식의 엄격함과 함께 운율적인 면이 강한 단형적 정형시이다.

시조가 갖는 하나의 특징 중에는 작가에 의한 그 시대적인 세태가 작품 속에 반영되고 있다는 점이다.

고려 말기의 시조의 특징도 역시 그 당시의 시대적인 상황을 여실히 나타내 보여주고 있다는 점이다. 기울어져 가는 왕조에 대한 슬픔을 인생의 무상함에 비추어 노래한 작품이 대종을 이루고 있고, 지조와 배반의 상반되는 인간 갈등의 심리적 상황을 묘사한 작품도 눈에 띄게 표출되고 있다.

이러한 작품들이 쏟아져 나오게 된 동기는, 다름아닌 국가의 몰락과 새로운 왕조의 창생이라는 시대적인 특성에 기인되고 있다고 볼 수 있다.

고려 말기의 이러한 시조풍은 조선조의 초기에까지 이어지고 있다.

1. 春山에 눈 녹인 바람

> 춘산(春山)에 눈 녹인 바람 건듯 불어 간데 없다
> 젹은덧 빌어다가 마리 우희 불리고져
> 귀밑의 해묵은 서리를 녹여 볼까 하노라
>
> –우 탁–

♣ 어구풀이—

춘산(春山)에: 봄 산에. **춘산에 눈 녹인 바람**: 젊은 시절을 뜻함. **건듯**: 잠깐, 잠시, 문득. **젹은덧**: 잠깐, 잠시동안. **빌어다가**: 빌어 와 가지고. **마리**: 머리. 고어에서는 사람이나 짐승을 가리지 않고 쓰였으나 뒤에 사람의 '마리'만은 '머리'로 분화되었음. **우희**: 위에. **불리고져**: 불게 하고 싶구나. **해묵은 서리**: 여러 해 묵은 서리. '백발'을 은유함.

♣ 해설—

초장: 봄 철의 산에 남은 흰 눈을 녹인 바람이 불어오더니 가볍게 잠깐 불고는 간 곳이 없구나.

중장: 잠깐 동안만 그 바람을 빌어다가 내 머리 위에 불게 하고 싶구나.

종장: 그렇게 해서 귀밑에 여러해 동안 쌓인 묵은 흰 머리카락을 녹여서 검게 하고 싶구나.

♣ 감상—

이 시조는 오늘날 전해져 내려오는 고시조 중 널리 읽히고 있는 작품의 하나로 알려져 있다. 그것은 가장 평이한 낱말들로 이루어져 있으면서도 늙음에 대한 한탄을 어두운 면 없이 가장 적절하게 표현함으로써 누구나가 쉽게 공감할 수 있도록 쓰여졌기 때문이다. 예로부터 늙음을 한탄한 노래가 여러 편 있으나, 대부분이 슬픔에서 헤어나지 못하는 감상 위주의 작품이었는데 반해 이 시조는 그런 느낌보다는 다시 젊어지고 싶다는 긍정적인 정신이 담겨져 있음을 볼 수 있다.

♣ 작가 소개—

우 탁(禹倬, 1261~1342):고려 말기의 유학자. 자(字)는 천장(天章), 호(號)는 역동(易東). 고려 충선왕(忠宣王) 때부터 충숙왕(忠肅王) 때까지의 학자로 문과(文科) 급제 후 영해사록(寧海司錄)을 지냈으며 충숙왕 때는 벼슬이 성균제주(成均祭酒)에 이르렀다. 충선왕이 부왕(父王)의 후비와 밀통하자 이를 간(諫)한 뒤 벼슬자리를 내어놓고 예안(禮安)으로 들어갔다. 그는 당시 송나라의 정주학(程朱學)을 해득하여 후진에게 가르쳐 이학(理學)의 시초를 세움으로써 동방 이학(東方理學)의 시조(始祖)라 일컬어진다. 시호는 문희(文僖).

2. 한 손에 가시를 들고

한 손에 가시를 들고 또 한 손에 막대 들고
늙는 길 가시로 막고 오는 백발 막대로 치랴트니
백발이 제 몬져 알고 즈럼길로 오더라

—우 탁—

♣ 어구풀이—

가시:가시가 돋힌 나뭇가지. **막대**:막대기의 준말. 막다히>막다이>막대. **치랴트니**:치려고 하였더니. **제**:자기가. **몬져**:먼져. 몬져<먼져<먼저. **즈림길**:지름길, 첩경(捷徑).

♣ 해설—

초장:한 손에는 가시가 돋힌 나뭇가지를 들고, 다른 한 손에는 굵은 막대기를 들고서.

중장:늙어가는 것을 가시나무로 막으며 한편으론 나날이 불어나는 흰 머릿카락을 굵은 막대기로 쳐 물리쳐서 늙지 않으려고 애를 써 보았지만은.

종장:흰 머리가 그런 나의 속셈을 미리 알아차린 듯 가시나무도 굵은 막대기도 미치지 않는 지름길로 찾아와서 여전히 몸은 늙어만 가는구나.

♣ 감상—

이 시조는 '춘산에 눈 녹인 바람'이란 시조와 마찬가지로 늙음을 소재로 한 작품으로써 늙음에 대한 불가항력을 노래하고 있다. 세월의 흐름에 따라 다가오는 늙음과 백발, 그리고 죽음에 대한 두려움마저도 가시와 막대로 치려 하는 어리석음 저변에는 인간 내면의 깊은 허무감과 무상감마저 느끼게 하는 것이다. 이 시조의 밑바닥에는 체념과 아쉬움을 담고 있는 한편 자연의 이치에 순응하며 살아가려는 생활 자세를 포함하고 있어 이 노래의 가치를 더 높혀 주고 있다 하겠다. 또한, 춘향전 속에 나오는 백발가에 '오는 백발 막으려고 우수(右手)에 도끼 들고 좌수(左手)에 가시 들고, 오는 백발 두드리며 가는 홍안(紅顔) 걸어당겨 청사(青絲)로 결박하여 단단히 졸라매되'라는 구절은 이 시조가 평민들에 의해 널리 구송되는 과정에서 잡가화(雜歌化)된 것이라고도 볼 수 있겠다.

♣ 작가 소개—

우 탁(禹倬):앞 시조 참조.

3. 梨花에 月白하고

> 이화(梨花)에 월백(月白)하고 은한(銀漢)이 삼경인제
> 일지춘심(一枝春心)을 자규(子規)야 알랴마는
> 다정(多情)도 병인 양하야 잠못드러 하노라
>
> —이 조년—

♣ 어구풀이—

이화(梨花):배꽃. 청초(淸楚), 결백(潔白), 애상(哀傷), 냉담(冷淡) 등의 속성을 띠고 있음. **월백(月白)**:달이 환하게 비침. 은한: 비슷한 말에 은하(銀河), 천한(天漢), 천하(天河) 등이 있다. **삼경(三更)**:오후 11시부터 오전 1시까지를 일컬음. 즉 자정(子正)인 때로 하룻밤을 오경(五更)으로 나눌 때의 '한밤중'임. **초경(初更)**:오후 7시~9시, **이경(二更)**:오후 9시~11시, **삼경(三更)**:오후 11시~오전 1시, **사경(四更)**:오전 1시~오전 3시, **오경(五更)**:오전 3시~오전 5시. **일지춘심(一枝春心)**:나뭇가지 하나에 어리어 있는 봄철의 애상적인 정서. **자규(子規)**:소쩍새. '자규'의 별칭으로는 두견(杜鵑), 촉조(蜀鳥), 불여귀(不如歸), 망제혼(望帝魂), 귀촉도(歸蜀道), 소쩍새 등이 있다.

♣ 해설—

초장:하얀 배꽃이 활짝 피어 흰데다가 밝은 달빛이 비치니 한층 더 아름다운데 은하수를 쳐다보니 이미 밤은 깊은 자정을 넘었구나.

중장:저 배나무 가지 하나가 자아내는 봄철의 애상적인 마음을 소쩍새야 알 리 있으랴마는

종장:저 두견의 울음소리에 가슴 깊이 넘치는 인정이 많은 것도 병인 듯 싶어 잠못 들어 한다.

♣ 감상—

이 시조는 고려 시조 중 가장 문학성이 뛰어난 작품으로 섬세한 시적 감각을 지니고 있는 시조이다.

이 시조는 언뜻 보게 되면 남녀간의 상사의 정을 읊은 시조이다. 그러나 단순히 춘정(春情)만을 그린 시조가 아니고 임금을 그리는 사모의 정을 읊은 것이라고 해석하는 이들도 있다. 그렇게 해석한다면 이 시조는 매우 상징적인 수법으로 쓰여져 있음을 알 수 있다. 이는 그때의 정세로도 충분히 짐작될 수 있는 것으로, 작자는 충혜왕(忠惠王)의 음탕함을 수차 간언(諫言)하였으나 끝내 받아들여지지 않자 벼슬을 내어놓고 물러났었다. 그러므로 작자의 잠못 이루어 함은 임금에 대한 충정 〈일지춘심〉에 의한 것으로 해석될 수 있으며, 이 시조는 그런 만년(晩年)의 심경을 읊은 것으로 보여진다.

♣ 작가 소개—

이 조년(李兆年, 1269~1343):고려 말기의 학자이며정치가. 자(字)는 원로(元老), 호(號)는 매운당(梅雲堂), 백화헌(白花軒). 1294년(충렬왕 12년) 향공진사(鄕貢進士)로 문과에 급제 원나라에 여러 번 내왕했으며 왕을 모의 충선왕 모함사건에 연루되어 무고하게 유배되었다가 풀려났음. 그후 충혜왕이 복위하자 대제학(大提學)에 이르렀으며, 경사(經史)에 밝으며 성질이 곧고 깨끗하여 왕도 탄복함을 마지 않았다고 함.

4. 구름이 무심(無心)탄 말이

구 름이 무심(無心)탄 말이 아마도 허랑(虛浪)하다
중천(中天)에 떠 있어 임의로 다니면서
구태여 광명한 날빛을 덮어 무삼하리

—이 존오—

♣ 어구풀이—

구름:소인(小人), 간신(奸臣) 등을 암시한 말. 여기서는 고려 공민왕 때의 중, 신 돈(辛旽)을 일컬음. **무심탄**:사심(邪心)이 없다는, 나쁜 마음을 가지지 않았다는. **허랑(虛浪)하다**:됨됨이가 허무맹랑하여 믿기가 어렵다. **중천(中天)**:하늘 한 가운데. 여기서는 '조정' 의 비유. **임의(任意)**:마음대로. **구태여**:굳이, 하필이면. **무삼**:무엇, 무슨의 옛말. **날빛을**:햇빛을. 여기서는 '임금의 총명'을 비유적으로 표현한 말.

♣ 해설—

초장:이리저리 허공을 휘날려 덮는 구름이 아무런 생각이 없다는 말이 아무래도 믿어지지 않는 말이다.

중장:하늘 높이 한가운데로 마음대로 떠 다니면서

종장:왜 하필이면 굳이 밝은 햇빛을 쫓아가 덮어서 이 세상을 어둡게 하려드니 무슨 속셈인지 모르겠구나.

♣ 감상—

고려 말엽 공민왕 14년, 공민왕은 왕비 노국 공주(魯國公主)가 죽자 실의에 빠진 나머지 끝내는 국정(國政)은 멀리한 채 방탕한 생활을 하게 되었다. 이때 옥천사(玉川寺)의 사비(寺婢)의 아들이었던 요승(妖僧), 신 돈(辛旽)이 김 원명의 청으로 임금의 눈에 띄어 진평후(眞平候)에 오를 만큼 출세했다. 그는 임금의 총희를 기화로 온갖 사

악한 횡포를 저질러 백성들의 원성이 자자했다. 이에 이 존오는 정언(正言)으로써 신돈을 비난하는 상소문을 올렸으나 오히려 왕의 노여움만 사고 신 돈에 의해 하옥되기에 이르렀는데, 이 시조는 그 무렵의 작(作)으로 추측된다. 이 시조는 신 돈을 가리키는 '햇빛을 가리는 구름'으로 임금의 밑에서 사악한 간신을 비유한 것으로 중천(대궐)을 마음대로 떠 다니면서 임금의 총명을 흐리게 함을 개탄한 노래라 하겠다.

♣ 작가 소개—

이 존오(李存吾, 1341~1371):호(號)는 석탄(石灘), 고산(孤山). 자(字)는 순경(順慶). 고려 말엽의 문신 감찰규정(監察糾正)을 거쳐 벼슬이 우정언(右正言)에 올랐을 때, 국사를 전횡하는 요승 신 돈을 통렬히 비난하는 상소문을 올렸다가 왕의 노여움을 사서 면책을 당하게 된 마당에서 신 돈이 공민왕과 같이 상(床)에 걸터앉았음을 보고 큰 소리로 꾸짖으니 신 돈이 공의 눈빛을 보고 상에서 내렸다고 한다. 그러나 이로 말미암아 하옥되었으며 벼슬을 내놓고 공주(公州)의 석탄(石灘)으로 물러가 신 돈의 횡포를 개탄하다 죽으니 나이 31세였다. 공이 죽은 지 석 달만에 신 돈이 주살(誅殺)되니, 왕은 공의 충성에 느낀 바 있어 성균관 대사성(成均館大司成)을 추증(追贈)하였다.

5. 녹이상제(綠耳霜蹄) 살지게 먹여

녹이상제(綠耳霜蹄) 살지게 먹여 시냇물에 싯겨 타고
용천설악(龍泉雪鍔)을 들게 갈아 두러메고

장부(丈夫)의 위국충절(爲國忠節)을 세워 볼까 하노라

—최 영—

♣ 어구풀이—

녹이상제(綠耳霜蹄): 녹이(綠耳)는 하루에 천 리를 달린다는 날랜 말로 주나라 목왕(穆王)이 천하를 두루 다닐 적에 탔다는 팔준마(八駿馬) 중에 하나. 상제(霜蹄)는 날랜 말의 굽, 또는 날랜 말을 가리킴. 즉 녹이상제란 하루 천 리 길을 달리는 날랜 말을 가리킴. **용천설악(龍泉雪鍔)**: 용천(龍泉)은 옛날 중국에 있었던 보검(寶劍)의 하나. 설악(雪鍔)은 눈같이 흰 칼날이란 뜻으로 명검(名劍)을 이른다. 즉 용천설악이란 무척 좋은 칼을 의미한다. **살지게**: 살이 오르게. **두러메고**: 둘러메고. **장부(丈夫)**: 본래의 뜻은 다 자란 사내를 말함이나 흔히 씩씩한 사나이라는 뜻으로 쓰인다. 대장부(大丈夫)의 준말임. **위국충절(爲國忠節)**: 나라를 위하는 충성스러운 절개.

♣ 해설—

초장: 하루에 천리를 달리는 녹이상제 같은 날랜 말을 살오르게 잘 먹여 기운을 더욱 내게 하여, 맑은 시냇물에서 씻고 닦아 올라타고,

중장: 용천설악과 같은 보배로운 칼(명검)을 잘 들게 갈아 어깨에 둘러메고서

종장: 대장부의 나라를 위하는 충성된 절개를 세워 볼까 하노라.

♣ 감상—

고려 말 팔도 도통사(八道都統使)로 이름을 날리던 작자는 수차에 걸친 왜구와 홍건적의 침입을 격퇴하였으며 명나라를 치고자 군사를 일으키기도 하였으나 이 성계(李成桂)의 회군으로 말미암아 실패하고 그에게 피살되어 끝내 무인다운 기개와 포부가 좌절되고 말았다.

이 시조는 하루에 천 리나 달린다는 준마를 타고, 용천검을 갖춘 대

장부의 늠름한 기상과 무인으로서의 기개를 한껏 펼치고자 한 지은이의 우국 충정이 뚜렷하게 나타나 있다. 초장과 중장이 댓구를 이루면서 무인의 호기를 구상화했으며, 녹이상제는 명마(名馬)를, 용천설악은 명검(名劍)을 대유한 말이다. 종장은 이 시조의 핵심장으로 무인의 늠름한 우국충정이 '위국충절'에 직설적으로 나타나 있다. 한 가지 유감스러운 점은 관념적인 소재의 나열에 그쳤으며 주제도 직설적인 표현이어서 단조로움을 벗어나지 못했다는 점이라 하겠다.

♣ 작가 소개—

최 영(崔瑩, 1316~1388): 고려 말 우왕(禑王) 때의 명장(名將). 수차에 걸친 왜구의 침입을 물리쳤으며, 특히 2차에 걸친 대대적인 홍건적의 침입을 격퇴시켜 훈1등, 도형벽상공신(圖形壁上功臣)에 전리판서(典理判書)가 되었다. 친원파(親元派)로 우왕 14년에 명나라를 치고자 군사를 일으켰으나 이 성계의 회군으로 실패하고 그에게 피살되었다. 그의 작품에 무인의 기개를 읊은 시조 2수가 전한다.

6. 백설(白雪)이 잦아진 골에

백설(白雪)이 잦아진 골에 구름이 머흐레라
반가운 매화(梅花)는 어느 곳에 피었는고
석양(夕陽)에 홀로 서이서 갈 곳 몰라 하노라

—이 색—

♣ 어구풀이—

백설(白雪):흰 눈. '순결·결백·냉담' 등의 속성을 지닌 말로, 여기서는 고려 유신(遺臣)을 뜻함. **잦아진**:① 잦아진, 녹아 없어진. ② 자욱한. 여기서는 ①의 뜻을 지님. **골에**:골짜기에. **구름이**:'변화·무상·허황' 등의 속성을 지닌 말로, 여기서는 당시의 정치 상황을 대표하는 조선의 신흥 세력을 뜻함. **머흐레라**:머흘다는 험하다의 옛말. 험한 구름이 몰려들었구나! **매화(梅花)**: 사군자(四君子:梅·蘭·菊·竹)의 하나로 '지조·절개·충성'의 뜻을 가지며, 여기서는 우국충정(憂國衷情)을 가진 사람 뜻함. **석양(夕陽)**:낙조(落照), 여기서는 기울어져 가는 고려 왕조를 뜻함. **서이서**:서있어.

♣ 해설—

초장:흰 눈이 녹아서 조금씩 남아 깔려 있는 골짜기에 떠있는 구름장이 험상궂기만 하구나.

중장:그립고 반가운 매화는 어느 곳에 피어 있는가?

종장:날이 저물어 가는 석양(고려의 말기)에 홀로 서서 어데로도 갈 곳을 몰라 하는구나.

♣ 감상—

이 시조를 읽고 있노라면 고려의 유신(遺臣)으로 기울어져 가는 나라를 바라보며 안타까와 하는 모습이 눈에 선하다.

여기서는 '백설'을 기울어져 가는 고려 왕조의 선비들에게 비유하고, '구름'은 새 세력으로 이 성계를 중심으로 새 나라의 건설을 꾀하는 신흥세력에 견주고, '매화'에 애국지사를 그리워 하는 뜻을 숨기어 무너져 가는 고려 왕조의 황혼에 개혁파들 사이에 끼어 나라를 걱정하는 선비가 자기의 처신을 어찌할 줄 몰라 하는 심정을 읊은 것이다. 즉, 이 시조는 조선 건국을 위한 신흥 세력은 날로 팽창하고 고려 왕조는 점점 기울어져 가는 상황 속에서, 일부 충신들의 왕조를 다시 일으키려는 우국 충정이 낳게 한 작품이라 하겠다.

♣ 작가 소개—

이 색(李穡, 1328~1396):자(字)는 영숙(穎叔), 호(號)는 목은(牧隱). 문신·학자. 고려 말 삼은(三隱)의 한 사람으로 공민왕(恭愍王) 때 문하시중

(門下市中)을 지냈으며, 예문관 대제학(藝文館大提學), 성균관 대제학(成均館大提學) 등 최고 명예를 누리었다. 그러나 조선 건국 후 태조(太祖)가 벼슬에 나오기를 권했으나 끝내 거절하였다. 이 제현(李齊賢)과 쌍벽을 이루는 문장가로 그의 문장이 조선 중엽까지 문풍을 지배하였다. 저서에 목은집(牧隱集) 55권이 전한다.

7. 가마귀 싸우는 골에

가마귀 싸우는 골에 백로(白鷺)야 가지 말아
성난 가마귀 흰빛을 새오나니
창랑(滄浪)에 좋이 씻은 몸을 더러일까 하노라

—정 몽주 모당(母堂)—

♣ 어구 풀이—

가마귀:'까마귀'의 옛말. 여기서는 이 방원을 비롯한 신흥 왕업(新興王業) 세력과 소인배의 무리를 견주어 한 말. **골**:골짜기. **백로(白鷺)**:해오라기. 부리·목·다리가 모두 길고 깃과 털이 새하얗다. 여기서는 충신을 지칭하며, 정 몽주 모당의 작이라면 구체적으로 '정 몽주'를 가리킨 것이라 볼 수 있음. **새오나니**:샘내나니, 시기하나니, 미워하나니. **창랑(滄浪)**:푸른 물결. **더러일까**:더럽힐까의 옛말. **좋이**:여기서는 好의 뜻이 아니라 *淨潔*의 뜻으로, 깨끗이 또는 알뜰히.

♣ 해설—

초장: 검은 까마귀같이 나쁜 무리들이 몰려들어 싸우는 곳에 백로와 같이 깨끗하고 순결한 이들은 가지 말아라.

중장: 성이 난 까마귀떼들이 새하얀 네 모습을 시기하며 미워할 것이니

종장: 푸른 물에 깨끗이 씻은 네 결백한 심신(心身)을 더럽히지나 않을까 염려되는구나.

♣ 감상—

이 시조가 쓰여진 시기의 시대적 상황은, 이 성계 일파와 그의 아들이 방원이 기울어져 가는 고려 왕조를 폐하고 역성 혁명에 주력하고 있었던 때로 이 과정에서 고려말의 유신들을 회유하려고 했다. 이 시조는 정 몽주의 모당(母堂)이 아들의 장래를 염려하여 처신에 대한 훈계로써 지은 작이라고도 하고, 아들이 이 성계를 문병가던 날(저녁 무렵)에 간밤의 꿈이 흉하다 하며 문밖까지 따라 나와 아들이 감을 말리면서 부른 노래라고도 한다. '가마귀' '백로' 등의 대조적인 시각적 이미지를 사용하여 비유적으로 표현하고 있는 이 시조에는 자식의 장래를 걱정하는 어머니의 사랑과, 혼란스러운 나라의 현실을 개탄하는 정신이 엿보인다 하겠다.

♣ 작가 소개—

정 몽주 모당(鄭夢周 母堂):「가곡원류(歌曲源流)」에는 정 몽주 모당의 작(作)이라 적혀 있고,「약파만록(藥皈漫錄)」이란 책에는 이와 비슷한 내용의 작품이 한역(漢譯)으로 전해져 연산군 때의 김 정구(金鼎九)의 작(作)이라 하는 설(說)도 있음.

8. 이런들 엇더하며

이런들 엇더하며 저런들 엇더하리

만수산(萬壽山) 드렁츩이 얼거딘들 긔 엇더리
우리도 이가치 얼거져 백년까지 누리리라

–이 방원–

♣ 어구 풀이—

이런들:이러한 들. **엇더하며**:어더하며. **만수산(萬壽山)**:개성 서쪽에 있는 산 이름. 고려 왕실의 일곱 능(陵)이 있음. **드렁치**:둔덕을 따라 뻗어난 칡덩쿨. **긔**:그것이. '그'는 드렁치처럼 얽힌 것을 말함. **엇더리**:어떠하겠는가? **이가치**:이같이. **누리리라**:살아가리라.

♣ 해설—

초장:이렇게 산들 어떠하며 저렇게 산들 어떠하겠는가?

중장:저 만수산의 드렁칡이 마구 얽혀진 것처럼 살아간들 그것이 어떠하겠는가?

종장:우리도 이와 같이 어우러져서(왕씨니 이씨니 할 것 없이 그대로 어우러져서) 한 백 년 살 수 있는 날까지 사는 것이 어떠하겠는가?

♣ 감상—

이 작품은 이 방원(李芳遠)이 혁명전야(革命前夜)에 고려말 충신인 정 몽주를 회유하기 위해 지은 것으로, 역성혁명(易姓革命)의 주동적인 역할을 담당했고 왕위 찬탈을 위해 두 번이나 왕자의 난을 일으켰던 지은이의 정치적 야심이 여실히 나타난 작품이다. 무력을 동원해 고려를 무너뜨리고 정권을 장악한 이씨 왕조는 역성혁명의 정당성과 민심 수습을 위해 정 몽주라는 명망 높은 고려 유신의 도움이 필요했으나 정 몽주는 고려 왕조에 대한 충성을 버리지 않았다. 이에 이 방원이 정 몽주의 마음을 타진하기 위하여 비유적으로 이 시조를 지어 부르니 정 몽주는 안색도 변하지 않고 떳떳하게 자기의 뜻을 역시 시조로써 답하였다고 한다.

이 시조는 한역으로도 전하는데 한역시 명칭은「하여가(何如歌)」라고 한다.

♣ 작가 소개—

이 방원(李芳遠, 1367~1422):이조 제 삼대 왕 태종(太宗). 조선조 태조(太祖)의 다섯째 아들. 휘(諱)는 방원(芳遠). 부친 이 성계를 도와 정 몽주를 제거하는 등 조선 건국에 큰 공로가 있으며, 즉위 후 관제를 고치고 신문고(申聞鼓)를 두었으며 호패(號牌)의 제도를 다시 시작하려 호구(戶口)를 밝히고 학문을 장려하고 주자소(鑄子所)를 두어 활자(活字)를 만들어 책을 간행하는 등 정사에 많은 힘을 기울였다.

♣ 참고—

한역시(심광세의「해동악부(海東樂府)」

〈何如歌〉

此亦何如 彼亦何如(차역하여 피역하여)
成隍堂後垣 頹落亦何如(성황당후원 퇴락역하여)
我輩若此爲 不死亦何如(야배약차위 불사역하여)

9. 이 몸이 죽고 죽어

이 몸이 죽고 죽어 일백 번 고쳐 죽어
백골(白骨)이 진토(塵土)되어 넋이라도 있고
없고

님 향한 일편단심(一片丹心)이야 가실 줄이 이시랴

—정 몽주—

♣ 어구 풀이—

고쳐 죽어: 다시 죽어. 거듭 죽어. **백골(白骨)**: 죽은 지가 오래 되어서 살이 없어지고 삭아빠진 흰 뼈. **진토(塵土)**: 티끌과 흙. 뼈마저 삭아서 한 줌의 흙, 먼지가 되고 마는 것을 말함. **넋**: 영혼, 정신. **님**: 여기서는 임금을 뜻함. **일편단심(一片丹心)**: 일념에서 우러나오는 충성스러운 마음. 한 조각 붉은 마음. 즉 충성된 마음을 뜻함. **가실**: 변할. 바뀔. **줄이**: 까닭이. **이시랴**: 있겠는가.

♣ 해설—

초장: 이 몸이 죽고 또 죽어서 일백 번 아니 천백 번이나 거듭 죽는 일이 있어

중장: 흰 뼈가 다 부서지고 또 다시 부서져 티끌과 흙덩이가 먼지처럼 되어져 넋이라도 있게 되거든 없게 되든지간에

종장: 임금님께 향하는 한 조각의 충성된 마음이야 변할 까닭이 있겠는가?

♣ 감상—

이 시조는 고려 말기의 이 성계의 아들인 이 방원이 포은 정 몽주의 마음을 떠봄과 동시에 회유하기 위하여 그를 연회석상에 초대하여 하여가(何如歌)를 부르자 정 몽주는 이 단심가(丹心歌)로서 화답하여 고려 왕조에 대한 충성심을 저버리지 않을 뜻을 나타낸 것이다. 이 시조를 듣고 정 몽주가 뜻을 꺾지 않을 것임을 눈치챈 이 방원은 심복 조 영규를 시켜 그를 선죽교에서 살해시키고 만다. 이와같이 정몽주는 자신의 굳은 절의를 보임으로써 끝내 이 방원의 무리에 의해 무참한 죽음을 당하게 되고 만다. 정 몽주는 유학자인 동시에 '忠臣不事二君(충신불사이군)'의 정신을 지킨 참다운 충신이라 하겠다.

♣ 작가 소개—

정 몽주(鄭夢周, 1337~1392):고려 말의 학자이며 정치가. 자는 달가(達可), 호는 포은(圃隱), 시호는 문충(文忠). 고려 삼은(三隱) 중의 한 사람. 벼슬은 문하시중(門下侍中)을 지냈다. 성리학(性理學)에 조예가 깊어 동방 이학지조(東方理學之祖)라 불렀으며, 학당(學堂), 향교(鄕校)를 세워 유학을 크게 일으켰다. 고려조에 충성하려는 일편단심(一片丹心)으로 절개를 지키다가 피살되었다.

♣ 참고—

한역시 심 광세의「해동악부(解東樂府)」와「포은집(圃隱集)」
此身死了死了 一百番更死了(차신사료사료 일백번갱사료)
白骨爲塵土 魂魄有也無(백골위진토 혼백유야무)
向主一片丹心 寧有改理與之(향주일편단심 영유개리여지)

10. 벽해 갈류후의

벽해(碧海) 갈류후(渴流後)의 모래 모혀 셤이되야
무정 방초(無情芳草)는 해마다 푸르로되
엇더타 우리의 왕손은 귀불귀(歸不歸)를 하느니

—정 몽주—

♣ 어구풀이—

벽해 갈류후(碧海 渴流後)의:푸르고 깊고 넓은 바닷물이 다 마른 뒤에. 모

혀:모여, 모여서. **셤**:섬(島). **셤이되야**:섬이 되어. **무정방초(無情芳草)**:아무런 감정이 없는 푸릇푸릇한 풀. 잡초(雜草). **푸르로되**:푸르른데. **해마다 푸르로되**:해마다 철이 되면 저절로 푸르러지는데. **엇더타**:어찌하여. **귀불귀(歸不歸)**:한번 돌아가면 다시 돌아오지 않음.

♣ 해설—

초장:푸른 바닷물이 다 말아버린 뒤에 모래가 모여 섬이 되고.
중장:속절없는 풀과 꽃은 해마다 다시 그 철이 되면 저절로 푸르러지는데
종장:어찌하여 우리의 왕손만은 한 번 가고는 다시 오지를 못하는가?

♣ 감상—

이 시조에는 자신이 섬기던 왕조가 멸망함을 한탄하는 고려 유신의 안타까운 심정이 자연의 섭리와 대조를 이루며 잘 묘사되어 있다. 느낌이나 감정조차 없는 잡초마저도 때가 되면 다시 푸르름을 되찾는데, 즉 자연은 예대로 변함이 없는데 인간 세상은 그렇지 않다는 허무와 무상이 서려 있는 작품이다.

♣ 작가 소개—

정 몽주(鄭夢周):앞 시조 참고

11. 선인교 나린 물이

선인교(仙人橋) 나린 물이 자하동(紫霞洞)에 흐르르니
반천년(半千年) 왕업(王業)이 물소리뿐이로다

아희야, 고국흥망(故國興亡)을 무러 무엇하리요

—정 도전—

♣ 어구 풀이—

선인교(仙人橋):개성 자하동에 있는 다리 이름. **나린**:내리는, 흐르는 '나리는'이라고 해야 할 것을 음수율을 맞추기 위해서 한 음절을 줄인 것임. **자하동(紫霞洞)**:개성 북쪽 송악산 기슭에 있는 골짜기인데, 골이 그윽하고 경치가 뛰어난 곳이다. **흐르르니**:흐르니. 기본형은 '흐르다'인데 음률을 고르기 위해 '르'가 덧붙여 쓰인 것임. **반천년(半千年) 왕업(王業)**:오백년 고려조의 업적. **아희(兒禧)야**:아아. 감탄사. **고국(故國)**:① 조상이 살던 고향인 나라. 본국 ② 역사가 오랜 옛 나라. 여기서는 '고려'를 뜻함. **흥망(興亡)**:흥하고 망함. **무러**:'물어'의 연철표기.

♣ 해설—

초장:선인교에서 흘러 내린 물이 자하동으로 흐르니

중장:오백년 동안의 고려 왕조의 왕업이 단지 저 물소리에만 붙어 있구나.

종장:아아, 세상 일이 이렇게 변하는 것이니, 옛 나라의 흥하고 망함을 물어서 무엇하겠는가?

♣ 감상—

정 도전(鄭道傳)은 공민왕 때 태상박사를 지내다가, 일시 귀향 가게 된 일도 있었으나 다시 이 성계의 추천으로 성균대사성(成均大司城)이 되어 이 성계 일파에 동조하여 이조 개국공신이 되었다.

이 시조에서는 고려 유신으로서 새로운 왕조를 섬겨야 하는 괴로움, 즉 두 왕조를 섬겨야 하는 지은이의 고뇌하는 심정이 잘 나타나 있는 반면에 자기 자신의 처세를 합리시키는 일면도 나타나 있다.

오백년의 긴 세월을 두고 이끌어 왔던 고려 왕업이 이제는 물소리

뿐 남은 것은 아무 것도 없다. 그러므로 이 시조의 종장에서 '옛 나라 고려의 흥망을 슬퍼 무엇하랴. 물처럼 흥망도 새로와 가는 것이니, 저 물처럼 한 세상 살아보자'라고 노래함으로써 지은이의 자기의 고뇌를 잊고 앞날을 바라보며 살려함이 잘 나타나 있다. 이 시조는 정 몽주의 '이 몸이 죽고 죽어'에서 나타난 인생관과는 커다란 대조를 이룬다 하겠다.

♣ 작가 소개—

정 도전(鄭道傳, ?~1398):자(字)는 종지(宗之). 호(號)는 삼봉(三逢), 태조(太祖). 이 성계를 도와 조선의 개국공신이 되었고 벼슬은 삼도 도통사(三道都統使)에 이르렀으나, 뒤에 세자 방석(芳碩)을 옹립(擁立)하려다가 제1차 왕자의 난 때 방원(芳遠)에게 처형되었다. 정 총(鄭摠) 등과 고려사 37권을 찬술하였고, 조선 건국을 찬양한 「납씨가(納氏歌)」, 「정동방곡(靖東方曲)」, 「문덕곡(文德曲)」, 「신도가(新道歌)」등의 악장(樂章)을 지었다.

♣ 참고—

〈작가의 저서〉

- 납씨가(納氏歌):태조가 야인(野人)을 격퇴한 훈공(勳功)을 노래함.
- 문덕곡(文德曲):태조의 문덕(文德)을 찬양함.
- 신도가(新道歌):태조의 덕과 새 수도인 한양(漢陽)의 경치를 찬양.
- 정동방곡(靖東方曲) : 태조의 위화도회군(威化島回軍)을 찬양.

12. 흥망이 유수하니

흥망(興亡)이 유수(有數)하니 만월대(滿月臺)도 추초(秋草)로다
오백년 왕업(王業)이 목적(牧笛)에 부쳤으니

> 석양(夕陽)에 지나는 객(客)이 눈물 계워 하노라.
>
> —원 천석—

♣ 어구 풀이—

흥망(興亡):떨쳐 일어남과 망하여 없어짐. **유수(有數)하니**:운수에 달려 있으니. **만월대(滿月臺)**:개성시 북부 서쪽 송악산(松嶽山) 기슭에 널찍히 대(臺)를 이룬 터전으로 남아 있다. 즉 고려의 왕궁터. **추초(秋草)로다**:가을 풀이로다(황폐하였도다). **왕업(王業)**:왕조(王朝)의 업적. **목적(牧笛)**:목동의 피리소리. **부 이니**:남겨 있으니. 남기어 있으니. 깃들었으니. **눈물 계워 하노라**:눈물을 이기지 못하게 하도다.

♣ 해설—

초장:나라의 흥하고 망함이 다 운수에 매여 있으니, 고려의 왕궁터 만월대도 쓸쓸히 가을 풀에 덮히어 황폐하구나.

중장:고려 오백 년의 왕조의 업적이 흔적없이 사라지고, 다만 목동의 피리 소리만이 그 여운을 머금고 있을 뿐이니.

종장:해지는 저녁에 지나가는 길손이 흐르는 눈물을 참을 수 없어 하더라.

♣ 감상—

원천석은 고려의 국운이 기울자 원주에 있는 치악산(雉岳山)에 들어가 속세와의 인연을 끊고 지냈다. 이 방원이 스승인 그를 불렀으나 끝내 거절하고는 고려 왕조를 섬긴 유신으로서의 충절을 지켰다.

이 시조는 회고가(懷古歌)로서, 자신이 섬기던 고려 왕조는 무너지고 이씨 조선으로 바뀐 후 옛 고려 시대의 추억을 회고하며 고려의 망함을 슬퍼하고 인생의 무상함을 한탄한 노래이다. 이 시조는 당(唐)나라 두보(杜甫)의 시, '국파산하재(國破山河在) 성춘초목심(成春草木深)' 글귀와 비슷한 주제를 가진 시조로 흘러간 옛일을 노래함이

어딘가 상통하는 면이 있다고 하겠다.

♣ 작가 소개—

원 천석(元天錫, 생몰 연대 미상):자(字)는 자정(子正), 호(號)는 운곡(耘谷). 원주(原州) 사람으로 고려 말의 은사(隱士). 고려 왕조가 쇠망함을 슬프게 여겨 치악산(雉岳山)에 들어가 몸소 밭갈며 지냈다고 한다. 이조 태종이 어릴 때 그에게 글을 배웠으므로 태종이 즉위한 후에 누차 그를 불렀으나 거절하고 나오지 않았다. 야사(野史) 6권을 저술하였으나 국사와 저촉됨이 많아 증손대에 이르러 화를 미칠까 두려워 불태웠다고 한다. 주요 작품으로 「운곡시집(耘谷詩集)」, 「회고가(懷古歌)」등 시조 2수가 전한다.

♣ 참고—

〈두보의 시 「춘망(春望)」〉
國破山河在 城春草木深(국파산하재 성춘초목심)
感時花濺淚 恨別鳥驚心(감시화천루 한별조경심)
烽火連三月 家書抵萬金(봉화연삼월 가서저만금)
白頭搔更短 渾欲不勝簪(백두소갱단 혼욕불승잠)

13. 눈 맞아 휘어진 대를

눈 맞아 휘어진 대(臺)를 뉘라서 굽다턴고
굽은 절(節)이면 눈 속에 푸를소냐
아마도 세한고절(歲寒孤節)은 너뿐인가 하노라

—원 천석—

♣ 어구 풀이—

대를:대나무(竹)를. **뉘라서**:누가. **굽다턴고**:굽었다고 하는가. **절**:절(節)은 절개, 절조의 준말. **세한고절(歲寒孤節)**:한겨울 추위에도 이겨낼 높은 절개.

♣ 해설—

초장:눈이 쌓이고 쌓여서 굽어진 대를 그 누가 굽었다고 말하더냐?

중장:쉽사리 굽을 절개라면 이 차디찬 눈 속에서 푸른 채로 남아 있겠는가?

종장:아무리 생각해 보아도, 이 추운 겨울철에 외롭게도 절개를 지켜 나아감은 오직 너뿐인 것 같구나.

♣ 감상—

초장의 '눈 맞아 휘어진 대'에서 '눈'은 새 왕조에 협력을 강요하는 압력, '휘어진'은 새 왕조의 압력과 유혹 속에서도 견디는 고충을 나타냈으며, 중장은 속세와 절연하고 은둔하여 절개를 지키는 고려 유신들의 정신이 잘 형상화되었다.

옛부터 대나무는 절조의 상징으로 손꼽는다. 여기서의 '대'는 좀더 구체적으로 말한다면 지은이 자신을 가리키는 것으로, 태종의 부름에도 끝내 응하지 않고 고려 왕조에 대한 절개를 잃지 않던 자신의 굳은 신념을 뜻함이다. 이 시조는 인간의 무력함, 특히 권세에 아첨하여 조석(朝夕)으로 변하는 인심의 천박함과 무력함을 노래한 것이라 볼 수 있다.

♣ 작가 소개—

원 천석(元天錫):앞 시조 참조.

14. 오백년 도읍지를

오백년 도읍지(都邑地)를 필마(匹馬)로 돌아

드니
산천(山川)은 의구(依舊)하되 인걸(人傑)은
간 데 없네
어즈버 태평연월(太平烟月)이 꿈이런가 하노
라

—길 재—

♣ 어구 풀이—

도읍지(都邑地):서울로 정한 땅. 여기에서는 고려의 500년 동안 서울이었던 송도(松都). 곧, 개성(開城)을 말함. **필마(匹馬)**:한 필의 말. '匹'에는 '匹夫(필부)', 곧 벼슬이 없고 신분이 낮은 남자란 뜻도 포함됨. **돌아드니**:돌아들어오니. '돌다(廻)+들다(入)'. **의구(依舊)하되**:예와 다름 없으되, 옛 모습대로 남아 있는데. **인걸(人傑)**:뛰어난 사람. 빼어난 인재. 여기에서는 고려 때의 훌륭한 신하. **어즈버**:아아, 감탄사. **태평연월(太平烟月)**:태평하고 안락한 세월. 여기서는 고려 왕조의 융성하던 때를 가르킴. **꿈이런가**:꿈이던가.

♣ 해설—

초장:고려의 오백년 왕조가 도읍하던 옛 서울인 개성 땅으로 한 필의 말에 몸을 싣고 둘러보며 들어오니,

중장:산천의 모습은 예나 지금이나 다름이 없건마는, 이름을 떨치던 많은 훌륭한 인물들은 간 곳이 없구나.

종장:아아! 태평 세월이던 고려 시대도 하룻밤의 허무한 꿈이었던 것만 같구나.

♣ 감상—

이 노래는 원 천석의 시조 '흥망이 유수하니……'와 더불어 문학사

상 고려 유신 회고가(高麗遺臣懷古歌)라고 일컬어진다.

'필마'에는 벼슬하지 않은 자신의 외로운 신세, '태평연월'은 고려조의 태평했던 시절, '꿈이런가'에는 일장춘몽(一場春夢)과도 같은 무상감이 비유적으로 나타나 있다. 이 시조는 지은이가 고려의 왕도인 개성을 말을 타고 둘러보며 고려의 망함을 슬퍼하며 읊은 것으로, 절의(節義)있는 고려 유신으로서 두 왕조를 섬길 수 없다는 작가의 굳은 절개가 엿보이는 작품이라 하겠다.

♣ 작가 소개—

길 재(吉再, 1353~1419): 자(字)는 재부(再父). 호(號)는 야은(冶隱), 금오산인(金烏山人). 고려말 삼은(三隱:圃隱·牧隱·冶隱)의 한 사람으로 이색, 정 몽주, 권 근등으로부터 성리학을 배웠다. 고려 우왕(禑王) 때에 성균관 박사(成均館博士), 창왕(昌王)때에 문하주서(門下註書)를 지냈다. 이조 개국후 정종(定宗) 2년에 태상박사(太常博士)에 임명되었으나, 두 왕조를 섬길 수 없다 하여 거절하고 후진 교육에 힘썼다. 저서로는「야은집(冶隱集)」, 문집에「야은선생언행습유(冶隱先生言行拾遺)」가 있다.

제 2 부

조선 전기(朝鮮前期)의 시조(時調)

*조선 전기(朝鮮前期)의 시조

● 조선 전기(朝鮮前期) 시조의 특징

조선 전기의 시조는 건국 초기에 해당하는 시대적인 상황을 잘 나타내 보여 주고 있다. 조선 왕조가 건국 이후에 쓰기 시작한 혁신 정책은 다름아닌 숭유척불(崇儒斥佛) 정신의 고양과 성리학(性理學)의 권장이었다. 이에 대한 고려왕조 시대의 충신들과 조선조의 건국 공신들의 상반되는 사상적인 갈등이 그대로 시조 속에 나타나고 있는 것이다.

왕조에 대한 교체와 신구 충신들의 갈등에서 오는 심리적인 요인들이 조선 전기의 시조에 상당한 영향을 미친 것이다. 말하자면 고려 유신(遺臣)들의 구시대에 대한 회고와 은거에 대한 현실 비판, 그리고 인생의 무상에 대한 착잡한 심적 묘사가 시조 내용의 주를 이루고 있었던 것이다.

그러다가 차츰 새 왕조가 안정되어 가기 시작하자 태평성세를 노래하는 시인들이 많이 등장하게 되었다. 이때에 지어진 시조는 대부분 한가한 시대에 대한 예찬과 자연의 아름다움에 대한 찬미, 그리고 주군(主君)의 은혜에 대한 감사의 마음이 주조를 이루고 있다.

조선 전기에서 조선 중기인 임진란 이후부터는 사회적인 격변의 소용돌이 속에서 갖는 특수한 시대 상황이 부여됨에 따라 시조 역시 시대 조류를 따라 변화하고 있다.

15. 술을 취케 먹고

> 술을 취(醉)케 먹고 오다가 공산(空山)에 지니
> 뉘 날 깨우리 천지즉금침(天地卽衾枕)이로다
> 광풍(狂風)이 세우(細雨)를 몰아 잠든 나를 깨와다
>
> —조 준—

♣ 어구 풀이—

취(醉)케 먹고: 취하게 먹고. **공산(空山)**: 아무도 없는 산중. **지니**: '자니'의 오기(誤記)인 듯하다. **뉘**: 누구가. **깨우리**: 깨우겠는가? **천지즉금침(天地卽衾枕)**: 금침은 베개와 이불. 즉 하늘과 땅이 곧 이불과 베개. **광풍(狂風)**: 사납고 매서운 바람. **세우(細雨)**: 가랑비. 가는 비. 이슬비. **깨와다**: 깨우다.

♣ 해설—

초장: 술에 몹시 취하여 돌아오다가 그만 아무도 없는 산중으로 들어가 쓰러져 버렸다.

중장: 하늘과 땅을 이부자리로 삼아 드러누웠으니, 아무도 나를 깨우지는 않으리라.

종장: 어느 때나 되었는지, 사납게 불어 오는 바람이 가는 비를 몰아다가 뿌리면서 곤히 잠든 나를 깨워 놓고야 마는구나.

♣ 감상—

이 시조의 지은이 조 준은 우왕 때 위화도 회군 이후 1392년 이 성계를 도와 개국 공신이 된 인물이다. 조선의 창업도 끝나고 민심도 수습되어 안정을 되찾게 되자, 지은이는 그 동안의 긴장에서 풀려나 어느정도 마음의 여유가 생겼을 것이다. 이 작품은 그러한 지은이의 정신적 여유에서 우러나온 것으로 술 취한 이의 호통함이 엿보이는 시조이다.

♣ 작가 소개—

조 준(趙浚, 1346~1405):자(字)는 명중(明仲), 호(號)는 우재(吁齊) 또는 송당(松堂). 고려말 우왕 2년에 통례문 부사(通禮門副使)가 되고 대호군(大護軍), 지제교(知製教)를 거쳐 전법판서(典法判書)를 지냄. 그후 이 성계를 추대하여 이조 창업시의 개국공신으로 꼽히었다.

16. 초산 우는 호와

초산(楚山) 우는 호(虎)와 폐택(沛澤)에 잠긴 용(龍)이
토운생풍(吐雲生風)하여 기세도 장할시고
진(秦)나라 외로운 사슴은 갈 곳 몰라 하노라

—이 지환—

♣ 어구 풀이—

초산(楚山) 우는 호(虎):초나라 땅에서 일어난 항우(項羽)를 가르킴. 항우는 유방과 더불어 진나라를 멸망시키고 서초(西楚)의 패왕(霸王)이라 자

처하였음. **폐택(沛澤)에 잠긴 용(龍)**:유방(劉邦)을 가리킴. 유방은 패(沛)의 사람. 항우를 범으로 비유했기 때문에 그의 생국인 초나라를 초산(楚山)이라 했고 유방을 용으로 비유했기 때문에 폐택(沛澤)이라 했던 것이다. 유방은 후에 한(漢)나라 고조가 됨. **토운생풍(吐雲生風)**:용은 구름을 토하고 범은 바람을 일으킴을 뜻하는 말. 즉 용이나 범의 활동을 비유한 것임. **진(秦)나라**:춘추시대(春秋時代)에 중국 서방에 있던 나라로서 진시황(秦始皇)에 이르러 천하를 통일하였으나 불과 3대 15년으로서 한 고조에게 멸망되었다. **외로운 사슴**:진나라 마지막 임금인 자영(子嬰)을 가리키는 말.

♣ 해설—

초장:초(楚)에서 일어난 범같이 날래고 사나운 항우(項羽:楚霸王)와 패(沛)에서 일어난 용같은 유방(劉邦:漢高祖)이

중장:서로 맞붙어 천하를 휘어잡고자 구름을 토하며 회오리 바람을 일으키니 그 기세야말로 장관이로구나.

종장:이런 와중에서 진나라를 잃게 된 자영(子嬰)이 어찌할 바를 모르고 있구나.

♣ 감상—

이 시조는 기울어져 가는 고려 말엽의 상황을 진(秦)의 멸망 당시의 상황과 견줌으로써 비유적으로 표현하고 있다. 여기에서의 항우와 유방이 기세등등한 신흥 세력인 이 성계 일파를 비유한 것이라면, 항우와 유방의 권력 다툼 사이에 끼어 어찌할 바를 몰라 하는 진나라 외로운 사슴, 즉 자영은 이 성계에 의해 몰락해가는 고려 왕조를 비유하고 있음을 쉽게 알 수 있다. 초장과 중장의 기세등등한 이 성계 일파의 모습과 종장의 초라한 고려 왕조의 모습을 대조적으로 나타낸 이 시조는 개국파, 즉 이씨 왕조의 승리를 나타낸 시조라 하겠다.

♣ 작가 소개—

이 지란(李之蘭, 1331~1402):자(字)는 식형(式馨). 고려 말엽의 명장(名將)인데 본디 중국인으로 본성은 퉁(佟)이다. 원(元)나라 말엽에 피난을 나와 여진부락(女眞部落)에서 눌러 살고 있었다. 활을 잘 쏘며 용맹이 뛰어났

으므로 일찍부터 이 성계와 친교가 있어서 그의 부장(部將)이 되어 많은 전공(戰功)을 세웠다. 특히 운봉(雲峰)의 왜적(倭敵)을 무찌를 적에는 크게 공을 세운 바 있었다. 이 성계의 창업에 많은 공을 세웠고 태조가 왕위에 오르자 개국공신으로 벼슬길에 올랐다가 오래지 않아 중이 되어 불도(佛道)를 닦으며 여생을 마쳤다.

17. 내해 좋다 하고

내해 좋다 하고 남 슬흔 일 하디 말며
남이 한다 하고 의(義) 아녀든 좃디 마라
우리는 천성(天性)을 딕히여 삼긴대로 하리라

—변 계량—

♣ 어구 풀이—

내해:나에게. **좋다**:원래 15세기 표기는 '두다'이다. 그 당시 '두다'는 '好'의 뜻이었고 '좋다'는 '淨'의 뜻이었음. 여기서는 '好—좋아하다'의 뜻임. **슬흔**:싫은. **하디 말며**:하지 말며. **의(義) 아녀든**:옳은 일이 아니면. **좃디 마라**:쫓지 말라. 따르지 말라. **천성(天性)**:타고난 착한 성품. **딕히여**:지키어. **삼긴**:생긴. 기본형 · 삼기다.

♣ 해설—

초장:내가 하기 좋다 하여 남한테 싫은 일을 하지 말 것이며

중장:또 남이 한다고 해도 그것이 옳은 일이 아니거든 따라 해서는 아니된다.

종장:우리는 타고난 근본 성품을 따라서 저마다 생긴 그대로 지내리라.

♣ 감상—

초장과 중장은 댓구로 이루어진 명령문으로서, 종장(주제장에 해당)에 대한 전제 구실을 한다. '천성대로 살리라'는 성선설(性善說)에 바탕을 둔 교훈가로 중장에서는 도(道)를 벗어나 남의 의견에 맹종하는 세태(世態)를 나무랐으며, 종장에서는 착한 천성(天性)을 지키려는 유학자의 면모가 엿보이는 시조이다.

♣ 작가 소개—

변 계량(卞季良, 1369~1430) : 자(字)는 거향(巨鄕), 호(號)는 춘정(春亭) 고려 말 조선 초의 문신(文臣). 고려 공민왕(恭愍王) 때에 태어나서 정 몽주, 이 색한테서 글을 배워 17세에 문과에 급제하였고 39세 때에 예문관 직제학(藝文館直提學)에 올랐다. 그후 20여 년간 문형(文衡)을 잡아 외교 문서나 조정의 사명(辭命)이 그에게서 지어졌다. 「고려사(高麗史)」와 「태조실록(太祖實錄)」의 편찬에 참여했고, 작품으로 「화산별곡(華山別曲)」이 있고, 그리고 「청구영언(青丘永言)」에 시조 2수가 전한다. 문집으로 「춘정집(春亭集)」 12권 5책이 있음.

18. 치천하 오십년에

치천하(治天下) 오십년에 부지(不知)왜라 천하사(天下事)를
억조창생(億兆蒼生)이 대기(戴己)를 원하느냐
강구(康衢)에 문동요(聞童謠)하니 태평(太

平)인가 하노라

—변 계량—

♣ 어구 풀이—

치천하(治天下) 오십년(五十年)에:천하를 다스린 지 50년에. **부지(不知)왜라**:알지 못하겠구나. '왜라'는 감탄형. **억조창생(億兆蒼生)**:수많은 백성. **대기(戴己)**:자신을 떠받드는 것. **강구(康衢)에**:번화한 큰 거리로 나와서. **문동요(聞童謠)하니**:어린이들이 부르는 동요를 들으니.

♣ 해설—

초장:요(堯) 임금이 천하(天下)를 맡아 다스린 지 50년이 되어 천하가 태평한 지 그렇지 못한 지를 모르고

중장:수많은 백성들이 자신을 추대하고 있는지를 몰라.

종장:스스로 백성들의 여론을 듣고자 번화한 길거리로 나가 아이들이 부르는 동요를 들으니 천하가 태평함을 비로소 알겠노라.

♣ 감상—

중국의 상대(上代) 때 요(堯) 임금이 궁궐을 빠져나와 많은 사람들이 모여 있는 큰 거리에 나와서 안온한 경치를 바라보며 동요를 들었다는 고사(故事)가 있는데 이는 민정(民情)을 살피기 위함이었다. '立我烝民 莫匪爾極 不識不知 順帝之則(우리들 뭇 백성을 세움이 임의 지극한 덕 아님이 없으니, 알지 못하는 사이에 임금의 본을 받아 따르세)'

이 시조 초장에서의 '치천하(治天下) 오십년(五十年)'은 곧 조선의 건국으로부터 오십년의 치적(治積)을 가르키는 것으로 나라의 태평(太平)함을 찬양한 작품이라 하겠다.

♣ 작가 소개—

변 계량(卞季良):앞 시조 참조.

19. 언충신 행독경하고

언충신(言忠信) 행독경(行篤敬)하고 주색을 삼가하면
내 몸에 병이 없고 남아니 무이나니
행하고 여력(餘力)이 있거든 학문(學問)을 좇아 하리라

—성 석린—

♣ 어구 풀이—

언충신(言忠信):말이 충성스럽고 믿음이 있음. **행독경(行篤敬)**:행동이 독실하고 조심스러움. 논어(論語)에 나온 말 '子張問行 子曰 言忠信 行篤敬 雖蠻貊之邦行矣 言不忠信 行不篤敬 雖州里 行乎哉.' **무이나니**:미워하니. '뮈'는 무이의 준말. 고어에서 '뮈다'는 '움직이다(動)'의 뜻과 '미워하다(憎)'의 뜻으로 쓰였는데 여기서는 '미워하다'의 뜻. **여력(餘力)**:남은 힘. **학문(學問)을 좇아 하리라**:글을 배우는 것을 좇아 하리라. 곧 글을 배우겠다. 이것 역시 논어(論語)에 나온 글귀이다. '子曰 弟子入則孝 出則悌 謹而信 汎愛衆而親仁 行有餘力則以學之'

♣ 해설—

초장:하는 말이 충성스럽고 믿음성이 있으며 행실이 성실하고 조심스러워

술과 여자에 탐닉하지 않는다면

중장: 우선 내 몸에 병이 생기지 않아 좋고 또한 남도 날 미워하지 아니할 것이니.

종장: 이를 다 행하고 난 뒤에 남은 힘이 있으면 그때 힘써 글을 배우겠다.

♣ 감상―

이 작품은 학문에 앞선 인격 수양을 강조한 시조로서, 초장에서는 올바른 말과 행동을 제시하였고 중장에서는 그렇게 함으로써 얻어지는 이로운 점을 표현했으며 마지막 종장에서는 그런 언행을 다 한 연후에야 학문에 임해야 한다고 피력한 일종의 교훈가라 할 수 있다. 이 시조에는 군자가 해야 할 바 언행을 잘 제시하고 있기는 하나 초장과 종장에 논어(論語)에 있는 내용을 그대로 인용하여 창작문학으로서의 가치는 없다고 하겠다.

♣ 작가 소개―

성 석린(成石璘, 1338~1423): 자(字)는 자수(自修), 호(號)는 독곡(獨谷). 고려 공민왕 때 민부상서(民部尙書)를 지낸 성 여완(成汝完)의 아들. 왜구(倭寇)를 친 공이 커서 공신(功臣)의 칭호를 얻었으나, 양 백연(楊伯淵)의 옥사사건에 연루되어 귀양살이를 하게 되었다. 그러나 조선 건국 후 다시 등용되어 영의정(領議政) 자리에 오름.

20. 가마귀 검다하고

가마귀 검다하고 백로(白鷺)야 웃지 마라
겉이 검은들 속조차 검을소냐
겉 희고 속 검은 이는 너뿐인가 하노라

-이 직-

♣ 어구 풀이—
가마귀:까마귀가. 백로(白鷺):해오라기. 다리와 부리, 목이 모두 길고 깃털이 새하얗다.

♣ 해설—
초장:까마귀의 겉 모습이 검다고 백로야 비웃지 말아라.
중장:비록 겉이 검다고 해서 속까지 검겠느냐?
종장:아마도 겉은 비록 희게 보이지만은 속이 검은 것은 너(백로)뿐인가 하노라.

♣ 감상—
고려가 멸망하자 고려 유신들은 고려조에 대한 충절을 지키며 초야에 묻혀 살면서 새 왕조에 가담하여 벼슬자리를 하고 있는 고려 유신들을 비방했다.

이 이조는 겉으로만 보고는 판단할 수 없는데 대한, 겉모양은 깨끗하여도 속마음은 검은 사람이 많다는 걸 비유적으로 표현한 시조로 고려의 유신인 이 직이 이조 개국 공신으로서 벼슬자리에 있는 것에 대한 윤리적 당위성을 부여하려는 자기 합리화의 표현이라 할 수 있겠다. 스스로의 결백성을 표명함으로써, 역성혁명의 가담자를 비판하는 당시의 고려 유신들을 겉만 흰 백로로, 자신을 속이 검지 않은 까마귀에 비유하여 자신의 윤리적 양심을 변호하고 있다.

♣ 작가 소개—
이 직(李稷, 1362~1431):자(字)는 우정(虞庭). 호(號)는 형재(亨齊). 고려 공민왕 때의 학자. 이조 개국공신. 고려 공민왕 시절 벼슬은 예문관제학(藝文館提學)에 이르렀으나 이 성계의 조선 건국시 개국공신으로 성산부원군(星山府院君)에 봉하여 졌으며 태종(太宗) 때 영의정(領議政)에 이르렀다.

21. 강호사시가(江湖四時歌)

春

강호(江湖)에 봄이 드니 미친 흥(興)이 절로 난다
탁료계변(濁醪溪邊)에 금린어(錦鱗魚) 안주(安酒)로다
이 몸이 한가(閒暇)하옴도 역군은(亦君恩)이샷다

夏

강호(江湖)에 여름이 드니 초당(草堂)에 일이 없다
유신(有信)한 강파(江波)는 보내나니 바람이로다
이 몸이 서늘하옴도 역군은(亦君恩)이샷다

秋

강호(江湖)에 가을이 드니 고기마다 살져 잇다
소정(小艇)에 그물 싣고 흘리띄워 더져 두고
이 몸이 소일(消日)하옴도 역군은(亦君恩)이샷다

冬
강호(江湖)에 겨울이 드니 눈 깊이 자히 남다
삿갓 빗기 쓰고 누역(縷繹)으로 옷을 삼아
이 몸이 칩지 아님도 역군은(亦君恩)이샷다

—맹 사성—

♣ 어구 풀이—

강호(江湖):강과 호수가 있는 곳. 곧 자연(自然)을 가리키는데 특히 은거지(隱居地)를 이른다. **탁료(濁醪)**:막걸리. **계변(溪邊)**:시냇가. **금린어(錦鱗魚)**:물고기를 아름답게 일컫는 말. 비단결 같은 비늘을 가진 물고기란 뜻. **역군은(亦君恩)이샷다**:또한 임금님의 은혜이시도다. '이샷다'는 '이도다'의 높임말. **초당(草堂)**:안채와는 떨어져 세운 풀로 지붕을 이은 집으로 흔히 독서와 풍류 생활에 쓰이는 집. **유신(有信)한**:믿음성 있는. 믿음직한. **강파(江波)**:강의 물결. **소정(小艇)**:작은 배. '艇'은 길쭉하고 작은 배를 가르킴. **흘리띄워**:물결따라 흐르게 띄우고. **더져 두고**:던져두고, 또는 버려 두고의 옛말. **소일(消日)**:어떤 일에 재미를 붙여 세월을 보냄. **자히**:자(尺)에 주격 조사가 붙은 옛말. 한 자가. **남다**:넘다의 옛말. **빗기 쓰고**:비스듬히 쓰고. **누역(縷繹)**

:도롱이. 띠풀 따위로 엮어서 만든 비옷. 칩지 아님:춥지 않음.

♣ 해설—

〈春〉

초장:대자연에 봄철이 돌아오니 미칠 듯이 일어나는 흥을 참을 수가 없다.

중장:시냇가에서 막걸리를 마시며 노는데 안주는 물에서 잡은 싱싱한 물고기로다.

종장:이 몸이 이렇게 한가로이 즐김도 또한 임금님의 은혜이시도다.

〈夏〉

초장:대자연에 여름이 깊어가니 초당에 있는 나에게는 할 일이 없다.

중장:더위를 잊게 해 주려는 듯 미덥게 느껴지는 푸른 강물은 시원한 바람을 보내는구나.

종장:이 몸이 더운 여름에 이렇게 초당에서 시원히 지내는 것도 또한 임금님의 은혜이시도다.

〈秋〉

초장:대자연에 가을이 깊어가니 고기마다 살이 쪄 있다.

중장:조그만 배에 그물을 싣고 물결 흐르는 대로 맡겨 놓고

종장:이 몸이 한가하게 세월을 보내고 있음도 또한 임금님의 은혜이시도다.

〈冬〉

초장:대자연에 겨울이 깊어가니 내려 쌓이는 눈이 한 자가 넘는다.

중장:삿갓을 비스듬히 쓰고 도롱이를 옷 삼아 입어

종장:이 몸이 춥지 않게 지내고 있음도 또한 임금님의 은혜이시도다.

♣ 전체 감상—

이 시조는 4수로 된 연시조로서 강호에서 자연을 즐기며 임금의 은혜를 생각하는 내용으로 이루어진 것으로 춘사(春詞)에서는 강바람을 마시며 초당에서 시원하게 보내는 강호의 생활을, 추사(秋詞)에서

는 작은 배를 타고 고기를 잡으며 하루를 보내는 강호의 생활을, 동사(冬詞)에서는 눈 내린 경치를 감상하며 유유자적(悠悠自適)하는 강호의 생활을 각각 묘사하고 있다. 즉 이 시조는 제목에서 보여주는 바와 같이 자연 속에서의 네 계절의 즐거운 생활을 각 계절마다 한 수씩 읊은 노래이다. 우리는 이 시조에서 자연 속에서 은거하며 유유자적한 생활을 즐기면서도 언제나 마음 속에서는 충군의 정신이 떠나지 않는 조선 시대 관리들의 의식 구조를 엿볼 수 있다. 이는 벼슬에서 물러나면 자연으로 돌아가지만 언제든지 기회만 생기면 권력의 세계로 복귀하려는 조선 시대 관료들의 공통적인 현실주의 사상과 일맥상통한 것이라 할 수 있다. 이 시조 역시 강호한정(江湖閑情)을 소재로 하고 있으면서도 그것이 모두 임금님의 은혜라고 노래하고 있다. 이는 결국 완전히 자연에 몰입하지 못함을 의미한다.

이 시조의 문학적 가치로는 우리나라 최초의 연시조로서 이 황의 '도산십이곡'과 이 이의 '고산구곡가'에 영향을 주었다는 점이다. 또한 이 시조는 자연애(自然愛) 시조의 최초의 작품으로 그 뒤 강호가(江湖歌)라고 일컫는 일련의 자연 시조의 원류(源流)가 되었다는 점에서 국문학적 의의가 높다 하겠다.

♣ 작가 소개—

맹 사성(孟思誠, 1360~1438):자(字)는 성지(誠之). 호는 동포(東浦), 고불(古佛). 온양 사람으로 고려조에 전교부령(全校副令)을 지낸 희도(希道)의 아들로 권 근(權近)한테서 글을 배웠으며 고려 우왕 때 문과에 장원으로 뽑히어 헌납중서사인(獻納中書舍人)의 벼슬을 지냈다. 이조(李朝)에 들어와 세종 때에 좌의정(左議政)에 올랐는데, 성품이 청렴결백하여 평생에 치산(治産)할 줄을 몰라 집은 비좁고 비가 샐 정도였다고 한다. 행차 때에도 수행을 시키지 않고 매양 소를 타고 다녔으며 평민적 생활을 하였다고 한다. 고아한 인품을 소유한 재상으로 유명하며 음률(音律)에도 능통하여 날마다 피리를 잡고 즐기었다 하며, 말년에는 벼슬을 내놓고 고향으로 돌아가 한가한 생활을 보냈는데, 그 무렵에 지은 것이 '강호사시가(江湖四時歌)' 등의 시조이다.

22. 대초볼 붉은 골에

대초볼 붉은 골에 밤은 어이 듯드르며
벼 벤 그루에 게는 어이 나리는고
술 익자 체 장사 도라가니 아니 먹고 어이리

—황 희—

♣ 어구 풀이—

대초볼: 대추의 볼. 대추가 익는 것을 '볼이 붉은 것'으로 비유한 것이다. '볼'은 의인화한 표현. **골**: 골짜기. **어이**: 어찌. **듯드르며**: 뚝뚝 떨어지며. '듯다'는 落의 옛말. **벼 벤**: 벼를 베어 낸. **나리는고**: 내려오는가. 게가 봄에는 냇물의 상류로 오르고, 가을에는 겨울을 지내기 위하여 깊은 강이나 바다로 내려간다. **익자**: 여기서 '익다'는 술이나 김치 같은 것이 맛이 들다의 의미임. '자'는 연발형 어미. **체 장사**: 체를 파는 상인. **어이리**: 어찌하랴?

♣ 해설—

초장: 대추의 통통한 부분이 빨갛게 익어서 골짜기에 밤(栗)까지 웬일로 뚝뚝 떨어지며

중장: 벼를 베어 낸 그루터기에 게는 물을 따라 내려오는구나.

종장: 술이 익자마자 때마침 체를 파는 장사가 돌아다니고 있으니, 그걸로 술을 걸러 대추, 밤, 게를 안주로 아니먹고 어찌하랴?

♣ 감상—

이 시조는 가을철 추수(秋收)를 끝낸 농촌의 정취와 생활을 그린 하나의 풍속도(風俗圖)를 연상하게 한다. 우리네 농가에는 흔히 대추나무가 있고, 뒷산에는 밤나무가 있어 가을이면 알밤이 되어 뚝뚝 떨어지며, 논에는 게가 기어 다닌다. 가을철 추수를 끝낸 뒤에 집집마다 햅쌀로 술을 빚어다가 이웃을 청하여 좋은 안주에 즐거운 술자리를 벌이는 풍요로운 농촌 생활의 아름다운 모습이 그림같이 떠오르는 작품이다.

♣ 작가 소개—

황 희(黃喜, 1363~1452):자(字)는 구부(懼夫). 호(號)는 방촌(厖村). 이조 초기의 명상(名相)으로 고려말에 성균관 학관(成均館學館)을 지냈으며, 이조창업과 더불어 세종대왕에 이르기까지 4대에 걸쳐 임금을 섬기었다. 태종의 신임이 각별하여 정사(政事)는 물론이고 궁중 기밀(機密)에 관해서까지 자문을 받았으며, 여러 차례에 걸쳐 밀지(密旨)를 받은 바도 있었다. 그러나 태종이 양녕대군(讓寧大君)의 세자위(世子位)를 폐하려 하자 이것을 반대함으로써 한때 조정(朝廷)에서 물러나게 되었으나, 태종은 후일에 세종에게 그를 중용(重用)토록 일러 주었다. 세종이 다시 그를 등용하여 좌찬성(左贊成) 겸 대사헌(大司憲)을 삼았다가 이어서 영의정(領議政)을 삼으니, 87세의 고령에 이르기까지 선정(善政)을 베풀기에 힘썼고, 관직을 물러난 뒤로는 원로대신으로서 국가대사에 관여하였다. 주요 작품으로는 「방촌집」과 시조 3수가 전한다.

23. 강호에 봄이 드니

강호(江湖)에 봄이 드니 이 몸이 일이 하다
나는 그믈 깁고 아희는 밭을 가니

뒷 메헤 엄 긴 약초(藥草)를 언제 캐려 하나니

—황 희—

♣ 어구 풀이—

강호(江湖):강과 호수가 있는 곳. 곧 자연을 가리키는데, 특히 은거지(隱居地)를 이른다. **일이 하다**:일이 많다. 여기서의 '하다'는 '爲'의 뜻이 아니고 '多'의 뜻임. **그믈**:그물. **아희**:아이. **엄**:싹이 길게 자란 것.

♣ 해설—

초장:대자연에 봄이 돌아오니 나도 해야 할 일이 많구나.

중장:나는 고기잡이를 하고자 그물을 깁고 아이는 밭을 가는 등 저마다 할 일이 많다.

종장:그런데 너무 바빠서 뒷산에 있는 잘 자란 약초는 언제 캘 것인지?

♣ 감상—

이 시조 역시 '대초볼 붉은 골에'란 작품과 마찬가지로 전원을 배경으로 노래한 작품이다. 새 나라(이조)의 기틀이 다져진 속에서 녹을 먹던 선비들이 만년에 치사귀향(致仕歸鄕)하여 자연에 묻혀 사는 흥취가 듬뿍 담겨진 노래라 하겠다.

♣ 작가 소개—

황 희(黃喜):앞 시조 참조.

24. 수양산 바라보며

수양산(首陽山) 바라보며 이제(夷齊)를 한

(恨) 하노라
주려 죽을진들 채미(採薇)도 하는 것가
비록애 푸새엣 것인들 그 뉘 따에 낫거니

–성 삼문–

♣ 어구 풀이—

수양산(首陽山): 은나라 신하 백이(伯夷)와 숙제(叔齊)가 고사리를 캐어 먹다가 굶어 죽었다는, 중국 산서성(山西省)에 있는 산이름. **이제(夷齊)**: 백이와 숙제를 아울러 이른 말. **한(恨)하노라**: 한탄한다. **주려**: 굶주려. **죽을진들**: 죽을지언정. **채미(採薇)도**: 고사리를 캐는 일조차도. **하는 것가**: 하는 것인가? 한단 말인가? **비록애**: 비록. '애'는 강세 접미사. **푸새엣**: 푸새의. '푸새'는 산과 들에 저절로 나서 자란 들풀. '에'는 처소격 조사. **뉘**: 누구의. '누'+'이'의 축약형. **따에**: 땅에. **낫거니**: 났더냐?

♣ 해설—

초장: 수양산을 바라보며 수양산에 들어가 고사리를 캐 먹다가 죽었다는 백이와 숙제의 형제를 한탄하노라.

중장: 차라리 굶주려 죽을지언정 고사리는 왜 먹었는가?

종장: 비록 그것이 대수롭지 않은 풀이기는 하지만 그것이 누구의 땅에서 났단 말인가?

♣ 감상—

초장의 수양산(首陽山)은 백이 · 숙제 형제가 은거한 산이름이지만, 세조의 대군 때의 이름이 수양(首陽)이었으므로 이것은 중의적(重義的)인 표현으로써 곧 세조를 가리킨 말이다. 아울러 중장의 '고사리'와 종장의 '푸새'는 세조가 내리는 녹(祿)을 나타낸 것으로, 굶어 죽어도 세조가 주는 녹은 먹지 않겠다는 뜻이다.

이 시조는 백이와 숙제가 은나라 신하이던 무왕(武王)이 은나라를 침략함을 반대하여 수양산에 들어가 고사리를 캐어 먹음을 개탄한 것으로, 작가 자신은 죽음으로써 의를 지키겠다는 굳은 결의를 나타낸 작품이다.

지은이는 수양대군이 어린 조카 단종의 왕위를 빼앗고 왕위에 오르자 단종의 복위를 꾀하다가 김 질의 배신으로 탄로나 형을 받게 되었다. 이때 그의 집을 수색해 보았더니, 세조 등극 후에 받은 국록(國祿)은 조금도 손을 대지 않고 있었다고 한다.

♣ 작가 소개—

성 삼문(成三問, 1418~1456):자(字)는 근보(謹甫), 눌옹(訥翁). 호(號)는 매죽헌(梅竹軒). 조선조 단종 때의 충신, 학자. 사육신(死六臣)의 한 사람. 집현전 학자로서 글씨와 문장에 능하였다. 세종대왕이 훈민정음을 창제할 적에 음운(音韻)을 연구하기 위하여 요동에 귀향와 있던 명나라의 학자 황찬(黃瓚)을 세 번이나 찾아갔었다. 「동국정운(東國正韻)」 편찬에도 참여하여 많은 공을 세웠다. 수양대군이 집현전 학자들에게 정난 공신(靖難功臣)의 호를 내렸으나 성 삼문만은 이를 수치로 여기고 잔치를 베풀지 않았다고 한다. 세조가 즉위하자 단종 복위를 꾀하다가 탄로되어 39세로 처형됨. 문집에 「성근보집(成謹甫集)」이 있고 시조 2수가 전한다.

25. 이 몸이 죽어 가서

이 몸이 죽어 가서 무엇이 될꼬 하니
봉래산(蓬萊山) 제일봉에 낙락장송(落落長松)
　되어 있어
백설(白雪)이 만건곤(滿乾坤)할 제 독야청청

(獨也靑靑)하리라

—성 삼문—

♣ 어구 풀이—

죽어 가서:죽어서, 죽은 뒤에. **봉래산(蓬萊山)**:중국에서 상상하던 삼신산(三神山:봉래산, 방장산, 영주산)의 하나. 즉 신선이 산다는 전설상의 산. 우리나라 금강산의 여름 명칭. **제일봉(第一峯)**:제일 높은 봉우리. **낙락장송(落落長松)**:가지가 척척 길게 늘어지고 키가 큰 소나무. 상징적인 뜻으로는 지절(志節)이 고결한 선비. **되어 있어**:되어서. **만건곤(滿乾坤)**:하늘과 땅에 가득 참. '건곤'은 천지(天地). **제**:때. 적. **독야청청(獨也靑靑)**:홀로 푸르고 푸름. 굳은 절개를 비유.

♣ 해설—

초장:이 몸이 죽은 뒤에 무엇이 될 것인가 하면,

중장:저 신선이 살고 있다는 봉래산 제일 높은 봉우리의 긴 가지가 축축 늘어진 키 큰 소나무가 되어 있다가.

종장:흰 눈이 온누리를 덮어서 만물이 죽거나 기동을 못할 적에라도 나만은 푸르디 푸른 빛을 보여 주리라.

♣ 감상—

문종이 승하하고 어린 단종이 왕위에 오르자 그의 숙부인 수양대군은 정 인지, 한 명회 등과 결탁하여 단종을 폐위시키고 자신이 왕위에 올랐다. 그러자 성 삼문, 박 팽년, 이 개, 유 응부, 하 위지, 유 성원 등의 사육신이 단종의 복위를 꾀하다가 김 질의 배신으로 탄로나 처형을 당하게 되었다.

이 시조는 이러한 시대적 배경 속에서 나온 것으로, 단종에 대한 굳은 절개는 어떠한 경우에라도 꺾일 수 없다는 지은이의 굳은 의지가 엿보이는 작품이다. 즉, 죽음에 임하는 심경을 낙락장송에 빗대어 노래한 것으로, 죽음을 맞이하면서도 태연할 수 있는 굳센 의지, 심한

형벌에도 끝내 굽히지 않는 그의 굳은 절개가 엿보인다.

♣ 작가 소개—
성 삼문(成三問):앞 시조 참조.

♣ 참고—
〈성 삼문이 죽음에 임하여 지은 한시〉
擊鼓催人命 回首日欲科 黃泉無一店 今夜宿誰家(북소리는 목숨을 재촉하는데, 고개를 돌려 서산을 바라보니 지는 해 넘어가려 하네, 황천에는 주막도 없을 것이니 오늘 밤은 뉘 집에서 잠을 잘꼬?)
성 삼문은 박 팽년과 한가지로 세조(世祖)를 끝내 '나으리'라고만 불렀다고 한다.

26. 가마귀 눈비 맞아

가마귀 눈비 맞아 희는 듯 검노매라
야광명월(夜光明月)이 밤인들 어두우랴
님 향한 일편단심(一片丹心)이야 변할 줄이 있으랴

—박 팽년—

♣ 어구 풀이—
가마귀:까마귀가. 눈비:눈과 비. 희는 듯:희어지는가 하더니 곧. 검노매라:검어지는구나. 야광명월(夜光明月):밤에도 빛이 난다는 보석. '야광주(夜

光珠)'와 '명월주(明月珠)' 또는 밤에 빛나는 밝은 달. **밤인들**: 밤이라고 할지라도. **님**: 여기서는 '단종'을 뜻함. **일편단심(一片丹心)**: 오로지 한 곳으로 향한 마음이야. 임금께 향한 충성심이야. 한 갈래의 정성된 마음이야. **변할 줄이**: 달라질 일이. 달라지는 것이.

♣ 해설—

초장: 까마귀가 눈비를 맞아 희어지는 듯하다가 이내 곧 검어지는구나.

중장: 어둠을 비추는 저 밝은 달이야 밤이라고 해서 빛을 못 내고 어둡겠느냐?

종장: 임금(단종)을 향한 한 조각 충성된 마음이야 세상이 아무려 한들 변할 리가 있겠느냐?

♣ 감상—

이 시조는 어떠한 주위의 압력이나 환경의 변화에도 굽히지 않는 지조를 노래한 것이다. 까마귀가 눈과 비를 맞는 것은 평범한 사실이지만, 눈비가 섞여서 오기 때문에 눈이 내려 희어지자 말자 다시 비로 인해 곧 녹아 본색이 되어 버리는 시각적인 변화를 뛰어나게 묘사하고 있다. 여기서 까마귀는 세조를 비유하여 언뜻 보기에는 희는 듯하지만 검은 까마귀에 지나지 않는다고 묘사했고, 야광명월은 어린 단종을 비유한 것으로 캄캄하고 어두운 불의의 세상에서도 언제나 빛난다고 한 것이다.

이 시조는 단종에 대한 복위 사건을 밀고한 김 질이가 세조의 명을 받고 옥중으로 술을 가져와 태종의 '하여가'를 불러 그의 속마음을 떠보자, 그에 대한 회답으로 자신의 굽힘없는 지조를 이 시조로 읊었다고 한다. 박 팽년은 죽을 때까지 세조를 '나으리'라고 부르고 또 자기를 '신(臣)'이라 하지 않았다고 한다. 이를 괘씸히 여긴 세조가 관찰사 때의 장계(狀啓) 뭉치를 꺼내어 보았더니 '신(臣)'을 써야 할 곳이 모두 '거(巨)'로 씌어져 있었다는 유명한 일화가 있다.

♣ 작가 소개—

박 팽년(朴彭年, 1417~1456): 자는 인수(仁叟). 호는 취금헌(醉琴軒). 사

육신의 한 사람. 세종 때 등과(登科)하여 훈민정음 창제에 참여하였다. 세조 때에 충청도 관찰사(忠淸道觀察使)에 이어 형조참판(刑曹參判)으로 있으면서 성 삼문 등과 함께 단종의 복위를 꾀하다가 발각되어 형장의 이슬로 사라졌다. 저서로는 「취금헌 천자문(醉琴軒千字文)」과 시조 2수가 전한다.

27. 금생여수라 한들

금생여수(金生麗水)라 한들 물마다 금(金)이 나며
옥출곤강(玉出崑崗)인들 뫼마다 옥(玉)이 나랴
아무리 사랑이 중(重) 타 한들 님님마다 쫓으랴

—박 팽년—

♣ 어구 풀이—

금생여수(金生麗水): 천자문(千字文)에 있는 글귀로써, 금(金)은 여수(麗水)에서 난다 함이고, 여수는 중국 절강성(浙江省)에 있는 사금(砂金)이 나는 하천 이름. **옥출곤강(玉出崑崗)**: 천자문에 있는 글귀로, 옥(玉)은 곤강에서 난다 함이고, 곤강(崑崗)은 '티벳'에 있는 '곤륜산(崑崙山)'의 딴 이름. **뫼마다**: 산마다. '뫼'는 산(山). **중(重)타 한들**: 중하다고 한들. **쫓으랴**: 따르랴. 따르겠는가.

♣ 해설—
초장:아름다운 물에서 금이 난다고 하여 물마다 금이 날 수 있으며
중장:곤륜산(옥이 나는 산)에서 옥이 난다 하여 산마다 옥이 날 수 있으랴?
종장:아무리 사랑이 중하다고 한들 임마다 따르랴.

♣ 감상—
초장과 중장은 댓구적 표현으로 종장에 대한 전제가 되고, 종장은 주제장으로 앞의 전제에 대한 단정의 형식을 취하고 있다. 초장과 중장의 '金'과 '玉'은 곧 성군(聖君:여기서는 단종을 뜻함)을 나타내고 있으며, 그 성군을 향한 변함없는 충절이 종장에 제시되고 있다. 이 시조는 임금을 섬기되 분별없이 여러 임금을 섬길 수 없다는 것을 비유적인 표현으로 노래한 것으로, 수양대군이 그의 조카 단종을 왕위에서 몰아내고 자신이 왕위에 올랐음으로, 어린 단종을 위해 애끓는 충정을 담아 읊은 작품이라 하겠다.

♣ 작가 소개—
박 팽년(朴彭年):앞 시조 참조.

28. 방 안에 혓는 촉불

방(房) 안에 혓는 촉(燭)불 눌과 이별(離別) 하였관데
겉으로 눈물 지고 속 타는 줄 모르는고
저 촉(燭)불 날과 같아서 속 타는 줄 모르더라

—이 개—

♣ 어구 풀이—

혓는:켠, 켜 있는. 촉(燭)불:촛불. 눌과:누구와. 이별(離別)하였관데:이별하였기에. 날과:나와.

♣ 해설—

초장:방 안에 켜 있는(놓은) 촛불은 그 누구와 이별을 하였기에

중장:겉으로 눈물을 흘리면서 속이 타들어 가는 줄을 모르는가.

종장:저 촛불도 나의 슬픈 마음 속과 같아서 속이 타는 줄을 깨닫지 못하고 있는가.

♣ 감상—

단종이 그의 삼촌인 수양대군의 권력욕에 의해 노산군으로 강봉되어 강원도 영월로 유배되자 단종과의 이별을 촛불에 비유하여 그 슬픔을 노래한 시조이다. 이 시조의 소재인 촛불, 이별, 눈물 등은 여성적 성향을 지닌 것들로 여성 편향적인 시조라 하겠다.

♣ 작가 소개—

이 개(李塏, ?~1456:자는 청보(淸甫). 호는 백옥헌(白玉軒). 한산(韓山) 사람으로, 고려 말 유신 이 색의 증손이다. 세종 14년에 등과하여 집현전(集賢殿)의 학사를 거쳐 벼슬이 직제학(直提學)에 이르렀다. 「명황계감」, 「훈민정음」 찬술에 참여했으며, 시문(詩文)에 능하고 글씨를 잘 썼다고 한다. 사육신의 한 사람으로 박 팽년, 성 삼문 등과 함께 단종 복위를 꾀하다가 발각되어 형장의 이슬로 사라졌다.

♣참고—

이 시조는 해동소악부(海東小樂府)에 다음과 같이 한역되어 있다.

房中紅燭爲離別(방중홍촉위이별)
風涙汎瀾不自禁(풍루범란불자금)
畢竟怪伊全似我(필경괴이전사아)
任情灰盟寸來心(임정회맹촌래심)

29. 간 밤의 부던 바람

간 밤의 부던 바람의 눈서리 치단 말가
낙락장송(落落長松)이 다 기울어 가노매라
하물며 못 다 핀 곶이야 일러 무삼하리오

—유 응부—

♣ 어구 풀이—

간 밤의: 지난 밤에. '의'는 시간상 위치를 나타내는 처소격 조사. **부던**: 불던. 기본형 '불다'. **바람에**: 바람 때문에. '에'는 원인격 조사. **치단 말가**: 쳤다는 말인가. **낙락장송(落落長松)**: 가지가 길게 늘어지고 키가 큰 소나무. 여기서는 지조 있고 고결한 인재를 은유한 것임. **가노매라**: 가는구나. **곶이야**: 꽃이야. **일러**: 말하여. **무삼하리오**: 무엇하리오. 무엇하겠는가.

♣ 해설—

초장: 지난 밤에 불던 모진 바람이 눈과 서리까지 몰아쳤단 말인가?
중장: 얼마나 강하고 모진 바람이기에 큰 소나무마저 다 기울어졌다는 말인가?
종장: 저 큰 소나무가 그럴진대 하물며 아직 되지 못한 꽃이야 말해서 무엇하리요.

♣ 감상—

이 시조는 조선조 6대 임금인 단종 즉위 후, 숙부인 수양대군이 왕위 찬탈의 뜻을 품고 정 인지, 한 명회 등과 결탁하여 김 종서 등 중신들을 죽이고 단종을 폐위시킨 계유정란(癸酉靖難)을 풍자한 작품이다. 초장의 '바람, 눈, 서리' 등은 세조의 포악함을 의미하고, 중장의 '낙락장송'은 김 종서 등을 비롯한 중신들의 희생을 나타내며, '못 다 핀 꽃'은 정의의 젊은 학사 및 역적으로 몰린 중신들의 자손을 비유한 것으로, 각 장을 시간의 흐름(초장:과거, 중장:현재, 종장:미래)에 따라 배열하면서, 일어난 사건들을 은유적 수법을 사용하여 표현하고 있다. 즉 이 시조는 나라의 큰 기둥인 공신(功臣)이든, 앞으로 유망한 젊은 학사든, 자신을 따르지 않는 사람을 함부로 무찔러 버리는 세조 일파의 포악한 처사를 한탄하여 읊은 것이다.

♣ 작가 소개—

유 응부(兪應孚, ?~1456):자는 신지(信之), 선장(善長). 호는 벽량(碧梁). 무과(武科) 출신으로 평안도 도절제사(都節制使)를 지냈으며, 박 팽년, 하위지, 성 삼문, 유 성원, 이 개, 김 질 등과 단종의 복위를 도모하다가 김 질의 배반으로 잡히어 세조(世祖)의 고문을 당하는 마당에서 엄연히 왕위를 차지한 세조를 가리켜 '자네'라고 불렀다 한다. 화가 난 세조가 가죽을 벗겨내는 악형을 가하면서 문초를 거듭했으나, 묻는 말에는 대답도 않고 "예로부터 서생(書生)들과는 대사를 도모하지 말라고 하더니 과연 그 말이 옳도다. 이제 새삼 누구를 탓할까 보냐!" 하고는 세조를 향하여 "자네가 물어 볼 말이 있으면 저 서생들에게나 물어 보게"라고 한 마디 하고는 입을 다물었다고 한다. 화가 머리 끝까지 뻗친 세조가 달군 쇠꼬챙이로 배꼽을 지지라고 호령을 하자, 끄덕없이 견디내며 "이 꼬챙이가 식었으니 다시 달구어 오너라"라고 옥졸들을 꾸짖었다고 하는 일화가 전해진다. 이로 보아 그의 장엄한 기개를 짐작하고도 남음이 있다.

30. 객산 문경하고

객산문경(客散門扃)하고 풍미월락(風微月落) 할 제
주옹(酒甕)을 다시 열고 시구(詩句)를 흩부르니
아마도 산인득의(山人得意)는 이뿐인가 하노라

—하 위지—

♣ 어구 풀이—

객산(客散):손이 흩어진다. 즉 찾아 왔던 손님들이 다 돌아감을 의미. **문경(門扃)**:대문을 닫음. '경(扃)'은 빗장 경, 닫을 경. **풍미월락(風微月落)**:바람은 거두어 물러가고 달은 서산에 기욺. **주옹(酒甕)**:술독, 술항아리. **흩부르니**:흩어지게 부르니, 마구 함부로 부르니. **산인(山人)**:산에 사는 사람. 세상을 등지고 숨어 사는 사람. **득의(得意)**:뜻대로 됨을 자랑스럽게 여기는 마음. 뽐내는 마음.

♣ 해설—

초장:술잔을 나누던 손님들이 모두 돌아가고 대문을 닫아 걸고 나니 바람은 약해져서 솔솔 두 뺨을 스치고 달은 이미 서산에 걸리었을 때에

중장:술 항아리를 다시 열어 홀로 앉아 다시금 술잔을 기울이니 취흥이 새로와져 싯귀 몇 수를 되는 대로 읊어 본다.

종장:아마도 속세를 떠나 산 속에 은거하고 있는 나의 가장 즐거운 일은 이렇게 술 마시고 싯구를 읊는 것이 아니겠는가.

♣ 감상—

하 위지 역시 단종의 복위를 꾀하다 처형된 사육신의 한 사람이나 이 작품은 다른 사육신들의 시조와는 달리 단종에 대한 굳은 절개를 노래한 것이 아니고, 단순히 자연에 묻혀 자연과 더불어 생활하는 모습을 노래한 시조이다. 아무런 사리사욕 없이 술을 마시며 되는 대로 싯구를 읊조리는 유유자적한 생활이 인간사(人間事)에 시달리는 우리의 마음을 조금은 평화스럽게 해주며, 초장의 '풍미월락(風微月落)' 이란 귀절은 한 폭의 아름다운 수채화를 연상케 해준다.

♣ 작가 소개—

하 위지(河緯地, 1387~1456):자는 중장(仲章), 천장(天章). 호는 단계(丹溪), 적촌(赤村). 본관(本貫)은 진주(晋州)이며, 세종 때에 문과 장원으로 뽑히어 집현전(集賢殿)에 갔고, 세조가 왕위에 오르자 예조참판(禮曹參判)이 되었으나 봉록(俸祿)을 창고에 저장해 둔 채 먹지를 않았다고 한다. 성삼문, 박 팽년 등과 함께 단종 복위를 꾀하다가 발각되어 극형을 받게 된 사육신의 한 사람이다.

31. 천만리 머나먼 길에

천만리(千萬里) 머나먼 길에 고운님 여의옵고
내 마음 둘 데 없어 냇가에 앉았으니
저 물도 내 안 같아여 울어 밤길 예놋다

—왕 방연—

♣ 어구 풀이—

고운님:사랑하는 님. 여기서는 노산군(魯山君)으로 강봉된 어린 단종을 가리킴. **여의옵고**:이별하옵고. **둘 데**:의지할 데가. **내 안**:내 마음. **같아야**:같아서. **예놋다**:가는구나.

♣ 해설—

초장:천 리 만 리 떨어져 있는 외진 곳에다 어린 임금(단종)을 내치어 이별하고 돌아오니

중장:이 나의 슬픈 마음을 붙일 데가 전혀 없어 홀로 냇가에 앉아 있으니

종장:흘러가는 저 냇물도 내 마음 속 같아서 울면서 흘러가기만 하는구나.

♣ 감상—

지은이는 세조의 심복지신(心腹之臣)이며 금부도사(禁府都事)로서 세조의 명을 받고 폐위된 단종을 호송하며 유배지인 영월(寧越)에 갔다가 돌아오는 길에 달밤에 곡탄(曲灘) 언덕 위에 앉아 단종의 비운을 슬퍼하며 이 노래를 지었다고 한다. 이 시조는 사육신들의 절의에 찬 굳은 절개를 노래한 것과는 달리 의금부 도사란 직책으로 세조에게 충성을 다 바쳐야 하는 신분이면서도 인간적인 괴로움으로 애닯아 하면서 읊었다는데 그 면모를 찾을 수 있겠다.

♣ 작가 소개—

왕 방연(王邦衍, 생몰 연대 미상):조선 왕조 초기의 관원으로 세조가 신임하던 금부도사(禁府都事)였다. 사육신의 사건이 탄로되어 상왕(上王)으로 있던 단종이 노산군으로 강봉되어 강원도 영월로 유배되게 됨에, 왕 방연은 그 호송의 책임을 맡은 인물이었다. 세조가 명(命)한 대로 임무는 완수하였지만 그 역시 선악(善惡)을 판단할 수 있는지라 돌아오는 길에 어느 냇가에 앉아 읊은 것이 바로 윗 시조이다.

32. 간 밤의 우던 여흘

간 밤의 우던 여흘 슬피 우러 지내여다
이제야 생각하니 님이 우러 보내도다
저 물이 거스리 흐르고져 나도 우러데리라

—원 호—

♣ 어구 풀이—

여흘:여울(灘). 물이 소리내며 흘러 가는 곳. **우러**:'울어'의 연철표기. 울어. **지내여다**:지나갔다. 지내도다. '여다'는 '었다'와 '도다'의 뜻을 지닌 어미. **거스리**:거슬러. 거꾸로. 기본형은 '거슬다(逆)'. '거스리'는 어간 '거슬'에 부사형 어미 '이'가 연결된 형태. **흐르고져**:흐르고 싶다. 흘렀으면. '져' 는 희망 보조 형용사의 의도형 어미. **데리라**:가겠도다. 고어의 '데다'는 '가다(行)'의 뜻을 나타냄.

♣ 해설—

초장:지난 밤에 울며 소리내어 흐르던 여울물이 몹시도 슬프게 울면서 흘러가도다.

중장:이제야 생각하니 그 슬픈 여울물 소리는 임(임금)이 울어 보내는 소리로다.

종장:만일 저 여울물이 거슬러 되돌아 흘러갈 수만 있다면 나의 서러운 마음도 얹어 임(임금) 계신 곳으로 보내고 싶구나.

♣ 감상—

초장의 여울의 울음이 중장에 가서 임금 즉, 단종의 울음으로, 그것은 다시 종장의 나의 울음 순으로 전개시켜 나감으로써 단종과 나의 슬픔을 여울물에 감정 이입시켜 표현한 것이다. 지은이 원 호는 생육신(生六臣)의 한 사람으로, 단종이 영월로 유배되자 단종을 사모하여 영월까지 따라가 서쪽 물가에 있는 석실에 기거하면서 단종이 있는 곳을 향하여 눈물 짓곤 했다고 한다. 단종을 향한 연군의 정이 사육신들과 같이 적극적인 자세로 그 굳은 절개를 나타내지는 못했으나, 일생을 단종을 생각하며 보낸 지은이의 애달픈 심정이 잘 묘사되어 있다. 마지막 종장에서 보여주는 것은 가능하기만 하다면 자신도 같이 단종의 슬픔을 걸머지고 싶다는 것으로, 단종을 향한 끝없는 충정이 엿보인다.

♣ 작가 소개—

원 호(元昊, 생몰 연대 미상):자는 자허(子虛). 호는 무항(霧巷), 관란(觀瀾). 김 시습, 조 려, 이 맹부, 성 담수, 남 효온 등과 함께 생육신의 한 사람. 본관은 원주(元州). 단종이 죽자 영월에 가서 3년상을 받들었다. 그 뒤 고향에 은거 중 세조가 호조참판(戶曹參判)을 내렸으나 끝까지 거절하고 여생을 마치었다.

♣ 참고—

원 호(元昊)의 작이라고 추측되는 「원생몽유록(元生夢遊錄)」의 내용은 다음과 같다.

원 자허(元子虛–원 호(元昊))가 어느 중추지석(仲秋之夕)에 한 꿈을 얻어 표연히 선계(仙界)에 올라가 어떤 장강연안(長江沿岸)에 머물렀다. 한밤중에 온 세상이 모두 적막한데 달빛이 낮과 같이 밝아서 붓을 들어 시 한 수를 읊으니, 홀연히 복건야복(幅巾野服)의 한 호남아(好男兒)가 나타나 자허(子虛)를 맞이하니, 그가 추강(秋江) 남 효온(南孝溫)이다. 이들은 함께 다섯 신하가 한 임금을 모시고 있는 정자에 다다랐다. 여기서 군신들은 서로 강개시(慷慨詩)를 화답(和答)하게 된다. 처음 왕(단종)이 단정하게 좌정하고는 시 한 수를 낭독하니, 제일좌(第一座)에 있던 인수(仁叟) 박 팽년을 비롯해서 순차(順次)로 제이좌(第二座)의 근보 성 삼문, 제삼좌(第三座)의 천장 하 위지, 제사좌의 청보 이 개, 제오좌의 태초 유 성원, 복건야복(幅巾野服)의 남 효온, 그리고 몽유자(夢遊者)인 원 자허가 노래를 부르는데, 한 기이한 남자가 돌입하여 서생(書生)들과는 족히 대사(大事)를 함께 의논할 수가 없다고 탄식하며 검무(劍舞)와 함께 비가(悲歌)를 부른다. 이는 선장(善長) 유 응부인 것이다. 유 응부의 노래가 채 끝나지 못하였을 때 거센 바람이 불고 천둥소리가 요란하더니 모두들 흩어지고 자허도 놀라 깨어 보니 한 꿈이었다.

이 '원생몽유록(元生夢遊錄)'의 작가 추정은 아직도 확실치 않은데, 임 제(林悌)가 작가라는 일설도 있다.

33. 초당에 일이 없어

초당(草堂)에 일이 없어 거문고를 베고 누워
태평성대(太平聖代)를 꿈에나 보려터니
문전(門前)에 수성어적(數聲漁笛)이 잠든 나를 깨와다

—유 성원—

♣ 어구 풀이—

초당(草堂):안채와 떨어져 있으며 짚이나 띠풀로 지붕을 이은 딴 채(조촐한 별채). 자기집을 낮추어 쓰는 말. **태평성대(太平聖代)**:어진 임금이 다스리는 평화로운 시대. **문전(門前)**:문 앞. **보려터니**:보려고 하였더니, 볼까 하였더니. **수성어적(數聲漁笛)**:고기잡이 하는 사람들이 부는 몇 마디의 피리소리. 어부들의 노래 소리. **깨와다**:깨우도다의 옛말. 깨우는구나!

♣ 해설—

초장:초당(草堂)에 앉았어도 별로 하고 싶은 일이 없으므로 거문고를 베고 드러누워서

중장:살기 좋고 평화로운 세상을 꿈속에서나 겪어볼까 하였더니

종장: 채 꿈도 이루기 전에 문밖에서 떠들썩하는 어부들의 노래소리가 잠들었던 나를 기어이 깨워놓고 마는구나!

♣ 감상—

이 시조는 수양대군이 자기 조카 단종을 내치고 자신이 왕위에 오르기 위해 그 제1 단계로서 김 종서(金宗瑞)를 암살(暗殺)한 것을 읊은 작품이라 한다. 수양대군은 이어서 황 보인(皇甫仁)과 동생인 안평대군을 죽이고 영의정에 올랐다가 2년 후에 단종을 내치고 다시 그 이듬해에는 성 삼문 등 사육신을 살해하였다. 중장의 첫 구에서 말하는 '태평성대'란 지나간 세종조의 30여 년에 걸친 평화로왔던 시절을 가리키는 것이며, 종장의 어부의 피리소리는 피비린내 나는 수양대군의 권력투쟁의 소음을 암시하는 것이다. 작가는 이런 모든 상황을 다 떨쳐버리고 잠을 청해 지나간 과거의 평화로왔던 추억을 되새겨 보려 하였으나 그것마저도 뜻대로 되지 않음을 한탄하고 있는 것이다.

♣ 작가 소개—

유 성원(柳誠源, ?~1456): 자는 태초(太初). 호는 낭간(琅玕). 사육신의 한 사람. 세종 29년에 등과하여 집현전에 선입(選入)되었다. 수양대군이 김 종서 등을 죽이고서 그 공(功)을 주공(周公)에 견주어 집현전의 학사들에게 송덕문(頌德文)을 지으라 명하자 다들 자리를 피하고 홀로 유 성원만이 남았다가 기초(起草)하기를 협박당하고는 집에 돌아가 통곡하였다고 한다. 단종 복위를 꾀하다가 탄로나게 되자 성균관사성(成均館司成)으로 있던 그는 빨리 집으로 돌아가 사당(祠堂) 앞에서 자결(自決)하였다.

34. 촉백제 산월저하니

촉백제(蜀魄啼) 산월저(山月低)하니 상사고

(相思苦) 의루두(倚樓頭)라
이제고(爾啼苦) 아심수(我心愁)하니 무이성(無爾聲)이면 무아수(無我愁)랏다
기어인간이별객(寄語人間離別客)하나니 신막등(愼莫登) 춘삼월(春三月) 자규제(子規啼) 명월루(明月樓)를 하여라

—단 종—

♣ 어구 풀이—

촉백제(蜀魄帝):'촉백'은 '소쩍새'의 별칭. 옛날 촉(蜀)나라로 귀양을 간 두우라는 사람이 고향을 그리워 하다가 죽었는데, 그 넋이 되살아나서 이 소쩍새가 되었다고 하여 촉백이라고 한다. 소쩍새는 올빼미 종류 가운데 가장 작고, 밤에 활동하는 것으로서 오월에 와서 시월에 가는 철새. 고목이나 굴 속에 살고 곤충을 잡아 먹는 익조이다. '제(啼)'는 운다는 뜻. **산월저(山月低)**:산마루에 걸린 달. '低'는 낮다는 뜻인데, 곧 떨어져 간다는 뜻으로, '달이 떨어져가니'. 의역하면 '밤이 깊어가니'의 의미이다. **상사고(相思苦)**:그리워하는 괴로움. 남녀가 서로 그리워하는 안타까움. **의루두(倚樓頭)**:'의(倚)'는 '기댄다'는 뜻. '루두(樓頭)'는 다락머리 난간을 의미. 곧 다락마루 난간에 기댐. **이제고(爾啼苦)**:네가 울며 괴로와 하면. '爾'는 2인칭 대명사로 여기서는 '촉백(蜀魄)'을 가리킴. **아심수(我心愁)**:내 마음이 쓸쓸함. **무이성(無爾聲)**:너의 울음소리가 없음. **무아수(無我愁)**:나의 쓸쓸한 마음. **기어인간이별객(寄語人間離別客)**:이 세상에서 이별한 사람들에게 부탁한다는 뜻이다. **신막등(愼莫登)**:삼가서 오르지 말도록 하라. **자규(子規)**:역시 소쩍새의 별칭.

♣ 해설—

초장:소쩍새는 슬피 울고 달은 산마루에 걸리었으니, 임을 그리워하며 다

락머리에 기대어 섰노라.

중장:소쩍새야, 네가 피나게 울면 이내 마음 슬퍼지고, 네 울음소리가 들리지 않으면 이내 슬픔이 사라지련마는

종장:이 세상에서 그리운 님과 생이별한 나그네에게 부탁하노니, 춘삼월 달 밝은 밤에 소쩍새 울거든 아예 누각에는 오르지 말도록 해라.

♣ 감상—

이 시조는 왕위에서 물러난 자신의 외롭고 서글픈 심정을 촉(蜀)나라 망제(望帝)의 넋에 의탁해 비유한 노래이다. 형식적인 면에서 볼 때 단지 한시(漢詩)에 토(吐)를 단 것에 불과하나, 어린 임금의 한(恨)이 눈물겹게 담겨져 있는 듯해 보는 사람들의 눈시울을 적시게 하는 애닯은 시조라 하겠다.

♣ 작가 소개—

단종(端宗, 1441~1458):5대 문종(文宗)의 맏아들로서 나이 불과 12세에 왕위에 올랐으나 3년만에 삼촌 수양대군에게 왕위를 빼앗기고 노산군(魯山君)으로 강봉되어 영월(寧越) 외딴 곳으로 쫓겨났다가, 이어서 임금자리에 오른 숙부 세조로부터 내린 사약(死藥)을 마시고 18세란 어린 나이로 한많은 이 세상을 하직했다. 단종의 복위를 꾀하다가 발각되어 목숨을 잃은 사육신도 바로 이 때에 빚어진 애닯은 사화(史話)이다.

35. 삭풍은 나모 끝에

삭풍(朔風)은 나모 끝에 불고 명월(明月)은 눈 속에 찬데

만리(萬理) 변성(邊城)에 일장검(一長劍)을

짚고 서서
긴 파람 큰 한 소래에 거칠 것이 없애라
—김 종서—

♣ 어구 풀이—

삭풍(朔風): 북풍(北風). '삭(朔)'은 ① 북쪽. ② 초하루. ③ 처음 등의 뜻이 있음. 여기서는 추운 바람. **나모**: 나무(木). **만리변성(萬里邊城)**: 멀리 떨어진 국경 부근의 성. 곧, 김 종서가 있었던 함경도 북방의 육진(六鎭)을 가리킴. **일장검(一長劍)**: 한 자루 긴 검. **긴 파람**: 긴 휘파람. **한 소래**: 크게 한 번 외친 소리. '한'은 '큰(大)'의 뜻. **없애라**: 없어라. 없구나.

♣ 해설—

초장: 몰아치는 북풍은 앙상한 나뭇가지를 스치고, 중천에 뜬 밝은 달은 눈으로 덮인 산과 들을 비쳐 싸늘하기 이를 데 없는데

중장: 이 때 멀리 떨어져 있는 변방(국경) 성(城)에서 긴 칼을 힘있게 짚고 서서

종장: 휘파람을 불어치며 큰 소리로 고함을 지르니, 천지가 진동하는 듯한 소리에 감히 대적하는 것이 없구나.

♣ 감상—

이 시조는 지은이 김 종서가 함경도 종성(鐘城), 회령(會寧), 경원(慶源), 경흥(慶興), 은성(隱城), 부령(富寧) 등 오랑캐를 막으려고 육진(六鎭)을 개척할 때에 군인의 호방한 기개를 읊은 것으로, 호기가(豪氣歌)라 한다.

초장에서는 '삭풍'과 '명월'을 댓구적으로 표현함으로써 겨울 밤 변방의 분위기를 묘사했고, 중장에서는 장부의 호기(豪氣)를 '일장검'으로 나타냈으며, 종장에서는 대장부의 호방한 기개를 직설적으로 표현하고 있다. 즉, 이 노래는 변방을 수호하는 무장(武將)의 씩씩한 기

상을 사실적으로 표현한 시조이다.

♣ 작가 소개—

김 종서(金宗瑞, 1390~1453):자는 국경(國卿). 호는 절재(節齊). 순천(順天) 사람으로 이조 세종에게 총애를 받던 명장이다. 16세에 식년시(式年試)에 급제하였고, 44세에 함길도 관찰사(咸吉道觀察使)가 되어 야인(野人)을 격퇴하고 육진(六鎭)을 설치하여 두만강을 경계로 국경선을 확정시켰다. 51세에 형조(刑曹)·예조(禮曹) 판서가 되었고, 62세에 지춘추관사(知春秋館事)가 되어 「고려사(高麗史)」를 개찬 간행하고, 이어 우의정(右議政)에 올랐으며, 63세에 세종실록의 총재관(摠裁官)을 거쳐 「고려사절요(高麗史節要)」의 편찬을 감수하였고, 이 해에 단종이 12세로 즉위하자 좌의정이 됨. 64세에 두 아들과 함께 수양대군에 의해 피살되었다.

36. 장백산에 기를 곶고

장백산(長白山)의 기(旗)를 곶고 두만강(豆滿江)의 말을 싯겨
서근 져 선비야 우리 아니 사나희냐
엇더타 인각화상(獜閣畵像)을 누고 몬져 하리오

—김 종서—

♣ 어구 풀이—

장백산(長白山): 백두산(白頭山)을 중국 측에서 일컫는 말. 백두산 꼭대기에 있는 화산구(火山口)의 호수인 천지(天地)가 유명하나, 중국과의 국경선을 긋는 정계비(定界碑)가 숙종 38년에 세워졌는데, 우리 나라측의 무능으로 인해 천지(天地) 보다는 남쪽으로 처진 곳에 세워졌다. **말을 싯겨**: 말을 씻기어. **서근 져 선비**: 썩어 빠진 선비. 쓸모없는 선비. 곧 부유(腐儒). **사나희**: 사나이(男兒). **엇더타**: '어떠하다'의 준말. 여기서는 감탄사로 쓰임. **인각화상(獜閣畵像)** '獜'은 '麟'과 통하여 '麟閣'은 '기린각(麒麟閣)'의 준말로, '기린각'은 전한(前漢) 무제(武帝)가 기린을 잡았을 때 지은 높은 집인데, 후에 효선제(孝宣帝)가 거기에 국가 공신을 그려 걸었다. 「해동가요(海東歌謠)」, 「가곡원류(歌曲源流)」 등에는 '능연각(凌烟閣)'으로 되어 있는데, '능연각'은 당(唐)나라 때 국가에 공훈이 많은 사람의 화상을 그려서 걸었던 집이다. 어느 쪽이든 국가에 공을 세운 사람의 화상을 걸었던 집으로, 의미하는 바가 같은 것이다.

♣ 해설—

초장: 우리는 백두산에다 군기를 꽂아 놓고 줄기찬 두만강의 물에서 말을 씻기곤 하니, 이 어찌 호담한 기상이 아니랴?

중장: 저 서울에서 남을 시기하고 모함만을 일삼는 썩어빠진 선비들아, 우리의 이 사나이다운 모습을 보아라.

종장: 나라에 공훈이 많은 신하의 얼굴을 그려 건다는 기린각에 과연 누구의 화상이 먼저 걸리겠느냐?

♣ 감상—

이 시조는 함경도의 여진(女眞)을 치고 육진(六鎭)을 개척할 때 비겁한 반대파 때문에 만주 회복의 대망을 이루지 못한 울분을 표현한 것이라고 한다. 초장에는 무인(武人)의 기개(氣槪)가 넘치고, 중장에는 반대파 즉, 문관들에 대한 힐책, 경고, 원망 등으로 충군애국(忠君愛國)의 격정이 나타나 있고, 종장에는 무인의 떳떳한 자부심(自負心)과 함께 문관들에 대한 멸시가 나타나 있다. 아뭏든 전체적으로 무인다운 호기가 엿보이는 시조라 할 수 있겠다.

37. 장검을 빠혀들고

장검(長劒)을 빠혀들고 백두산(白頭山)에 올라보니
일엽제잠(一葉鯷岑)이 호월(胡越)에 잠겨세라
언제나 남북풍진(南北風塵)을 헤쳐볼가 하노라

—남 이—

♣ 어구 풀이—

장검(長劒):긴 칼. **빠혀들고**:빼어 들고. **일엽제잠(一葉鯷岑)**:조그맣게 보이는 우리나라. **호월(胡越)**:북호(北胡)와 남월(南越). **잠겨세라**:북호와 남월 사이에 잠겨 있구나. ※ 어떤 책에는 중장이 '대명천지(大名天地)에 성진(腥塵)이 잠겨세라'라고 표기되어 있음. 이는 '환하게 밝은 세상이 싸움으로 인해 먼지에 잠겨 있구나'의 뜻임. **남북풍진(南北風塵)**:남만(南蠻)과 북적(北狄)이 일으키는 병란(兵亂), 곧 전쟁을 의미함.

♣ 해설—

초장:긴 칼을 빼어 들고 백두산의 높은 곳에 올라와 보니
중장:우리나라의 조그맣게 보이는 땅이 북호와 남월에 잠겨 있구나(밝고

맑은 천지에 전쟁 기운이 덮여 있구나)

종장:아! 언제나 남쪽과 북쪽의 자주 일어나는 싸움을 평정하여 세상을 바로 잡을까.

♣ 감상—

이 시조는 남 이 장군이 세조 13년(1467)에 '이 시애(李施愛)의 난'과 건주위(建州衛)를 정벌하고 돌아올 때 지은 것이라고 한다. 이 시조에는 남만과 북호를 밀어붙여 나라의 안정을 되찾으며, 국란(國亂)을 평정하고자 하는 장군의 웅혼(雄渾)한 포부와 기상이 잘 나타나 있다.

♣ 작가 소개—

남 이(南怡, 1441~1468):세조 때의 장수로 태종의 외손. 17세에 무과에 급제하여 세조의 총애를 받았다. 이 시애(李施愛)의 난 때 이를 토벌한 공으로 일등 적개공신이 되었고, 이어서 건주위(建州衛)를 토벌하고 27세에 병조판서에 올랐다. 예종 즉위년에 대궐 안에서 야직(夜職) 중 혜성이 떨어지자, '묵은 것이 가고 새 것이 올 징조(除舊布新)'라고 말한 것이 평소에 그를 시기하던 유 자광(柳子光)에 의해 역모(逆謀)로 몰려 강 순 등과 함께 28세 때 처형당했다.

♣ 참고—

〈남 이 장군의 한시(漢詩)〉

白頭山石磨刀盡(백두산석마도진:백두산 돌에 칼을 갈고)

豆滿江水飮馬無(두만강수음마무:두만강 물을 말에게 먹여)

男兒二十未平國(남아이십미평국:사내 20세에 나라를 평정하지 못하면)

後世誰稱大丈夫(후세수칭대장부:후세에 누가 대장부라 칭하리)

이 한시(漢詩)의 '미평국(未平國)'을 '미득국(未得國)'이라고 고쳐, 유 자광 일파가 사화를 일으켜 남 이 장군을 해쳤다.

38. 적토마 살지게 먹여

적토마(赤兎馬) 살지게 먹여 두만강(豆滿江)에 싯겨 셰고
용천검(龍泉劍) 드는 칼을 선뜻 빼쳐 두러 메고
장부(丈夫)의 입신양명(立身揚名)을 시험(試驗)할가 하노라

—남 이—

♣ 어구 풀이—

적토마(赤兎馬):훌륭한 말. 준마(駿馬). 중국 삼국시대 관운장(關雲長)이 탔다는 준마. 원래 여포(呂布)의 소유였다고 한다. **살지게**:살찌게. · '살찌다'는 동사이며, '살지다'는 형용사. **셰고**:세우고(立). **용천검(龍泉劍)**:훌륭한 칼. 보검(寶劍). 옛 중국의 보검. **빼쳐**:빼어. **두러 메고**:둘러메고. **장부(丈夫)**:'대장부(大丈夫)'의 준말이다. **입신양명(立身揚名)**:출세하여 그 명성이 세상에 드날림.

♣ 해설—

초장:적토마와 같은 훌륭한 말을 살찌게 먹여 두만강 물에 씻겨 세우고(타고)

중장:용천검과 같은 매우 잘 드는 칼을 선뜻 빼어 둘러메고

종장:사내 대장부의 공명을 세워 이름을 드날림을 시험해 볼까 하노라.

♣ 감상—

지은이 남 이 장군은 이 시애의 반란이 일어나자 출전하여 용맹을 떨쳤고, 건주위를 정벌할 때에도 선봉으로 적진에 들어가 적을 무찔

렸는데, 이 시조도 그 당시의 작품이다.

적토마(준마를 비유)와 용천검(보검을 비유)을 댓구적 형식으로 표현하고 있는 이 시조는 대장부의 입신양명을 꿈꾸는 호기가(豪氣歌)라 하겠다. 무인(武人)의 기개가 담겨 있어 김 종서의 호기가와 쌍벽을 이루며, 장부의 호방한 기개와 충성스러운 절의가 넘쳐 흐르는 작품이다.

♣ 작가 소개—

남 이(南怡):앞 시조 참조.

39. 추강에 밤이 드니

추강(秋江)에 밤이 드니 물결이 차노매라
낚시 드리우니 고기 아니 무노매라
무심(無心)한 달빛만 싣고 빈 배 저어 오노매라

—월산대군—

♣ 어구 풀이—

추강(秋江):가을철의 강. **드니**:되니. 으슥하여지니. **차노매라**:차기도 차구나. 기본형 '차다'. **드리우니**:물 속에 드리우니. **무노매라**:무는구나. 기본형은 '물다'. **무심(無心)한**:욕심이 없는, 사심(邪心)이 없는. **오노매라**:오는구나.

♣ 해설—

초장:겨울철 강가에 밤이 깊어지니 물결이 차가와지는구나!

중장:물이 차가운 탓인지 낚시를 드리워도 고기가 물리지 않는구나.

종장:낚싯꾼도 단념한 듯 무심한 달빛만 빈 배에다 가득 싣고 외롭게 돌아오고 있도다.

♣ 감상—

월산대군은 숙부인 예종이 왕위에 오르므로 왕위를 잇지 못하고 자연에 묻혀 풍류스런 생활을 즐긴 인물이다.

이 시조는 자연과 더불어 유유자적하는 풍류를 시각적으로 잘 묘사한 작품이다. 충의사상이나 회고의 정이 주류를 이루던 이조 초의 시조들과는 달리 강호의 한정(閑情)을 담담한 심정으로 읊은 작품이다. 속세를 떠나 한가로이 가을 달밤의 운치 속에 낚시를 드리우고 있는 모습은 한 폭의 동양화를 연상케 하며, 고기 대신 아름다운 달빛을 가득 싣고 돌아오면서도 오히려 만족해하는 작가의 사심(邪心)없는 마음은 안빈낙도(安貧樂道)하던 우리 조상들의 생활의 일면을 보는 듯하다.

♣ 작가 소개—

월산대군(月山大君, 1454~1488):자는 자미(子美). 호는 풍월정(風月亭). 시호는 효문(孝文). 이름은 정(婷). 덕종(德宗)의 맏아들이며, 성종(成宗)의 친형. 세조의 장손으로 매우 사랑을 받았으며, 세조 5년에 월산군에 봉해지고, 세조 16년에는 대군으로 봉하였다. 그가 왕위에 오르지 못했음은 부친 덕종이 불과 20세의 나이로 요절(夭折)하여 삼촌인 예종이 동궁(東宮) 자리를 이었기 때문이다. 그는 사서를 즐겨 읽으며 시문에도 능하여 그의 시가 명나라에까지 전해지기도 했다. 그는 또한 산수와 풍류를 좋아하여 근교에다 별장을 지어두고 자주 나아가 풍류를 즐기곤 하였으나, 35세의 젊은 나이로 세상을 끝마쳤다. 그의 저서로는 「풍월정집(風月亭集)」25권이 있다.

♣ 참고—

윗 시조는 월산대군의 창작이 아니고 중국의 선자화상(船子和尚) 시를 의역한 것이라고도 하는데, 원시는 다음과 같다.

千尺絲綸直下垂(천척사륜직하수:긴 낚시줄을 똑바로 늘어뜨리니)

一波自動萬波隨(일파자동만파수:하나의 물결이 일어 번져서 멀리로 퍼져나간다)

夜靜寒魚不食餌(야정한어불식이:밤은 고요하고 물이 차서 고기는 미끼를 물지 않으니)

滿船空載月明歸(만선공재월명귀:달빛만 가득 빈 배에 싣고 돌아온다)

40. 이시렴 부디 갈다

이시렴 부디 갈다 아니 가든 못할소냐
무단(無端)히 네 슬트냐 남의 말을 들엇으냐
그려도 하 애도래라, 가는 뜻을 일러라

—성 종—

♣ 어구 풀이—

이시렴:있으려무나. **원형**:'이시다'의 명령형. **부디**:굳이. 꼭. 여기서는 '꼭'의 뜻의 부사. **갈다**:가겠느냐? **가든**:가지는. **못할소냐**:못하겠느냐? 못할 것이냐. **무단(無端)히**:공연히. 까닭없이. **슬트냐**:싫더냐. **그려도**:그래도. 오히려. **하**:몹시. **애도래라**:애닯구나. '애닯다'의 감탄형.

♣ 해설—

초장:떠나지 말고(내 곁에) 있게나? 그래도 기어이 가려고 하는가? 아니 가지는 못할 것인가?

중장:공연히 그대는 내가 싫어져서 가려고 하는 것인가? 그렇지 않으면

남의 말을 듣고서 그저 돌아가려고 하는 것인가?

종장:그래도 몹시 애가 타는구나! 정녕 가야 한다면 가는 뜻이나마 좀 속 시원히 말해 보게나.

♣ 감상—

성종(成宗)이 아끼는 신하인 유 호인(兪好仁)이 그 노모(老母) 때문에 벼슬을 그만두고 고향인 선산(善山)으로 돌아갈 것을 왕께 간곡히 빌었다. 왕은 총애하는 신하인 유 호인을 자기 옆에서 떠나 보내고 싶지가 않았다. 그러나 굳이 간다기에 친히 술잔을 들어 권하며 이 노래를 읊은 것이다. 초장은 보통 대화에서 쓰는 말 그대로인데도 세련된 느낌이 들고, 그러면서도 진솔한 정(情)이 담뿍 담겨 있고, 중장은 보내는 이(성종 자신)의 섭섭한 마음이 엷은 구름처럼 서리어 있다. 종장에서 '하 애도래라'는 '하도 내가 안타까와서 못견디겠으니' 한 마디 말이나 해보라는 호소인 것이다. 위엄과 권위만을 내세우는 제왕이 그 신하 앞에서 이런 노래를 부를 수 있다는 것이 놀랍다. 임금으로서 지켜야 할 여러가지 법도에서 벗어나 인간적인 인정미가 듬뿍 엿보이는 작품이다. 이 시조는 선조(宣祖)가 노 신(盧愼)이 벼슬을 마다하고 돌아갈 때 지은 다음의 시조와 함께 군신의 의가 잘 나타난 작품이다.

오면 가려 하고 가면 아니 오네
오노라 가노라니 볼 날이 전혀없네
오늘도 가노라 하니 그를 슬허하노라

♣ 작가 소개—

성종(成宗, 1457~1494):조선 제 9대 임금. 덕종(德宗)의 둘째 아들. 예종이 재위 1년만에 승하하자, 예종께서 후사가 없어 상주를 결정하지 못하고 황황히 서두르던 차에, 세조비 정희왕후(正憙王后) 윤씨(尹氏)가 성종의 슬기로움을 사랑하여 불과 13세의 어린 나이로 대통을 잇게 하였다. 재위 25년 동안에 세종·세조의 치적(治積)을 이어 많은 치적을 남겼으니, 현사준재

(賢士俊才)를 널리 등용하여 〈여지승람(輿地勝覽)〉, 〈동문선(東文選)〉, 〈동국통감(東國通鑑)〉, 〈악학궤범(樂學軌範)〉 등의 편찬과 아울러 〈두시(杜詩)〉의 번역을 시켰고, '존경각(尊經閣)' '향현고(香賢庫), 홍문관(弘文館)' 등을 설치하였다.

41. 삿갓세 도롱이 입고

삿갓세 도롱이 입고 세우중(細雨中)에 호믜 메고
산전(山田)을 흣매다가 녹음(綠陰)에 누어시니
목동(牧童)이 우양(牛羊)을 모라 잠든 날을 깨와다

—김 굉필—

♣ 어구 풀이—

삿갓세:삿갓에. **도롱이**:풀을 엮어서 만든 비옷. 한자로는 '녹사의(綠蓑衣)'라고 한다. **세우(細雨)**:가느다란 비. 가랑비. **호믜**:호미. **흣매다가**:흩어 매다가. 호미질 하다가. **녹음(綠陰)**:푸른 나무 그늘. **우양(牛羊)**:소와 양. **모라**:몰아. **깨와다**:깨우도다. 깨우는구나.

♣ 해설—

초장:머리에 삿갓을 쓰고 몸에는 도롱이를 걸치고 이슬비가 촉촉히 내리

는 중에도 호미를 들고

중장:산속의 밭을 매다가 푸른 나무 그늘에서 쉬었는데, 어느덧 잠이 들어 버렸다.

종장:잠을 자고 있노라니 목동이 몰고가는 소와 양의 울음소리를 듣고 문득 잠에서 깨어났다.

♣ 감상—

이 시조는 전원 생활을 배경으로 한 작품으로, 이슬비 속에서 삿갓을 쓰고 도롱이를 걸치고 호미를 맨 지은이의 모습은 산골의 평범하기 이를 데 없는 농사꾼을 연상케 한다. 하루종일 산전을 매다가 더위도 식힐 겸 나무 그늘을 찾아 풀밭에 몸을 누인 모습에서 우리는 한없는 평화로움을 느낄 수 있다. 이 시조는 권력 투쟁의 아귀다툼 속에서 생활하던 지은이가 그러한 환경에서 벗어나 초야에 묻혀 한가로운 전원 생활을 하면서 쓴 작품이라 하겠다.

♣ 작가 소개—

김 굉필(金宏弼, 1454~1504);자는 대유(大猷). 호는 한훤당(寒暄堂). 본관은 서흥(瑞興)이고, 김 종직(金宗直)의 문인(門人)으로 성리학을 배웠다. 성격이 호탕하고 고집이 세었으며 효성이 지극했다고 한다. 조선 오현(五賢) 중의 한 사람으로 무오사화(戊午士禍)에 연루되어 사사(賜死)되었다.

42. 올희의 달은 다리

올희의 달은 다리 학긔 다리 되도록애
거문 가마긔 해오라비 되도록애
향복무강(享福無疆)하샤 억만세(億萬歲)를

누리쇼셔

—김 구—

♣ 어구 풀이—

올희의:오리의(鴨). **댜른**:짧은. **학긔**:학(鶴)의. '학의'의 혼철 표기. **되도록애**:될 때까지. **가마긔**:가마귀가. **해오라비**:해오라기. 백로. **향복무강(享福無疆)하샤**:언제까지나 끝없이 복을 누리시어. **억만세(億萬歲)**:억만 년. 즉, 오랜 세월. **누리쇼셔**:누리십시오. '쇼셔'는 존칭 명령형 어미.

♣ 해설—

초장:오리의 짧은 다리가 학의 다리처럼 길어질 때까지
중장:검은 까마귀가 해오라기처럼 희게 되도록까지
종장:복을 누리심이 무한하시어 억만년을 누리옵소서.

♣ 감상—

김 구가 어느날 옥당(玉堂)에서 숙직을 하면서 글을 읽고 있을 때 중종이 옥당에 찾아왔다. 중종은 '달이 밝은지라 후원에 나왔다가 그대의 맑은 음성에 마음이 끌리기로 찾았노라. 이런 때에 어찌 군신의 예를 가릴 것이냐. 마땅히 붕우(朋友)로서 사귈지어다'라고 하였다. 이어 주찬을 차려 잔을 기울였는데, 이때 지어 부른 2 수 중의 한 수이다. 초장 · 중장은 대조법 · 댓구법과 조사의 생략 등으로 음악적 율조의 효과를 거두었고, 불가능한 사실을 들어 과장, 강조함으로써 시간적 무한성을 나타내어 종장의 향복무강, 억만세를 누리라는 가상적 상황과 어울려 오래오래 사실 것을 비는 작자의 심정이 잘 나타나 있는 작품이다.

♣ 작가 소개—

김 구(金絿, 1488~1534);자는 대유(大柔). 호는 자암(自庵). 본관은 광주(光州). 조선 중종 때의 학자로 중종 8년에 문과에 장원하고 벼슬이 부제학

(副提學)에 이르렀다. 그는 시가에 취미가 있어 고금의 명작을 애송하고 창작도 많이 하였으며, 글씨에도 일가(一家)를 이루어 인수체(仁壽體)라는 독특한 서체를 만들어 냈다. 을묘사화로 조 광조 등과 같이 해남(海南)으로 유배되었다가 중종 29년에 세상을 끝마쳤다. 저서로는 경기체가 형식의「화전별곡(花田別曲)」과 시조 5수,「자암집(自庵集)」등이 전한다.

43. 나온다 금일이야

나온다 금일(今日)이야 즐거온다 오늘이야
고왕금래(古往今來)에 유(類)없은 금일(今日)이여
매일(每日)이 오늘 같으면 므삼 성이 가시리

-김 구-

♣ 어구 풀이—

나온다: 낫구나. 즐겁도다. 기쁘도다. **고왕금래(古往今來)**: 지나간 옛부터 오늘에 이르기까지. **유(類)없는**: 유가 없는. 다시 없는. **무삼**: 무엇. 무슨의 옛말. 관형어. **성이 가시리**: 성가시랴. 피곤하랴. 걱정이 되어 속이 상하겠는가?

♣ 해설—

초장: 좋구나 오늘이여, 즐겁구나 오늘이여
중장: 예부터 지금까지 유례가 없는 금일이여
종장: 날마다 오늘 같이만 즐겁다면 무슨 걱정이 있겠다고 속을 썩히겠는가?

♣ 감상—

이 시조 역시 앞 시조와 마찬가지로, 자암이 홍문관(弘文館)에서 숙직하고 있을 때 글을 읽고 있었더니 중종이 그 소리를 듣고 주찬(酒饌)을 내리면서 노래를 지으라 하시매 즉석에서 부른 두 수 중 하나이다. 임금이 자신을 찾아 준 것에 대해 기쁨을 감추지 못하며 지은 노래로 조선 시대의 선비들이 지녔던 충의(忠義) 사상이 그 바탕을 이룬 시조라 하겠다.

♣ 작가 소개—

김 구(金絿):앞 시조 참조.

44. 요순같은 님군을

요순(堯舜)같은 님군을 뫼와 성대(聖代)를 다시 보니
태고건곤(太古乾坤)에 일월(日月)이 광화(光華)로다
우리도 수역춘대(壽域春臺)에 늙은 줄을 모로리라

—성 운—

♣ 어구 풀이—

요순(堯舜):중국 고대의 성천자(聖天子)인 요임금과 순임금. **님군**:임금. **뫼와**:모시어. **성대(聖代)를**:성세(聖世)를. 한창 융성한 세대를. **태고건곤(太古乾坤)**:옛 천지, 옛 순박한 세상. **광화(光華)로다**:밝게 빛나도다. **수역춘대(壽域春臺)**:성군(聖君)이 다스리는 축복받은 세대. **모로리라**:모르리라. 모를 것이다.

♣ 해설—

초장:요순 같은 임금을 모시어 융성한 세대를 누리니(다시 보니)

중장:옛 천지에 해와 달이 밝게 빛나도다.

종장:우리는 성군(聖君)이 다스리는 축복받은 세대이므로 늙는 줄도 모를 것이다.

♣ 감상—

당우천지(唐虞天地)란 도당씨(陶唐氏)와 유우씨(有虞氏)의 태평성대를 말한다. 초장에서는 이러한 요순과 같은 성군을 맞이함을, 중장에서는 태평성대를 맞이하게 되었음을 노래했으며, 종장에서는 이를 구가하는 모습이 잘 나타나 있다. 이는 당대의 유학자들이 일반적으로 가지고 있던 충군사상의 반영이라 볼 수 있으며, 그러한 사상 속에서 유유자적하던 모습의 표출이라 하겠다.

♣ 작가 소개—

성 운(成運, 1497~1579):자는 건숙(健叔). 호는 대곡(大谷). 본관은 창령(昌寧). 어려서부터 학문에 뜻을 두고 성현을 사모하더니 중종 때 사마시(司馬試)에 합격. 형이 을사사화로 죽음을 당한 후로는 세상과는 절연하고 보은(報恩)에 은거하며 산수로 벗을 삼고 도학연구(道學研究)에 골몰하였다. 명종육행(明宗六行:孝, 友, 睦, 婣, 任, 恤)을 갖춘 선비라 하여 육품(六品)을 주어 삼공(三公)과 한가지로 예우하였으나 끝내 입조(入朝)하지 않았다. 저서로는「대곡집(大谷集)」등이 있다.

♣ 참고—

지은이는 형이 을사사화로 억울하게 죽임을 당하자 벼슬에의 뜻을 버리고 이 토정(李土亭), 서 화담(徐花潭), 조 식(曺植) 등과 사귀며 시와 거문고를 벗삼아 평생을 전원에 묻혀 살았는데, 그 무렵 지은 시조 하나를 소개한다.

전원에 봄이 드니 이 몸이 일이 하다
꽃남근 뉘 옮기며 약(藥) 밭은 언제 갈리
아희야 다 베어 오너라 사립 먼저 결으리라

45. 꿈에 증자께 뵈와

꿈에 증자(曾子)께 뵈와 사친도(事親道)를 묻자온듸
증자왈(曾子曰) 오호(嗚呼)라 소자(小子)야 드러서라
사친(事親)이 개유타재(豈有他哉)리오 경지이이(敬之而已)라 하시더라

—조 광조—

♣ 어구 풀이—

증자(曾子): 공자의 제자로서 공자의 손자인 자사(子思)의 스승. 효경(孝經)은 그가 공자께 배운 것을 제자들이 엮은 것. 대학(大學)에도 그의 사상이 엿보인다. **사친도(事親道)**: 어버이를 섬기는 일. 어버이를 받드는 길. **오호(嗚呼)**: 슬프다!. 여기서는 '아'라는 뜻을 지닌 감탄사. **소자(小子)야**: 어린 아이야. 이를테면 웃사람이 아랫사람을 부를 때 쓰는 호칭. 지금으로 말하면

'자네' '군'과 같은 뜻이다. **드러서라**:들어 보아라. **개유타재(豈有他哉)리오**:어찌 딴 것이랴. 별 것이 아니다. **경지이이(敬之而已)**:오직 공경할 뿐이다.

♣ 해설—

초장:꿈에 증자(曾子)를 뵙고서 어버이 모시는 도리에 관해서 여쭤보았더니

중장:증자께서 말씀하시기를 아, 여보게 한 번 들어 보게나,

종장:'어버이를 받드는 일은 별다른 것이 아니라네. 오직 공경하면 될 따름이지'라고 말씀하시더라.

♣ 감상—

효경(孝經)에는 효에 대하여 다섯가지로 나누어 설명하고 있는데, 그것은 천자(天子)의 효, 제후(諸侯)의 효, 경대부(卿大夫)의 효, 사(士)의 효, 서인(庶人)의 효이다. 여기서는 서인(庶人)의 효에 대해 정의를 내린 증자의 말을 빌어 이야기하고 있는 것이다. 사실 '敬之而已'라고 말한 '敬'속에 효에 대한 모든 것이 다 포함된다고 하겠다. 공경하는 마음만 있다면 효(孝)란 저절로 우러나오는 것이 아니겠는가?

♣ 작가 소개—

조 광조(趙光祖, 1482~1519):자는 효직(孝直). 호는 정암(靜庵). 17세 때 아버지가 어천(魚川) 찰방으로 있을 때 이웃 고을인 희천에 때마침 무오사화로 귀양와 있는 김 굉필을 알게 되어 그에게서 글을 배워 중종 5년에 진사시(進士試)에 장원으로 급제. 그 후 알성시 을과(謁聖詩乙科)에 장원하여 벼슬길에 올라 성균관전적(成均館典籍), 부제학(副提學), 대사헌(大司憲) 등을 역임했다. 그러나 지나친 급진정책으로 개혁을 시도했다가 훈구파(勳舊派)인 남 곤(南袞)·심 정(沈貞) 등의 무고로 기묘사화(己卯士禍) 때 사사(賜死)를 당함. 그는 약사발을 앞에 놓고 다음과 같은 한시를 남기고 죽었다고 한다.

愛君如愛父 爲國如爲家 白日臨下地 昭昭昭丹衷(임금님을 사랑하기를 아버지와 같이 하고 나라를 위하여 내 집과 같이 힘썼네. 밝은 햇님 아래 땅속으로 가게 되니 붉은 마음을 비추어 주소서)

♣ 참고—

효경(孝經):효경는 공자(孔子)와 증자(曾子)가 문답한 것을 기록한 것이라 하며, '경1장(經一章)'과 '전14장(傳十四章)'으로 되어 있다. 이 중 경문(經文)이 공자와 증자의 문답이고, 전문(傳文)은 이에 대해 덧붙인 해설로써 여러 전기에서 잡다하게 모아놓은 것이다. 경문의 첫머리에는 효도의 시작과 끝을 의논하고, 중간에는 다시 천자와 제후, 경대부, 선비, 서인의 효도를 말했으며, 마지막에는 결론으로, '천자(天子)로부터 서인에 이르도록 효는 끝남과 시작이 없고, 만일 효행을 지키지 않는다면 환란이 미치지 아니함이 없다'라고 하였다.

46. 농암에 올아 보니

농암(聾巖)에 올아 보니 노안(老眼)이 유명(猶明)이로다
인사(人事)이 변(變)한들 산천(山川)잇단 가실가
암전(巖前)에 모수모구(某水某丘)이 어제 본 듯 하예라

—이 현보—

♣ 어구 풀이—

농암(聾巖):그가 은거하던 고장 냇가에 있는 바위 이름. **올아**:올라. **노안(老眼)**:늙은이의 잘 보이지 않는 눈. **유명(猶明)이로다**:오히려 밝도다. 아직

도 밝도다. **인사(人事)이**:사람이 하는 일이. 세상 사람이 하는 일이. '이'는 주격조사. **산천(山川)잇단**:산천이야. '잇단'은 '이야'의 뜻을 지닌 강세 조사. **가실가**:변할가. 변하겠느냐. **암전(巖前)**:'농암'이란 바위 앞. **모수모구(某水某丘)이**:저 물 저 언덕이. '某'를 쓴 것은 구태여 이름을 밝힐 필요가 없으므로 사용한 것임. **듯 하예라**:듯 하도다. '예라'는 감탄형 종결어미.

♣ 해설—

초장:물가에 우뚝 선 농암이란 바위에 올라서 사면을 바라보니, 이 늙은이의 어두운 눈이 오히려 밝게 보이는구나.

중장:사람들이 하는 일에는 변화가 있을지언정 산천 즉, 자연의 경치에야 변함이 있겠느냐.

종장:바위 앞에 산과 언덕들은 어제 본 바와 같이 아무런 변화가 없이 그대로이구나.

♣ 감상—

지은이는 벼슬을 그만두고 고향인 경상도 예안(禮安)으로 돌아가 물살이 센 낙동강변에서 한가로이 지냈다. 그 강변 동쪽에는 큰 바위가 있었는데, 그는 이 바위 위에다 초막을 지어 어버이를 위한 놀이터로 만들고 애일당(愛日堂)이라 불렀다. 물살이 바위를 스치면 급한 여울을 이루어 초막에 앉았어도 아래서 부르는 소리가 들리지 않아 그 바위 이름을 '농암'이라 일컬었고, 이로 말미암아 자신의 호도 이를 본따 '농암'이라 지었다.

이 시조는 '변화 많은 세상사'와 '변함 없는 자연'을 댓구로 짝지어 초장과 중장에 배치했고, 농암 바위를 끼고 둘러 있는 물과 산들의 반가운 감회를 종장에 집약시켜 노래하고 있다.

♣ 작가 소개—

이현보(李賢輔,1467~1555):호는농암(聾巖), 애일당(愛日堂). 조선 세조에서 명종 때에 이르기까지의 문신. 연산군 때에 문과에 급제하여 부제학(副提學), 호조참판(戶曹參判), 지중추부사(知中樞府事)의 벼슬을 역임하였다. 말년에는 고향인 경상도 예안으로 돌아가 낙동강(洛東江) 상류(上流)의 산수를 즐기며 시작(詩作)과 음영(吟詠)으로 여생을 보내다가 39세의 고령으로 세상을 끝마쳤다. 작품으로는 예로부터 전하던 어부사(漁父詞)를 개작(改作)했고, 「농암가(聾巖歌)」, 「효빈가(效嚬歌)」 등 많은 시조를 남기었으며 문집(文集)도 전하고 있다.

♣ 참고—

농암집(聾巖集) ; 이 현보의 문집으로 그 중 잡저(雜著) 권지삼(卷之三)을 가사(歌詞)라 하고, 효빈가(效嚬歌), 농암가(聾巖歌), 생일가(生日歌), 어부가 9장(漁父歌九章), 어부단가 5장(漁父短歌五章) 등이 실려 있다.

47. 귀거래 귀거래 말뿐이오

귀거래(歸去來) 귀거래(歸去來) 말뿐이오 간이 없네
전원(田園)이 장무(將蕪)하니 아니 가고 어찌할꼬
초당(草堂)에 청풍명월(淸風明月)은 나명들명 기다리나니

—이 현보—

♣ 어구 풀이—

귀거래(歸去來) : 돌아가리라의 뜻. 도연명(陶淵明)의 귀거래사(歸去來辭)에서 인용한 말. 전원(田園) : 논밭과 동산을 뜻하는 말로, 곧 시골을 가리킨

다. **장무(將蕪)하니**:점점 황무지가 되려고 하니, 점점 거칠어 가니. **초당(草堂)**:안채와 떨어져 있으며, 짚이나 띠풀로 지붕을 이은 딴 채. **청풍명월(淸風明月)**:시원한 바람과 밝은 달. 흔히 축약하여 '풍월'이라고 함. **나명들명**: 나며들며

♣ 해설—

초장:돌아가리라 돌아가리라 하여도 모두들 말 뿐이요, 정말로 돌아간 사람은 없더라.

중장:고향의 논밭과 산이 점점 거칠어져서 황무지가 되고야 말 터이니 아니 가면 어찌 할 것인가.

종장:더우기 시원한 바람과 밝은 달빛이 들락날락하면서 나를 기다리고 있도다.

♣ 감상—

지은이 이 현보는 문신으로, 곧고 굳은 성품을 지닌 사람으로 소주도병(燒酒陶甁)이라 불렀다. 그 곧은 성품으로 인해 한때 귀양살이도 했고, 도연명의 귀거래사(歸去來辭)를 본따 시조 '효빈가(效嚬歌)'를 지을 만큼 전원에의 꿈을 지닌 시인이었다. 도연명이 벼슬을 버리고 고향으로 돌아갈 때 지은 '귀거래사'를 본따서 지었다 하여 '효빈가'라 이름하였다. 대부분의 벼슬아치들이 말로만 돌아간다, 돌아간다 하지만 자신은 직접 실행에 옮긴다는 뜻을 표현한 시조이다.

♣ 작가 소개—

이 현보(李賢輔);앞 시조 참조.

♣ 참고—

생일가(生日歌):이 현보가 자신의 80번 째의 생일을 맞아 지은 시조.
공명(功名)이 그지 이신가 수요(壽夭)도 천정(天定)이라
금서(金犀)띠 굽은 허리에 팔십봉춘(八十逢春) 그 몇 해오
연년(年年)에 오늘이야 역군은(亦君恩)이샷다.

48. 어부가(漁父歌)

〈1연〉
이듕에 시름업스니 어부(漁父)의 생애(生涯)이로다
일엽편주(一葉片舟)를 만경파(萬頃波) 띄워 두고
인세(人世)를 다 니젓거니 날 가는 줄을 알랴

〈2연〉
구버는 천심녹수(千尋綠水) 도라보니 만첩청산(萬疊靑山)
십장홍진(十丈紅塵)이 언매나 가렷난고
강호(江湖)에 월백(月白)하거든 더욱 무심(無心)하애라.

〈3연〉

청하(青荷)애 밥을 싸고 녹류(綠柳)에 고기 꿰어
노적화총(蘆荻花叢)에 배 매야두고
일반청의미(一般清意味)를 어느 부니 아라실고

〈4연〉

산두(山頭)에 한운(閑雲)이 기(起)하고 수중(水中)에 백구(白鷗)이 비(飛)이라
무심(無心)코 다정(多情)하니 이 두 거시로다
일생(一生)애 시르믈 닛고 너를 조차 노로리라

〈5연〉

장안(長安)을 도라보니 북궐(北闕)이 천리(千里)로다
어주(漁舟)에 누어신들 니즌 스치 이시랴?
두어라, 내 시름 아니라 제세현(濟世賢)이 업스랴?

—이 현보—

♣ 어구 풀이—

〈1연〉

이듕에:이 속에. 이러한 생활 속에. **시름업스니**:근심, 걱정이 없으니. **생애(生涯)**:①생활. ②생계. ③사람이 살아온 일생. 여기서는 ①의 뜻. **일엽편주(一葉片舟)**:아주 작은 한 척의 배. 작은 조각배. **만경파(萬頃波)**:한없이 너르고 너른 바다. '만경창파(萬頃蒼波)'라고도 함. **인세(人世)**:인간 세상. 세상의 일. **니젓거니**:잊었거니. **날 가는 줄을**:날이 가는 것을. 세월이 흐르는 줄을.

〈2연〉

구버는:굽어는. 굽어 보면. **천심녹수(千尋綠水)**:천 길이나 되는 깊고 푸른 물. **도라보니**:돌아보니. **만첩청산(萬疊靑山)**:여러 겹으로 첩첩이 쌓인 푸른 산. **십장홍진(十丈紅塵)**:열 길이나 되는 붉은 먼지. 여기서는 '어수선한 세상사'를 말함. **언매나**:얼마나. **가렷난고**:가리었는가. 가려 있는고. **월백(月白)하거든**:달이 밝거든. 달이 밝으면. **무심(無心)하애라**:무심하구나. 사심(邪心)이 없어지는구나. '애라'는 감탄형 종결어미.

〈3연〉

청하(靑荷):푸른 연꽃. **녹류(綠柳)**:녹색 버드나무. **노적화총(蘆荻花叢)**:꽃이 핀 갈대 떨기. **매야두고**:매어 두고. **일반청의미(一般淸意味)**:같은 맑은 의미. **어느 부니**:어느 분이. 어느 사람이. **아라실고**:알 것인가.

〈4연〉

산두(山頭):산의 맨꼭대기. 산머리. **한운(閑雲)이 기(起)하고**:한가로운 구름이 일고. **수중(水中)에**:물 속에. **백구(白鷗)**:갈매기. **비(飛)이라**:날고 있다. **다정(多情)하니**:다정한 것은. **시르믈 닛고**:걱정, 근심을 잊고, 시름을 잊고. **너를 조차 노로리라**:너를 좇아 놀리라. 너와 더불어 놀으리라.

〈5연〉

장안(長安):중국 당(唐)나라의 수도. 우리 시가에서는 흔히 한양(漢陽)의 의미로 쓰였음. **북궐(北闕)**:경복궁의 다른 이름. **어주(漁舟)**:고깃배. **누어신들**:누워 있은들. 누워 있더라도. **니즌 스치**:잊은 사이, 잊은 적이. '스치'는

'슷'에서 온 말로 짧은 동안의 시간을 의미함. **내 시름**:나의 근심. **제세현(濟世賢)**:세상을 건져낼 만한 위인.

♣ 해설—

〈1연〉

초장:이러한 생활(어부의 생활) 속에 근심, 걱정할 것이 없으니 어부의 생활이 최고로다

중장:조그마한 쪽배를 끝없이 넓은 바다 위에 띄워 두고

종장:속세의 일을 다 잊어버리고 있는데 세월이 흐르는 것을 알 수 있으랴.

〈2연〉

초장:아래로 굽어보니 천 길이나 되는 깊고 푸른 물이며, 돌아보니 겹겹이 쌓인 푸른 산이로다.

중장:열 길이나 되는 붉은 먼지(어수선한 세상사. 깨끗하지 못한 속세의 번뇌)는 얼마나 가려 있는고

종장:강과 호수에 밝은 달이 비치니 더욱 사심이 없어지는구나.

〈3연〉

초장:푸른 연잎에다 밥을 싸고 푸른 버들가지에 잡은 물고기를 꿰어

중장:갈대꽃이 우거진 떨기에 배를 매어두니

종장:이와 같은 일반적인 맑은 재미를 어느 사람이 알 것인가.

〈4연〉

초장:산머리에는 한가로운 구름이 일고 물 위에는 갈매기가 날고 있네

중장:아무런 사심없이 다정한 것으로는 이 두 가지뿐이로다.

종장:한 평생의 근심 걱정을 모두 잊어버리고 너희들과 더불어 놀리라.

♣ 전체감상—

어부가(漁父歌)는 일찌기 고려 때부터 12장으로 된 장가와 10장으로 된 단가로 전해져 왔는데 이 현보가 이를 개작하여 9장의 장가, 5장의 단가로 만들었다.

생업(生業)을 떠나 자연과 벗하여 고기잡이 하는 풍류객으로서의 어부의 생활을 그린 이 시조는 우리 선인들이 옛부터 요산요수(樂山樂水)의 운치있는 생활을 즐겼음을 알 수 있다. 그러나, 아무리 자연 속에 묻혀 산수를 즐겼을 망정 언제나 마음 한 구석에는 인간사(人間事)가 도사리고 있었으니 '인간사(人間事)를 다 니젓거니'와 '니즌 스치 이시랴'라고 한 것은 임금에 대한 충성을 나타낸 것으로 애국 충정이 엿보인다. 그러니 완전히 자연에 몰입했다고는 보기 어렵다. 한자어가 너무 많이 사용되었고, 정경의 묘사도 관념적이며 상투적인 용어가 쓰인 것이 커다란 흠이라고 하겠다.

♣ 작가 소개—
이 현보(李賢輔) : 앞 시조 참조.

49. 마음이 어린 후이니

마음이 어린 후(後)이니 하는 일이 다 어리다
만중(萬重) 운산(雲山)에 어늬 님 오리마는
지는 닙 부는 바람에 행여 긘가 하노라

–서 경덕–

♣ 어구 풀이—
어린 : 어리석은(愚). 옛말에서는 '어린'은 '어리석은(愚)'의 뜻으로 쓰였으나, 오늘날엔 어의전성(語義轉成)이 되어 나이가 어린(幼)의 뜻으로 쓰임.
만중운산(萬重雲山) : 구름이 겹겹이 쌓인 산. 즉, 험하고 깊은 산. 여기서는

작가가 거처한 성거산(聖居山)을 가리킴. **오리마는**:올 것이냐마는. **어늬**:어느, 어떤. **닙**:잎. 고어에서는 '입'과 구별해 쓰임. **행여**:혹시나. **긘가 하노라**:그인가 하노라. 님인가 하노라.

♣ 해설—

초장:마음이 어리석은 후이니 하는 일이 다 어리석은 것 같구나.

중장:구름이 몇 겹으로 둘러싸인 이 깊은 산 속에 어느 님이 찾아 올 것이냐마는

종장:그래도 떨어지는 나뭇잎 소리와 부는 바람 소리만 나면 혹시 님이 찾아 오는 소리가 아닌가 하고 가슴이 설레인다.

♣ 감상—

이 시조는 서 경덕이 벼슬에 뜻이 없어 성거산(聖居山) 속에 은거하며 도학에 전념하고 있을 때 지은 작품으로, 속설(俗說)에 따르면 황 진이(黃眞伊)가 서 경덕에게 글을 배우러 다닐 때에 그를 생각하여 지은 시조라고 한다. 곧 이 시조는 인간 본연의 마음은 어쩔 수 없어 님을 기다리는 안타까운 심정을 표현한 작품이다. 초장의 '어리석다' 함은 종장의 내용을 두고 이른 말이며, '떨어지는 잎', '바람소리'는 환각을 불러 일으키는 소재로 쓰였는데, 낙엽지는 소리를 임의 발자국 소리로, 바람 소리를 옷깃 스치는 소리로 느낄 만큼 임에 대한 그리움이 간절함을 말해 주고 있다. 체념하면서도 님을 기다리는 안타까운 심정이 잘 묘사된 작품이다.

♣ 작가 소개—

서 경덕(徐敬德, 1489~1546):자는 가구(可久). 호는 복제(復齊). 화담(花潭). 시호는 문강(文康). 벼슬에는 뜻을 두지 않아 어머니의 간청으로 사마시(司馬試)에 응시하여 합격하였으나 벼슬길에는 나가지 않고 개성 동문 밖 화담에 집을 짓고 도학에 전념하여 이기론(理氣論)의 체계를 세웠다. 선조 때 우의정에 추증(追贈)됨. 황 진이, 박연 폭포와 더불어 송도삼절(松都三絶)이라 불림. 저서에 「화담집(花潭集)」(여기에 원리기(原理氣), 이기설(理氣

說), 태허설(太虛說) 등이 수록되어 있다)과 시조 2수가 있다.

50. 엊그제 버힌 솔이

엊그제 버힌 솔이 낙락장송(落落長松) 아니런가
져근덧 두던들 동량재(棟梁材) 되리러니
어즈버 명당이 기울면 어느 남기 바티리

—김 인후—

♣ 어구 풀이—

버힌:벤. **솔이**:소나무가. **낙락장송(落落長松)**:가지가 축축 늘어진 큰 소나무. **아니런가**:아니던가. **져근덧**:잠깐 동안. 잠시 동안. **두던들**:두었더면. 두었더라면. **동량재(棟樑材)**:도리감이나 들보감. 기둥이나 대들보가 될 만한 재목. '훌륭한 인재'를 비유할 때 주로 쓰인다. **되리러니**:될 것이더니. 되었을 텐데. **명당(明堂)**:대궐 안의 정전(正殿). 여기서는 '조정 · 국가'의 뜻이다. **남기**:나무가. 단독체 '나모'에 주격조사 '이'가 개입한 ㄱ곡용어이다. **바티리**:버티겠는가.

♣ 해설—

초장:엊그저께 베어 버린 소나무가 우뚝우뚝 솟은 가지가 휘휘 뻗은 큰 소나무가 아니었던가

중장:잠시 동안 베지 말고 더 두었더라면 큰 대들보가 될 재목이 되었을 것을 아깝게도 잘라 버렸구나.

종장:아! 대궐의 정전(正殿)이 기울면 어느 나무로 대들보를 삼아 바로 잡아서 쓸 것인가.

♣ 감상──

이 시조는 작가가 임 사수(林士遂)의 억울한 죽음을 안타깝게 여겨 지은 것이다. 임 사수는 작가와는 교분이 두터운 친구 사이로 호협하고 글을 잘하여 벼슬이 부제학(副提學)에 이르렀으나 명종 2년(1547년)에 벽서 사건으로 유배되었다가 다시 정 언의(鄭彦懿)의 참소로 사사(賜死) 당하기에 이르렀다.

초장에서는 임 사수의 죽음을 묘사하고 있으며, 중장에서는 장래가 촉망되는 인재의 죽음을 슬퍼하고 있으며, 종장에서는 나라의 일을 걱정하고 후일의 나라의 일을 누가 맡아 할 것인가를 개탄하고 있다.

♣ 작가 소개──

김 인후(金麟厚, 1510~1580);자는 후지(厚之). 호는 하서(河西). 명종 때의 유명한 학자로 일찌기 김 안국(金安國)의 문하(門下)에서 이 퇴계(李退溪)와 동문수학(同門修學)한 바 있었다. 중종 35년(1540년) 별시(別試)에 급제하여 정자(正字) 겸 설서(說書) 등을 역임하고 이조판서(李朝判書)와 양관대제학(兩館大提學)을 지냈으나, 그는 자주 벼슬길에서 물러나 학행(學行)에 힘썼다. 「주역관상편(周易觀象篇)」, 「서명사천국(西銘四天國)」, 「백련초해(百年抄解)」 등의 저술이 있었으나 전하지 않고 다만 문집과 시조만이 전할 뿐이다.

♣ 참고──

〈벽서사건(壁書事件)〉

명종 2년에 양재역(良才驛)에 '女主(明宗生母文定王后)가 집정(執政)하고 간신 이 포(李芑)가 농권(弄權)하니, 國之將亡을 可以立待('금방 목전에 맞이하였음' 의 뜻)'라고 쓴 벽보가 붙어, 이것에 관계되어 송 인수(宋麟壽), 봉성군(鳳城君)들이 사약을 받았다. 이는 대윤 · 소윤(大尹 · 小尹)의 을사사화(乙巳士禍)의 여파였다.

51. 청산도 절로절로

청산(靑山)도 절로절로 녹수(綠水)도 절로절로
산(山) 절로절로 수(水) 절로절로 산수간(山水間)에 나도 절로절로
그중에 절로 자란 몸이 늙기도 절로절로

—김 인후—

♣ 어구 풀이—

청산(靑山):푸른 산. 여기서는 자연을 가리킨다. **절로**:자연 그대로. 스스로. **녹수(綠水)**:나무가 무성한 숲속을 흐르는 맑은 물. **산수간(山水間)**:산과 물 사이. 곧 '자연 속'을 일컫는다.

♣ 해설—

초장:푸른 산도 자연 그대로며 숲속을 흐르는 맑은 물도 자연 그대로이다.

중장:이와 같이 산도 자연 그대로이고 물도 자연 그대로이니 그 자연 속에 묻혀 있는 나 역시 자연 그대로이다.

종장:그러한 자연 속에서 절로 자란 몸이니 몸이 늙어가는 것도 자연의 뜻대로 따라 가리라.

♣ 감상—

이 시조는 대자연의 섭리에 따라 거역하지 않고 순리대로 살아가려는 지은이의 주자학적(朱子學的) 세계관이 엿보이는 작품이다.

초장에서는 청산(靑山)과 녹수(綠水)가 댓구를 이루었고, 중장에서는 그것이 점층적으로 반복되면서, 마지막 종장에 가서는 '나'를 곁들여 자연의 섭리에 순응하며 사는 삶을 나타내고 있다.

작자에 대한 이설(異說)이 많아 그동안 주로 송 시열(宋時烈)의 작품으로 알려져 왔으나 김 인후(金麟厚)의 작임이 밝혀졌다. 그의 문집인 「하서집(河西集)」에 대역이 나와 있다.

靑山自然自然 綠水自然自然
山自然水自然 山水間我亦自然
已矣哉 自然生來人 將自然自然老

♣ 작가 소개—
김 인후(金麟厚): 앞 시조 참조.

♣ 참고—
김 인후 시조 한 편을 더 소개한다.

노화(蘆花) 깊은 골에 낙하(落霞)를 빗기 띄고
삼삼오오(三三五五)히 섯거 나는 져 백구(白鷗)야
우리도 강호구맹(江湖舊盟)을 찾아 보려 하노라

52. 오륜가

〈1연〉
사람 사람마다 이 말씀 드러사라

이 말씀 아니면 사람이오 사람 아니니
이 말씀 닛디 말오 배호고야 마로리이다

〈2연〉
아버님 날 낳으시고 어마님 날 기르시니
부모곳 아니시면 내몸이 업실낫다
이 덕(德)을 갚아려 하니 하늘 가이 업스샷다

〈3연〉
종과 항겻과를 뉘라셔 삼기신고
벌와 가여미와 이 뜻을 몬져 아니
한 마음애 두 뜻업시 속이디나 마옵새이다

〈4연〉
지아비 밧갈나 간 데 밥고리 이고 가
반상(飯床)을 들오데 눈섭의 마초이다
친코도 고마오시니 손이시나 다라실가

〈5연〉

늙으니는 부모같고 얼운은 형같으니
같은데 불공(不恭)하면 어데가 다를고
날로서 맞이어시단 절하고야 마로리이다

–주 세붕–

♣ 어구 풀이—

〈1연〉

드러사라:들으려므나. 들어보려므나. **사람이오**:사람이면서. **닛디**:잊지. **말오**:말고. 'ㄹ'음 아래 'ㄱ'탈락 현상에 의해 '말오'로 표기. **배호고야**:배우고야. 배우고서야. **마로리이다**:말 것입니다.

〈2연〉

부모(父母)곳:부모가. '곳'은 강세의 뜻을 나타내는 조사. **아니시면**:아니 계셨더라면. **업실낫다**:없으렷다. **갚아려 하니**:갚으려고 하니. **가이**:끝이. **업스샷다**:없도다. 없으시도다.

〈3연〉

종:노예. 머슴. **항것**:주인. 상전(上典). **뉘라셔**:누가. '~ㅣ라셔'는 주격 조사. **삼기신고**:만들어 내었는고. 기본형은 '삼기다'. **벌와**:벌과 'ㄹ' 아래 'ㄱ' 탈락 현상에 의해 '벌와'로 표기. **가여미와**:개미가. '가여미'는 개미. 'ㅣ' 모음 아래 'ㄱ'탈락에 의해 '와'로 표기. **몬져**:먼저. **속이디나**:속이지나. **마옵새이다**:마옵시다. 마십시다.

〈4연〉

지아비:남편이. '지아비+zero주격' 형태. **밧갈나**:밭을 갈러. '갈나'는 '갈라'의 오철(誤綴). **간 데**:간 곳에. **밥고리**:밥 담는 그릇. 밥을 담는 광주리. 짝과 같은 뜻. **반상(飯床)**:밥상. **들오데**:들되. **눈섭의**:눈썹에. '의'는 처소격 조사. **마초이다**:맞춥니다. '마초'는 동사 어간. '이다'는 존칭 서술형 어미. **눈섭**

의 **마초이다**:'거안제미(擧案齊眉)'. 즉, '상을 들되 눈썹과 가지런히 되게 높이 든다'라는 고사에서 온 말. **고마오시니**:고마우신 이. 고마우신 분(사람). **손이시나**:'이시나'는 존칭 비교격 조사. **다라실가**:다르실까.

〈5연〉

늙으니:늙은이. **얼운**:어른. '얼우다'에서 파생된 전성 명사. **불공(不恭)하면**:공손하지 않으면. **날로서**:날로서는. 나로서는. **맞이어시단**:맞이하게 되면야. **마로리이다**:말 것입니다.

♣ 해설—

〈1연〉

초장:모든 사람들은 이 말씀(삼강오륜)을 들으려므나.
중장:이 말씀을 아니 들으면 사람이면서도 사람이 아닌 것이니
종장:이 말씀을 잊지 말고 배우고서야 말 것입니다.

〈2연〉

초장:아버님께서 날 낳아 주시고 어머님께서 날 길러 주셨으니
중장:부모님이 아니셨더라면 이 몸도 없었을 것이다.
종장:이 은혜를 갚으려고 하니 그 은혜가 하늘 같이 끝이 없구나.

〈3연〉

초장:종과 상전의 구분을 누가 만들어 내었는가.
중장:벌과 개미들이 이러한 뜻을 먼저 알도다.
종장:한 마음에 두 뜻을 가지지 않도록 속이지나 마십시오.

〈4연〉

초장:지아비가 밭 갈러 간 곳에 밥고리를 이고 가서,
중장:밥상을 들어 눈썹과 맞춥니다(곧 눈썹 높이에까지 공손히 받듭니다).
종장:친하고도 고마운 분, 손님을 공손히 대하는 것과 무엇이 다르겠읍니까.

〈5연〉

초장: 늙은이는 부모와 같고 나이가 약간 든 어른은 형과 같으니
중장: 한결같이 공손하지 않으면 어디가 다르다 하겠는가.
종장: 나로서는 맞이하게 되면 인사를 드리고야 말 것입니다.

♣ 전체 감상—

위의 '오륜가(五倫歌)'는 유교사상(儒教思想)에 입각한 교훈적이며 도덕적인 노래이다. 1연은 서시(序詩)로써 삼강오륜(三綱五倫)의 중요성을 이야기했으며, 2연은 오륜 가운데 부자유친(父子有親)에 해당하는 것으로, 부모의 은혜가 하늘 같이 높음을 노래하고 있다. 3연은 오륜 가운데 군신유의(君臣有義)에 해당하는 것으로, 초장에서의 '종'과 '상전'은 각각 '백성'과 '임금'을 비유하는 듯하며 백성들 즉, 신하들은 임금에 대하여 두 마음을 지님이 없이 오로지 충성을 다하여야 함을 노래하고 있다. 4연은 오륜 가운데 부부유별(夫婦有別)을 노래한 것이다. 당시, 아내에게 있어서 남편은 하늘 같은 존재였으므로 밥상까지도 삼가고 공경스런 마음으로 받들어야 한다. 중장은 후한 때 양 홍(梁鴻)의 처 맹 광(孟光)이 남편을 지극히 섬기어 '거안제미(擧案齊眉:상을 들되 눈썹과 가지런히 되게 높여 든다)하였다는 고사를 이끌어, 남편에 대한 지극한 공경의 뜻을 나타내었다. 5연은 오륜 가운데 장유유서(長幼有序)에 해당하는 것으로, 노인들을 부모나 형과 같이 공손되이 모셔야 함을 강조하는 노래이다. 이 시조는 상투적인 한문투에서 벗어나 쉬운 말로 엮어 나갔다는 점에서 높이 살 만한 작품이라 하겠다.

♣ 작가 소개—

주 세붕(周世鵬, 1495~1554): 자는 경유(景游). 호는 신재(愼齋), 무릉도인(武陵道人). 조선 명종 때의 문신. 학자. 1522년(중종 17년)에 별시(別試)에 급제. 승문원 정자(承文院正字), 부수찬(副修撰) 등을 지냄. 명종 9년 풍기군수(豊基郡守) 당시 백운동 서원(白雲洞書院)을 세워 우리 나라에서 최초로 서원(書院)을 세운 학자. 주요 저서로 「무릉잡고(武陵雜稿)」경기체가 형식의 「도동곡(道東曲)」·「엄연곡(儼然曲)」·「태평곡(太平曲)」·「육현

가(六賢歌)」외 시조 14수등이 있다.

53. 심여장강유수청이요

심여장강유수청(心如長江流水淸)이요 신사부운무시비(身似浮雲無是非)라
이 몸이 한가(閑暇)하니 따르나니 백구(白鷗)로다
어즈버 세상 명리설(世上名利說)이 귀에 올가 하노라

—신 광한—

♣ 어구 풀이—

심여장강유수청(心如長江流水淸): 마음은 긴 강의 흐르는 물처럼 맑다. **신사부운무시비(身似浮雲無是非)**: 몸은 뜬구름같이 시비(옳고 그름)가 없이 자유롭다. **백구(白鷗)**: 갈매기. **어즈버**: 감탄사. 시조 종장 첫 구의 감탄사로 흔히 '어즈버'가 쓰인다. **세상 명리설(世上名利說)**: 세상의 명예와 이익에 대한 이야기. **귀에 올가**: 귀에 들려올까.

♣ 해설—

초장: 마음은 긴 강의 흐르는 물처럼 맑고, 몸은 뜬구름처럼 속세의 시시비비가 없이 자유롭구나.

중장: 이 몸이 이와같이 한가롭게 지내고 있으니 따르는 것은 흰 갈매기뿐

이로다.

종장:아아! 이처럼 평화롭게 자연과 벗하여 살고 있는 나에게 속세의 명예와 이익에 관한 이야기가 귀에 들려올까 두렵구나.

♣ 감상—

이 작품은 속에와의 인연을 끊고 자연과 벗하여 물처럼 맑고 자유롭게 살아가는 지은이의 깨끗한 생활이 담겨 있는 시조이다. 이런 한정(閑情)에 꼭 따르는 것이 백구(白鷗)라는 소재이다. 초장에 연이어 쓴 한자어의 나열이 눈에 거슬리기는 하지만 명리(名利)를 초월한 고고(孤高)한 처사를 읊은 시조의 한 전형이 되는 노래라 하겠다.

♣ 작가 소개—

신 광한(申光漢, 1484~1555):자는 한지(漢之), 시회(時晦). 호는 기재(企齊), 낙봉(駱峰). 신 숙주(申叔舟)의 손자. 1510년에 식년시(式年試)에 급제하였으며 벼슬은 성균관 대사성(成均館大司成)을 거쳐 중종 39년에 이조참판(吏曹參判)겸 홍문관제학(弘文館提學)을 지냈고 명종초에 의정부 좌찬성(議政府左贊成)에 올랐다.

54. 풍상이 섯거친 날에

풍상(風霜)이 섯거친 날에 갓 피온 황국화(黃菊花)를
금분(金盆)에 가득 담아 옥당(玉堂)에 보내오니
도리(桃李)야 곳이온 양 마라 님의 뜻을 알괘

라

—송 순—

♣ 어구 풀이—

풍상(風霜):바람과 서리. **섯거친**:뒤섞여 내린. **갓**:이제 막, 겨우, 방금. 부사. **피온**:핀. **금분(金盆)**:좋은 화분. ※송강가사 성주본(松江歌辭 星州本)에는 은반(銀盤:은으로 만든 쟁반)으로 되어 있다. **옥당(玉堂)**:홍문관의 별칭. 경적(經籍), 문한(文翰), 고문(顧問) 따위의 일을 맡아보던 곳. **보내오니**:보내주시니. **도리(桃李)**:복사꽃과 오얏꽃. 여기서는 변절자를 상징. **곶이온 양**:꽃인양. 꽃인 체. **님의 뜻**:임금님의 뜻(지조를 지키는 신하가 되라는 임금님의 뜻). **알괘라**:알겠도다. 알겠구나.

♣ 해설—

초장:바람과 차가운 서리가 섞여 몰아친 날에 방금 핀 노란 국화를

중장:좋은 화분에 가득 담아 옥당(홍문관)에 보내시니

종장:복사꽃이나 도리꽃아(너희들은 따뜻한 봄날에 잠시 피었다가는 떨어지니) 꽃인 척도 하지 말아라. 서릿발을 이겨내며 핀 국화꽃을 보내신 임금님의 뜻을 충분히 알겠노라.

♣ 감상—

이 시조의 제목은 '자상특사황국옥당가(自上特賜黃菊玉堂歌)'인데, 일명 옥당가(玉堂歌)라고도 한다. 이 시조의 배경은 다음과 같다. 어느 날 명종께서 어원(御苑)의 황국화를 옥당(홍문관)에 보내시고 노래를 짓게 하셨다. 옥당관이 갑작스레 짓지 못하고 의정부(議政府)에 나와 당직을 하던 송 순(宋純)에게 대신 짓게 하여 바치니 명종이 매우 기뻐하며 상을 내렸다고 한다. 이 시조 종장에서의 '도리(桃李)는 봄' 한철에 피고마는 꽃으로, '변절자(變節者)'를 상징한다. 그러므로 이 시조의 의미는 풍상 속에 피는 국화처럼 역경(逆境) 속에서도 님의 뜻을 받들어 충성된 절개를 지키겠다는 작가의 굳은 의지이다.

♣ 작가 소개—

송 순(宋純, 1493~1583):조선 성종~선조 때의 문신. 자는 수초(遂初). 호는 면앙정(俛仰亭), 기촌(企村). 본관은 신평(新平). 중종 14년에 별시(別試)에 급제, 명종대에는 벼슬이 우참찬(右參贊)에 이르렀다. 기사(耆社:정 2품, 70세 이상의 문신이 들어가 대우를 받던 곳)에 들어갔다가 물러나와 담양(潭陽)에 면앙정(俛仰亭)을 짓고 은거하며 독서와 시작에 전념하였다. 퇴계(退溪)의 선배이고 농암(聾巖)의 후배가 되는 그는 농암 이 현보와 한가지로 강호가(江湖歌)를 개척하여 퇴계(退溪)와 송강(松江)에게 많은 영향을 주었다. 주요 저서에 「기촌집(企村集)」,「면앙집(俛仰集)」과 시조 몇 수가 전한다.

55. 곳이 진다 하고

곳이 진다 하고 새들아 슬어 마라
바람에 흩날리니 곳의 탓 아니로다
가노라 희짓는 봄을 새와 무삼하리오

—송 순—

♣ 어구 풀이—

곳:꽃. **진다 하고**:떨어진다 하고. **슬어 마라**:슬퍼 말아라. **흩날리니**:흩어져 날리니. **가노라**:가느라고. **희짓는**:휘젓는. 희롱하는. 짓궂은 짓을 하는. 방해하는. **새와**:시기하여, 시샘하여. **무삼하리오**:무엇하겠는가.

♣ 해설—

초장:꽃이 떨어진다고 꽃을 즐기던 새들아 슬퍼하지 말아라.

중장:꽃인들 지고 싶어 지는 것이냐, 짓궂은 바람에 흩어져 날리는 것이니 꽃의 잘못이 아니로다.

종장:지나가느라고 심술부려 꽃의 아름다움을 희롱하는 봄을 시기하여 무엇하겠느냐.

♣ 감상—

이 시조는 인종(仁宗, 12대)이 승하하신 뒤 명종(明宗)이 즉위하던 을사년에 중종의 계비이며 명종의 어머니인 문정왕후의 동생 윤 원형(尹元衡)이 중종의 제1 계비 장경왕후의 오빠 윤 임(尹任)을 비롯한 많은 학자들을 학살한 을사사화(乙巳士禍)를 보고 탄식하여 지은 노래라 한다. 송 순은 5년 뒤에 이 을사사화에 연루된 사람의 자제를 기용하였다는 죄로 유배되기도 하였다. 초장에서의 '꽃이 진다'는 것은 죄없는 선비들의 죽음을 의미하는 것이며, '새들'은 나라의 장래를 걱정하는 뜻있는 선비들을 비유하는 것이다. 중장에서의 바람'은 을사사화로 인한 많은 선비들의 학살을 나타낸 것으로 풀이할 수 있으며, 종장에서의 '가노라 희짓는 봄'은 사화에서 득세한 집권 세력을 가리키는 것으로, 결국은 불의의 종말이 반드시 올 것이라는 것을 암시하고 있는 것으로 보인다.

♣ 작가 소개—

송 순(宋純):앞 시조 참조.

56. 십년을 경영하여

십년을 경영(經營)하여 초려삼간(草廬三間)
지여내니

나 한 간 달 한 간에 청풍(淸風) 한 간 맛져두
　고
강산(江山)은 들일 듸 업스니 둘러두고 보리
　라

—송 순—

♣ 어구 풀이—

경영(經營)하여:규모있고 짜임새 있게 일을 하여. 계획있게 생활하면서. **초려삼간(草廬三間)**:세 간밖에 안되는 초가. 은사(隱士)가 사는 집. 비슷한 말로 '삼간초옥(三間草屋)'·'초가삼간(草家三間)'이 있다. **지여내니**:지어내니. **한 간**:한 칸. **맛져 두고**:맡겨 두고. **들일 듸**:들여 놓은 곳.

♣ 해설—

초장:십년이나 기초를 닦아서 보잘 것 없는 초가집을 지어 놓으니

중장:내가 한 칸(차지하고), 달이 한 칸, 그리고 맑은 바람도 한 칸을 맡겨 두고

종장:청산과 맑은 강은 들여 놓을 데가 없으니 그대로 주위에다 둘러두고 보리라.

♣ 감상—

초가삼간을 산 속에 지어 놓고 달과 바람과 일체가 되어 즐기는 지은이의 청빈한 생활을 상상할 수 있는 이 노래는 산수의 아름다운 경치에 몰입된 작가의 심정을 잘 묘사하고 있다. 지은이는 만년에 벼슬길에서 물러나 기촌(企村)에 은거하며 제월봉(霽月峰) 밑에 면앙정(俛仰亭)과 석림정사(石林精舍)를 짓고 독서와 시작에 전념했으며 강호가도(江湖歌道)를 주창했는데 이 작품도 그 당시에 지어졌던 작품이라 한다.

♣ 작가 소개—
송 순(宋純):앞 시조 참조.

57. 늙었다 믈러가쟈

> 늙었다 믈러가쟈 마음과 의론하니
> 이 님을 바리고 어드러로 가쟛 말고
> 마음아 너란 잇거라 몸만 몬저 가리라
>
> —송 순—

♣ 어구 풀이—
믈너가쟈:물러가자. 물러나자. 바리고:버리고. 어드러로:어디로. 가쟛 말고:가자는 말인고. 가잔 말인가. 너란 잇거라:너는 남아 있거라. 몬저:먼저.

♣ 해설—
초장:나도 몸이 이미 늙었으니(벼슬길에서) 물러가자 하고 내 마음과 의논하였더니
중장:이 고운님(임금님)을 버리고 어디로 가잔 말인가 한다.
종장:마음아! 그럼 너는 좀 더 남아 있거라. 이 몸은 먼저 가리라.

♣ 감상—
이 시조는 한평생을 벼슬길에 있다가 늘그막에 은퇴하는 신하가 못다한 충성을 한탄하는 치사가(致仕歌)이다. 늙어서 벼슬길에서 물러나려 하나 임금님을 버리고 훌쩍 떠나버릴 수가 없는 마음의 갈등

을 잘 묘사하고 있는 이 시조는 늙음을 탄식하거나 인생의 무상을 노래한 것이 아니라, 차마 성은(聖恩)을 저버리고 갈 수가 없다는 충정을 노래한 것이다.

♣ 작가 소개—
송 순(宋純) : 앞 시조 참조.

58. 삼동에 뵈옷 입고

삼동(三冬)에 뵈옷 입고 암혈(巖穴)에 눈비 마자
구름 낀 볃뉘도 쬔 적이 업건마는
서산(西山)에 해 지다 하니 눈물겨워 하노라

—조 식—

♣ 어구 풀이—
삼동(三冬) : 겨울의 석 달동안. 즉 한겨울. **뵈옷** : 삼베로 만든 옷. 베옷. 비슷한 말로 '포의(布衣 : 벼슬하지 않은 선비를 비유)'가 있다. **암혈(巖穴)** : 바위굴. 여기서는 벼슬을 하지 않고 세상을 등진 은사가 사는 깊은 산골을 가리킴. **볃뉘** : 조그만 햇빛. 빛의 덕택. 여기서는 임금의 은총을 뜻함. '뉘'는 대단하지 않은 것, 작은 것 따위를 뜻하는 접미사. **해 지다 하니** : 해가 진다고 하니. 여기서는 중종(中宗)의 승하(昇遐)를 뜻함.

♣ 해설—

초장: 세상을 등지고 사는 신세라 한겨울의 석 달동안에 베옷을 입고 바위틈 동굴 같은 데서 눈비를 맞고 살면서

중장: 구름이 덮힌 햇볕(조그만 임금의 은총)이나마 변변히 쪼인 적이 없건마는

종장: 서산에 해가 진다고 하니(임금님께서 돌아가셨다니) 눈물이 남을 참을 수가 없구나.

♣ 감상—

이 시조는 작가가 산 속에 은거(隱居)하던 중 중종의 승하하심을 듣고 연군(戀君)의 정(情)을 노래한 작품이다. 이 시조는 전체적으로 은유법에 의해 표현되고 있다. 초장의 '뵈옷'이나 '암혈'은 벼슬하지 않은 선비를 가리킨 것이고, 중장의 '볕뉘를 쬔 적이 업건마는'은 벼슬을 하지 않는 한낱 포의지사(布衣之士)로서 국록을 먹거나 군은(君恩)을 입은 바 없는 자신의 처지를 읊은 것이고, 종장의 '해'는 중종을 의미하는 것이다. 이 시조의 저변에는 당시 당쟁의 혼란 속에서 그 제물이 된 중종의 비극과 이런 비극을 조작한 무리들에 대한 분노 등이 깔려 있다고 하겠다.

♣ 작가 소개—

조 식(曹植, 1501~1572): 자는 건중(楗仲). 호는 남명(南溟). 시호는 문정(文貞). 성리학파로서 어려서부터 성리학을 공부하며 제자백가(諸子百家)에 통달해 이 황 등에 의해 여러 차례 벼슬이 내려졌으나 모두 사퇴하고 세도(世道)의 쇠상(衰喪)함과 인심이 허물어져 감을 탄식해 지리산에 들어가 후진양성에 전념하였다. 이 황과 함께 명성이 높았으며 광해군 때 영의정에 추증되었다. 저서로는「남명집(南溟集)」, 가사 작품으로는「남명가(南溟歌)」,「권선지로가(勸善指路歌)」 등이 전해지고 있다.

59. 두류산 양단수를

두류산(頭流山) 양단수(兩端水)를 녜 듯고 이제 보니
도화(桃花) 뜬 맑은 물에 산영(山影)조차 잠겻세라
아희야 무릉(武陵)이 어듸오 나는 옌가 하노라

—조 식—

♣ 어구 풀이—

두류산(頭流山):지리산(智異山)의 다른 이름. 「여지승람 남원(輿地勝覽 南原)」에 白頭山賑 流行之此 故及名頭流=백두산 산줄기가 흘러내려 이에 이르렀기로 또한 두류(頭流)라고 이름지었다. **양단수(兩端水)**:두 갈래로 갈라진 물줄기. 물 이름. **녜 듯고**:옛날에 듣고. '녜(옛날)'는 명사. '녯'은 관형사. **도화(桃花)**:복사꽃. **산영(山影)조차**:산 그림자까지. **잠겻세라**:잠겼구나. 잠겨 있구나. **무릉(武陵)**:중국 호남성(湖南省)에 있는 땅 이름. 무릉도원(武陵桃源)은 이름 높은 선경(仙境). 즉 중국 고사에 나오는 이상향, 별천지, [참고]를 보기 바란다.

♣ 해설—

초장:지리산의 명승인 양단수를 지난날 말로만 듣고서 이제 와 처음 보니

중장:신선들이 사는 곳을 가르쳐 준다는 저 복사꽃이 떠내려가는 맑은 냇물에는 산 그림자까지 어리어 있구나!

종장:아희야, 그 유명한 무릉도원이 어디냐? 내 생각으로는 산 좋고 물 맑고 복사꽃잎이 흐르는 것을 보니 여기가 바로 무릉도원같이 여겨지는구나.

♣ 감상—

지은이는 중국의 죽림칠현을 본받은 산림학파(山林學派)의 한 사람으로, 여러 차례에 걸쳐 벼슬에의 권고를 받았으나 이를 거절하고 두류산에 들어가 사색과 연구에 전념하였다. 이 작품도 그러한 시기에 지어진 작품으로 이 곳 지리산 양단수를 이상향인 무릉도원에 비유하고 있다. 무릉도원은 곧 동양인들이 동경하는 이상향인 것이다. 작가는 그러한 이상향을 지리산에서 찾고 그 속에서 자연의 풍취를 마음껏 즐기고 있는 것이다.

♣ 작가 소개—

조 식(曹植):앞 시조 참조.

♣ 참고—

무릉(武陵):이는 무릉도원(武陵桃源)의 준말로 도 연명(陶淵明)의 「도화원기(桃花源記)」에 나오는 말이다. 진(晋)나라 태원(太元) 연간에 무릉의 한 어부가 고기잡이를 하며 냇물을 따라 올라가다가 문득 복숭아꽃 수풀을 만나 그것을 따라 찾아가니 숲과 물이 다한 곳에 조그만 구멍이 하나 있었다. 수십 보를 걸어 들어가 보니 별천지가 있었다. 그곳의 남녀들은 평화스러운 생활 속에 기쁜 얼굴을 하고 있었다. 그들은 어부를 보고 묻기를 '우리는 진시황 때 난리를 피해 이곳에 와 있는데 지금 바깥 세상은 어떻게 되었느냐?' 고 물었다. 그들은 한(漢), 삼국시대, 진(晋)의 흥망성쇠를 전혀 모르고 있는지라 어부의 이야기를 듣고 놀랐다. 어부가 수일 후 집에 돌아왔더니 자기 집에는 후손들이 살고 있었으며 태수(太守)에게 알려 그곳을 다시 찾으려 애썼으나 끝내 찾지 못했다는 내용이다. 곧 이상향(理想鄉)을 일컫는 말이다.

60. 들은 말 즉시 닛고

들은 말 즉시 닛고 본 일도 못본듯이
내 인사(人事) 이러 홈애 남의 시비(是非) 모
　를로다
다만지 손이 성하니 잔(盞) 잡기만 하노라

—송 인—

♣ 어구 풀이—

닛고:잊고. **내 인사(人事)**:내가 하는 처사가. 내가 하는 버릇이. **이러 홈애**:이러하매. **시비(是非)**:옳고 그름. 잘잘못. **다만지**:'다만'의 힘준말. '지'는 종장 첫구의 석자를 채우기 위해서 덧붙인 것. '다만당'도 같은 경우다.

♣ 해설—

초장:남한테서 들은 말도 돌아서면 곧 잊어버리고

중장:내가 봤던 일도 그때 뿐이요, 못 본 것이나 다름없이 지내고 있다. 내 버릇이 이러하기에 남의 옳고 그름을 알 리가 없으렷다.

종장:다만, 아직은 손이 성하니 술잔이나 기울이면서 마음 편히 세월을 보내고 있다.

♣ 감상—

남의 잘못이나 단점은 보지도 말고 듣지도 말고 말하지도 않는 것이 군자의 처신이다. 더군다나 당파싸움에 여념이 없던 지은이가 살던 시대에는 더더군다나 필요한 처세법이다. 어수선한 세상에 부질없는 참견을 했다가는 누명을 뒤집어 쓰기 십상인 것이다. 다만 술을 마시는 일은 남의 시비거리가 될 수 없으니 현실 도피의 방법으로는 최상의 길이었던 것이다. 이 한 수의 시조만 보더라도 그 당시의 사회가 얼마나 어수선했는지 짐작하고도 남음이 있다 하겠다.

♣ 작가 소개—
송 인(宋寅, 1517~1584):자는 명중(明仲). 호는 이암(頤庵). 중종의 부마(駙馬–중종의 세째 서녀(庶女) 정순옹주(貞順翁主)와 결혼)로서 학식이 높고 서화(書畫)를 즐겼으며 성품이 고결하였다. 퇴계, 율곡, 조 식, 성 혼 등과 친분이 두터웠으며, 가사로는 「수월정가(水月亭歌)」를 지었고, 시조 3수가 전한다.

♣ 참고—
〈그의 다른 시조 (2수)〉

이성저성하니 이룬 일 므스 일꼬
흐롱하롱하니 세월이 거의로다
두어라 이의이의어니 아니 놀고 어이리

한 달 설흔 날에 잔(盞)을 아니 노핫노라
팔 병(病)도 아니 들고 입덧도 아니난다
두어라 병(病)업슨 덧으란 장취불성(長醉不醒)하리라

61. 유벽을 찾아가니

유벽(幽僻)을 찾아가니 구름 속이 집이로다
산채(山菜)에 맛들이니 세미(世味)를 잊을노라
이 몸이 강산풍월(江山風月)과 함께 늙자 하노라

—조 욱—

♣ 어구 풀이—

유벽(幽僻):그윽하고 외진 곳을 뜻함. 즉 도시에서 멀리 떨어진 산 속. **산채(山菜)**:산나물. **세미(世味)**:세상 맛. 세상 재미. 이 세상에 사는 재미. **잊을노라**:잊겠노라. 잊어버리겠다. **강산풍월(江山風月)**:자연의 정취를 통털어 일컫는 말.

♣ 해설—

초장:그윽하고도 외진 산 속으로 들어가니 너무 높아서 구름 속에 집이 있는 듯 하구나.

중장:산나물에 맛을 들이고 지내다 보니 어느새 세상 맛을 잊어버리겠다.

종장:이렇듯이 지내면서 나는 대자연과 함께 늙어 가려 한다.

♣ 감상—

구름에 싸인 깊고 외진 산 속의 집에서 산나물을 먹으며 세속을 잊고 자연과 더불어 늙어가겠다고 노래한 이 시조는 작가의 안빈낙도한 생활이 잘 담겨져 있다. 이 시조는 기묘사화(己卯士禍)에 연루된 일이 있는 작가가 벼슬에의 뜻을 버리고 용문산(龍門山)에서 훈학하면서 시화(詩畵)로 소일할 때 지어진 작품이다.

♣ 작가 소개—

조 욱(趙昱, 1498~1557):자는 경양(景陽). 호는 우암(遇菴). 보진제(葆眞齊). 세심당(洗心堂) 등 여럿이다. 평양 사람으로서 조 광조(趙光祖), 김 정(金淨)한테서 글을 배웠다. 을묘사화(乙卯士禍, 1519)년에 제자로서 연좌되어 하옥(下獄)되었으나 어리다 하여 면죄되었다. 고향으로 돌아가 있다가 다시 용문산(龍門山)으로 들어가 훈학(訓學)에 힘썼다. 명종 때에 장수한감(長水縣監)이 되었다가 벼슬을 내놓고 서울로 올라왔다. 세상에서 용문선생(龍門先生)이라 일컬었는데 시문과 서화에 뛰어났다.

62. 젼나귀 모노라니

젼나귀 모노라니 서산(西山)에 일모(日暮) ㅣ로다
산로(山路) ㅣ 험(險)하거든 간수(澗水) ㅣ나 잔잔(潺潺)커나
풍편(風便)에 문견폐(聞犬吠)하니 다 왓는가 하노라

—안 정—

♣ 어구 풀이—

젼나귀:발을 저는 나귀. 절룩거리는 나귀. **일모(日暮) ㅣ로다**:해가 저물었도다. 'ㅣ'는 한문글에 붙는 주격조사. **간수(澗水)**:산 골짜기에서 흘러내리는 물. **풍편(風便)**:바람 편. **문견폐(聞犬吠)**:개 짖는 소리를 들음.

♣ 해설—

초장:먼 길을 왔기에 다리를 절룩거리는 나귀를 몰고 가자니 그만 해는 서산에 져 날이 저물었도다.

중장:산길이 이다지도 험한 바에는 골짜기 냇물이라도 졸졸 흐르기나 할 것이지 물조차 이렇듯 세차게 흐를 것이 무엇이냐?

종장:저 멀리 바람결에 개짖는 소리가 들려 오니, 아마도 마을에 다 이르

렀는가 보다.

♣ 감상—

이 시조의 종장은 책에 따라 '죽림(竹林)에 개소리 들리니 다 왔는가 하노라'라고 표기되어 있다. 죽림칠현(竹林七賢)은 일곱 명의 선비가 숲속에 모여서 술을 마시며 속세의 시름을 잊고 대자연과 벗하여 소일하였던 것을 일컫는데, 이로 미루어 보아 나귀가 지쳐 절룩거리며 찾아 헤매는 곳은 그들이 찾는 이상향(理想鄕)이 아닌가 여겨진다.

♣ 작가 소개—

안 정(安挺, 1494~?):자는 정연(挺然). 호는 죽창(竹窓). 중종 때에 전적(典籍) 벼슬을 지낸 사람으로서 글씨와 그림에 능하였으며 특히 사군자(四君子)를 잘 그렸다고 한다.

♣ 참고—

〈안 정의 다른 시조〉

청우(青牛)를 빗기 타고 녹수(綠水)를 흘니 건너
천태산(天台山) 깊흔 골에 불로초(不老草)를 캐러 가니
만학(萬壑)에 백운(白雲)이 잦아시니 갈길 몰라 하노라

옛날의 노자(老子)를 본받아 청우(青牛)를 타고 선녀가 산다는 천태산(天台山)으로 불로초(不老草)를 캐러 가고 싶지만, 속인(俗人)으로서는 미칠 수 없다는 것이다. 도교사상이 기저를 이루는 시조라 하겠다.

63. 태산이 높다 하되

태산(泰山)이 높다 하되 하늘 아래 뫼이로다
오르고 또 오르면 못 오를 리 없건마는
사람이 제 아니 오르고 뫼만 높다 하더라

—양 사언—

♣ 어구 풀이—

태산(泰山): 중국 산동성(山東省)에 있는 명산. 중국에서는 오악(五岳) 중의 으뜸인 동악(東岳)이다. 예로부터 왕자(王者)가 천명(天命)을 받아 성(姓)을 바꾸면 천하를 바로 잡은 다음 반드시 그 사실을 태산 산신(山神)에게 아뢰기 때문에, 이 산을 높이어 대종(岱宗)이라고도 일컫는다. **뫼**: 산(山)의 옛말.

♣ 해설—

초장: 태산(泰山)이 제 아무리 높다고 하더라도 그것 역시 하늘 아래 있는 산이로다.

중장: 그러므로 누구나 오르고 또 올라가면 산꼭대기까지 못 올라갈 까닭이 없건마는

종장: 모두들 올라갈 생각은 해보지도 않고 공연히 산만 높다고들 하더라.

♣ 감상—

이 시조는 인생의 큰 교훈을 주는 시조로 널리 애송되는 작품이다. 중장에서의 '오르고 또 오르면 못 오를 리 없건마는'은 어떠한 난관이나 역경이 닥치더라도 용기를 가지고 도전을 하면 모두 극복해 낼 수 있다는 것이다. 우리의 인생살이에 있어 크나 큰 교훈을 주는 시조라 하겠다.

♣ 작가 소개—

양 사언(楊士彦, 1517~1548):자는 응빙(應聘). 호는 봉래(蓬來). 명종대의 초서(草書)의 대가로서 귀화(歸化). 몽고인의 후손으로서 본관은 청주(淸州)이다. 벼슬은 명종 때에 강릉 부사, 함흥부윤을 지냈으며 회양군수로 있을 때 금강산 만폭동(萬瀑洞) 반석(盤石)에 '蓬萊楓岳 文化洞天'이란 여덟 자를 새겼다고 한다. 안평대군(安平大君), 김 구(金九), 한 호(韓濩)와 더불어 이조 초기의 4대명필(四大名筆)의 한 사람이다.

64. 짚 방석 내지 마라

짚 방석(方席) 내지 마라 낙엽(落葉)엔들 못 앉으랴
솔불 혀지 마라 어제 진 달 돋아 온다
아희야 박주산채(薄酒山菜)일망정 없다 말고 내여라

—한 호—

♣ 어구 풀이—

짚 방석(方席):짚오로 엮어서 만든 방석. **솔불**:관솔불. **혀지**:켜지. **마라**:말아라. **아희야**:감탄사. **박주산채(薄酒山菜)**:맛이 좋지 않은 술과 산나물. ※탁주산채(濁酒山菜:막걸리와 산나물)로 표기된 책도 있다. **내여라**:내놓아라.

♣ 해설—

초장:짚으로 만든 방석을 내놓지 말아라. 낙엽엔들 앉지 못하겠느냐?
중장:관솔불을 켜지 말아라. 어제 진 밝은 달이 돋아온다.
종장:아이야, 맛이 변변치 않은 막걸리와 산나물일망정 없다고 하지 말고 다 내오려무나.

♣ 감상—

지은이 한 호는 추사 김 정희와 함께 근세 한국 서화를 빛낸 인물로 널리 알려져 있다.

이 시조는 대자연 속에 몰입된 상태로 산촌의 가을 밤을 즐기는 지은이의 호방함이 엿보이는 작품이다. '짚 방석'과 '솔불'은 인위적인 것이므로 모두 제쳐 놓고 달빛 아래 낙엽을 깔고 앉아 산나물을 안주 삼아 술잔을 기울인다고 하는 이 시조에는 대자연 속의 풍류와 운치가 잘 나타나 있다고 하겠다.

♣ 작가 소개—

한 호(韓濩, 1543~1605):자는 경홍(景洪). 호는 석봉(石峰). 서예가로 1567년(명종 32년) 진사시에 합격하여 1599년(선조 32년) 사어(司御) 가평군수. 1604년(선조 37년) 휴곡현령, 존숭도감서사관(尊崇都監書寫官)을 역임. 그의 글씨의 명성은 중국과 유구(琉球)에까지 떨치었다. 이조 초기의 호쾌(豪快)·강건(剛健)한 서체(書體)를 창시한 서도 4대가의 한 사람이다. 필적으로「석봉필법(石峰筆法)」,「석봉천자(石峰千字)」등이 있다.

♣ 참고—

자하(紫霞) 신 위(申緯)의 해동소악부(海東小樂府)에 다음과 같이 한역되어 있다.

휴번환대황모천(休煩歡待黃茅薦) 자좌하방홍엽퇴(自坐何妨紅葉推)
기필송명연조실(豈必松明然照室) 전소명월우부래(前宵明月又浮來)

65. 지란을 갓고랴 하야

지란(芝蘭)을 갖고랴 하야 호믜를 둘러메고
전원(田園)을 도라보니 반이나마 형극(荊棘)
이다
아희야 이 기음 몯다 매여 해 저물가 하노라

-강 익-

♣ 어구 풀이—

지란(芝蘭): 영지(靈芝)와 난초. **갖고랴**: 가꾸려고. **호믜**: 호미. **반이나마**: 반 이상이. **형극(荊棘)**: ① 나무의 온갖 가시. 가시덤불. ② 고난(苦難)

♣ 해설—

초장: 영지와 난초를 가꾸려고 하여 호미를 둘러메고,

중장: 전원을 둘러보니 반 이상이 가시덤불이 되었다.

종장: 아이야, 이 전원에 묵어 있는 기음을 다 못 매고 해가 저물까 두렵구나.

♣ 감상—

이 시조는 그의 문집 「개암집(介菴集)」에 수록되어 있는 작품으로 전원의 운치있는 생활을 노래한 것이다. 중장에서는 오랫동안 전원을 비워두었다는 사실을 알 수 있으며, 종장에 보이는 두려움은 세속적인 것에 대한 것이 아니고 '지란(芝蘭)'을 위한 조바심에 불과한 것이다.

♣ 작가 소개—

강 익(姜翼, 1523~1578): 자는 중보(仲輔). 호는 개암(介菴), 또는 송암(松菴). 본관은 함양(咸陽). 27세에 향공(鄕貢)에 응시하여 진사(進士)가 되

었으나 학업에는 뜻을 두지 않고 조 식이 화림동(花林洞)에서 노닐 때 그 품격(品格)을 사모하여 뒤좇아 노닐었다. 32세에 조 식 문하(門下)에 들어가 수학(受學)하였으며, 벼슬길에 오르지 않고 평생 독서와 저술에만 힘썼다. 그의 시조에는 시상(詩想)이 청랑(淸朗)하여 산림학파(山林學派)의 은둔사상(隱遁思想)이 잘 나타나 있다.

♣ 참고—

〈강 익의 다른 시조〉

시비(柴扉)에 개 즛난다 이 산촌(山村)에 그 뉘오리?
댓닙 푸른대 봄새 울 소리로다
아희야, 날 추심(推尋) 오나든 채미(採薇) 가다 하애라

물아 어디 가는 나갈 길 멀었어라
뉘누리 다 채워 지내노라 여흘여흘
창해(滄海)에 못 미친 전에야 그칠 줄이 있으랴

66. 말 없는 청산이요

말 없는 청산(靑山)이요. 태(態) 없는 유수(流水)로다
값 없는 청풍(淸風)이요 임자 없는 명월(明月)이라
이 중에 병(病) 없는 이 몸이 분별(分別)없이 늙으리라

-성 혼-

♣ 어구 풀이—

청산(靑山): 풀과 나무가 무성한 산. 벽산(碧山). **태(態) 없는**: 모양이 없는. 억지로 꾸밈이 없는. **유수(流水)로다**: 흐르는 물이로다. **청풍(淸風)**: 맑고 시원스런 바람. **명월(明月)**: 밝은 달. **분별(分別)없이**: 걱정 없이. 근심 없이. 옳고 그름과 좋고 나쁨을 알아보는 바 없이.

♣ 해설—

초장: 아무 말이 없이 묵묵히 솟아 있는 청산이요, 일정한 모양을 짓지 않고 흐르는 물이로다.

중장: 값 없는 맑은 바람이요, 임자가 없어 어느 누구나 가질 수 있는 명월이다.

종장: 이 대자연 가운데에 병 없이 지내는 이 몸이 아무 걱정·근심 없이 늙어가리라.

♣ 감상—

청산과 유수, 청풍과 명월, 즉 대자연을 마음껏 즐기면서 속세의 모든 근심·걱정을 끊어버리고 늙어가겠다고 한 이 시조에는 세속적인 욕망을 넘어서, 자연과 더불어 살아가려는 작가의 심정이 잘 나타나 있다. 종장에서의 '병'은 당쟁이나 권력·지위 다툼 같은 것을 비유한 것이라 생각된다. 반복법·댓구법·대조법 등을 적절하게 사용하여 기교면에서 뛰어난 작품이라 하겠다.

♣ 작가 소개—

성 혼(成渾, 1535~1598): 자는 호원(浩原). 호는 우계(牛溪). 17세에 감시(監試) 초시(初試)에 합격하였고, 1592년(선조 25년) 임진왜란 때 세자 광해군의 부름으로 우참판·좌참판을 역임하였다. 이 이(李珥)와 친분이 두터웠으며 학설로는 이 황(李滉)의 이기호발설(理氣互發說)을 지지하였다. 뒤에 율곡의 추천으로 벼슬을 하였으나 병으로 물러나고 자연과 벗하며 살았다. 저서로는 「사칠속편(四七續編)」과 시조 3수가 전한다.

♣ 참고—

① 청풍명월(淸風明月):송(宋)나라 때의 시인 소동파(蘇東坡)의 적벽부(赤壁賦)에 "且夫天地之間 物各有主 苟非吾之所有 雖一毫而莫取 惟江上之淸風與山間之明月 耳得之而爲聲 目遇之而成色 取之無禁 用之不竭 是造物者之無藏也 而吾與子之所共適(또한 천지간 만물에는 다 주인이 있어 나의 소유가 아닐진데, 비록 털끝만치라도 이를 취해서는 안되거니와 오직 강의 청풍과 산간의 명월만은 귀가 이를 얻어 소리가 되고 눈이 이를 만나 빛을 이루니, 아무리 이를 취하여도 금함이 없고, 이를 써도 마르지 않으니, 과연 조물주의 무진함이라. 그리하여, 나와 그대와 함께 즐기는 바이다."라 하였다.

② 성 혼의 다른 시조

시절이 태평(太平)토다 이 몸이 한가(閑暇)커니
죽림(竹林) 프른 곳에 오계성(午溪聲) 아니런들
기피 든 일장화서몽(一場華胥夢)을 어내 벗이 깨오리

67. 창오산 성제혼이

창오산(蒼梧山) 성제혼(聖帝魂)이 구름쫓아 소상에 내려
야반(夜半)에 흘러들어 죽간우(竹間雨)되온 뜻은
이비(二妃)의 천재(千載) 누흔(淚痕)을 못내 씻어 함이라

—이 후백—

♣ 어구 풀이—

창오산(蒼梧山):중국 호남성(湖南省)에 있는 산 이름. 구의산(九疑山)이라고도 하는데, 순(舜) 임금이 사냥하러 갔다가 죽은 곳이라 한다. **성제혼(聖帝魂)**:성스러운 순(舜) 임금이 죽은 넋. **소상(瀟湘)**:호남성의 명승지인 동정호(洞庭湖)로 들어가는 소강(瀟江)과 상강(湘江). **야반(夜半)**:한밤중. **죽간우(竹間雨)**:순임금의 두 아내인 아황(娥皇)가 여영(女英)의 서러운 눈물이 맺혀 자라난 것이 창오산의 얼룩진 대인데, 그 대숲 사이로 내리는 비를 뜻함. **이비(二妃)**:순임금의 아내인 아황과 여영을 가리킴. **천재(千載)**:천년(千年)과 같은 뜻. **누흔(淚痕)**:눈물 흔적. 눈물 자국. **씻어 함이라**:씻으려 함이라.

♣ 해설—

초장:창오산에서 세상을 하직한 순임금의 넋이 구름을 따라 소상 물가로 내려와

중장:어둠을 타고 흘러 들어오더니 비가 되어 대숲에 흩뿌리는 속뜻은

종장:순임금의 두 아내였던 아황과 여영의 원한이 서린 눈물 자국을 말끔히 언제까지나 씻어 주고자 하는 뜻이라.

♣ 감상—

이 이조는 창오산의 순임금의 아내인 아황과 여영의 눈물로 아롱진 반죽(斑竹) 등의 고사를 노래한 작품이다.

요임금의 두 딸인 아황과 여영은 재상(帝相)의 자리에 있던 순(舜)에게 시집갔는데 순(舜)이 요임금의 뒤를 이어 왕위에 오르자 아황은 후(后)로, 여영은 비(妃)로 각각 책봉되었다. 그 후 순임금이 창오산에 사냥을 나갔다가 죽음을 당하게 되었다. 이 비보(悲報)를 들은 아황과 여영이 길을 재촉했으나 장사에 미치지는 못했다. 그리하여 그들이 애끓는 눈물이 대숲에 흩날려 대줄기를 얼룩지게 하더니 끝내

그들은 호수에 몸을 던지고 말았다고 한다.

♣ 작가 소개—

이 후백(李後白, 1520~1578): 자는 계진(季眞). 호는 청연(靑蓮). 본관은 연안(延安). 명종대의 문신으로 벼슬이 이조판서(吏曹判書)에 이르렀으며, 성품이 청렴결백하고 강직하여 연양군(延陽君)에 책봉되었다. 벼슬이 육경(六卿)에 이르렀는데도 꾸밈이 한낱 유생과 다를 바가 없었다고 한다.

68. 미나리 한 떨기를

미나리 한 떨기를 캐어서 싯우이다
년대 아니아 우리님께 받자오이다
맛이아 긴지 아니커니와 다시 십어 보소서

—유 희춘—

♣ 어구 풀이—

한 떨기: 한 포기. 싯우이다: 씻습니다. 년대: 다른데. 아니아: 아니라. 받자오이다: 바치옵니다(獻). 긴지: 긴(緊)하지. 좋지. 십어 보소서: 잡수어 보십시오.

♣ 해설—

초장: 미나리 한 포기를 캐어서 깨끗하게 씻습니다.
중장: 딴 데다 쓸 것이 아니라 바로 우리님(임금)께 바치옵니다.
종장: 맛이야 그리 대단치 않지마는 씹고 또 씹어 그 맛을 음미해 보옵소서.

♣ 감상—

선조 때의 우승지인 유 희춘은 「헌근가(獻芹歌)」를 지어 임금님께 진상하고 포장(褒奬)의 비망록을 받았다. 이 시조의 종장에서 말하고자 하는 바는 임금님을 향한 자신의 살뜰한 충성심을 다시금 살펴 봐 달라고 하는 것이다. 표현면에 있어서 섬세하고 우아할 뿐만 아니라 순수 국어를 잘 구사하고 있어 문학적 가치가 높다 하겠다.

♣ 작가 소개—

유 희춘(柳希春, 1513~1577) : 자는 인중(仁仲). 호는 미암(眉岩). 성리학에 조예가 깊었으며 벼슬이 부제학(副提學)에 이르렀다. 저서로는 「미암일기(眉岩日記)」와 시조 몇 수가 전한다.

69. 도산십이곡

〈1연〉

이런들 엇더하며 뎌런들 엇더하료
초야우생(草野愚生)이 이러타 엇더하료
하물며 천석고황(泉石膏盲)을 고텨 므슴하료

〈2연〉

연하(煙霞)로 지블 삼고 풍월(風月)로 버들 삼아

태평성대(太平聖代)에 병(病)으로 늘거가되
이 듕에 바라는 일은 허물이라 업고쟈

〈3연〉

순풍(淳風)이 죽다하니 진실(眞實)로 거즈마리
인성(人性)이 어디다하니 진실(眞實)로 올흔마리
천하(天下)에 허다(許多) 영재(英材)를 속여 말씀할가

〈4연〉

유란(幽蘭)이 재곡(在谷)하니 자연(自然)이 듣디 됴해
백운(白雲)이 재산(在山)하니 자연(自然)이 보디 됴해
이 듕에 피미일인(彼美一人)을 더옥 닛디 못하얘

〈5연〉

산전(山前)에 유대(有臺)하고 대하(臺下)에 유수(有水) ㅣ로다
떼 많은 갈며기는 오명가명 하거든
엇다다 교교백구(皎皎白駒)는 머리 마음 하는고

〈6연〉

춘풍(春風)에 화만산(花滿山)하고
추야(秋夜)에 월만대(月滿臺)라
사시가흥(四時佳興) 사람과 한가지라
하물며 어약연비(魚躍鳶飛) 운영천광(雲影天光)이아 어느 그지 있을고

—이 황—

♣ 어구 풀이—

〈1연〉

더런들:저런들. **엇더하료**:어떻겠는가. 어떠하랴. **초야우생(草野愚生)**:시골에 묻혀 사는 어리석은 사람. **천석고황(泉石膏肓)**:자연 속에 살고 싶은 마음의 간절함. '천석'은 자연을 뜻하고, '고황'은 고치지 못할 병이란 뜻이다. 비슷한 말에 연하고질(煙霞痼疾)이 있다. **므슴하료**:무엇하겠는가. 무엇하리.

〈2연〉

연하(煙霞):안개와 아지랭이. 여기서는 아름다운 자연의 풍치. **풍월(風月)**:맑은 바람과 밝은 달. 곧 아름다운 자연. **버들**:벗을. **업고자**:없었으면 싶다.

〈3연〉

순풍(淳風):예로부터 내려오는 순박한 풍속. **거즈마리**:거짓말이다. **인성(人性)**:인간의 성품. **올흔 마리**:옳은 말이다. **허다 영재(許多英材)**:많은 슬기로운 사람.

〈4연〉

유란(幽蘭):그윽한 향기를 뿜는 난초. 난초의 다른 이름. **재곡(在谷)하니**:산골짜기에 피었으니. 골짜기에 있으니. **자연(自然)이**:자연히. 저절로. **듣디**:듣기. 또는 (냄새)맡기. **됴해**:좋구나. **재산(在山)하니**:산봉우리에 걸렸으니. **보디**:보기. **이 듕에**:이 가운데에(속세를 떠나 대자연의 신비로운 속삭임을 듣는 듯한 가운데의 뜻). **피미일인(彼美一人)**:저 한 사람의 고운 분. 여기서는 임금을 가리킴. **못하얘**:못하도다.

〈5연〉

유대(有臺):대가 있음. '대'는 높고 평평하게 생긴 터. 여기서는 낚시터를 가리킴. **떼 많은**:무리가 많은. **오명가명**:오며 가며. **엇다다**:어째서. 감탄사. **교교백구(· · 白駒)**:어진 사람이 타는 흰 망아지. '교교'는 희고 깨끗한 모양. **머리**:멀리.

〈6연〉

춘풍(春風):봄바람. **화만산(花滿山)**:꽃이 산에 가득 피어 있음. **월만대(月滿臺)**:누대(樓臺)에는 달이 가득함. **사시가흥(四時佳興)**:춘하추동의 네 계절마다 일어나는 아름다운 흥취. **어약연비(魚躍鳶飛)**:고기가 뛰고 소리개가 내. 천지 조화의 묘함을 이르는 말. **운영천광(雲影天光)**:흘러가는 구름의 그림자와 찬란한 태양. 만물이 천성(天性)을 얻은 이치를 이르는 말. **그지**:끝이.

♣ 해설—

〈1연〉

초장:이런들 어떠하며 저런들 어떠하랴?

중장:시골에 파묻혀 있는 어리석은 사람이 이렇다고(공명이나 시비를 떠나 살아가는 생활) 어떠하랴?

종장:더구나 자연을 사랑하는 것이 고질병처럼 된 버릇을 고쳐서 무엇하랴?

〈2연〉

초장:안개와 노을로 집을 삼고, 바람과 달을 벗으로 삼아

중장:태평스런 시대에 하는 일 없이 노병(老病)으로 점점 늙어가네

종장:이렇게 자연과 벗하며 잘 지내는 중에 바라는 바는 잘못을 저지르는 일이나 없었으면 싶다.

〈3연〉

초장:예로부터 내려오는 순후한 풍속이 줄어서 없어지고, 사람의 성품이 악하다고 하는 것은 참으로 거짓말이다.

중장:인간의 성품이 본래부터 어질다고 하니 참으로 옳은 말이다.

종장:그러므로, 착한 성품으로 순후한 성품을 이룰 수 있는 것을 그렇지 않다고 많은 슬기로운 사람을 속여서 말할 수 있겠는가?

〈4연〉

초장:그윽한 난초가 산골짜기에 피어 있으니 그 냄새가 자연히 맡기 좋구나.

중장:흰 구름이 산마루에 걸려 있으니 자연히 보기 좋구나.

종장:이렇게 속세를 잊고 아름다운 풍취 속에서 즐겁게 지내고 있지만, 그럴수록 우리 임금님을 더욱 잊을 수가 없구나.

〈5연〉

초장:산 앞에는 높은 낚시터가 있고 대 아래에는 물이 흐르고 있구나.

중장:무리 지은 갈매기들이 오락가락하는데

종장:어찌해서 저 어진 사람들은 여기에 있지 않고 다른 곳으로 떠나갈 마음만 갖는고.

〈6연〉

초장:봄바람이 불어 산에는 꽃이 만발하고, 가을 밤에는 밝은 달이 대에 가득하다.

중장:계절마다 일어나는 홍취는 사람의 홍겨워함과 한가지로구나

종장:더군다나 물 속에는 고기가 뛰고, 하늘에는 소리개가 날며, 아름다운 구름은 그림자를 짓고, 찬란한 태양은 그 빛을 온누리에 던진다. 이러한 대자연의 조화에 어느 한가지인들 끝이 있겠는가?

♣ 전체감상—

작가가 '도산십이곡(陶山十二曲)'을 짓게 된 경위는, 동방의 가곡이 음란하여 논의할 바가 못됨을 한림별곡류에서 예를 들고, '이별육가'가 오히려 나은 편이나 온유·돈후하지 못함을 지적하면서 자기는 음률은 잘 모르지만 여가가 있으면 시를 지어 백성들에게 부르게 하기 위해 이 작품을 짓게 되었다고 한다. '도산십이곡'은 전후 6곡으로 나뉘었는데, 전6곡(前六曲)은 언지(言志)라 하며, 사물에 접하는 감홍을 읊은 것이고, 후6곡(後六曲)은 언학(言學)이라 하여 학문과 수양에 임하는 심지를 노래한 것이다. 도산서원에서 후진을 양성할 때에 이학(理學)을 닦는 심지(心志)를 노래한 것으로, 주자(朱子)의 무이정사(武夷精舍)를 본받아 천석고황(天石膏肓)과 강학(講學)과 사색으로 나날을 보내던 그의 생활상과 함께 그의 학문과 도덕의 정신이 잘 나타나 있는 작품이다.

1연은 전6곡의 서시에 해당하는 노래로, 명리를 떠나 초야에 묻혀 지내는 사람의 자연애(自然愛) 사상이 잘 나타나 있다.

2연은 자연을 너무 사랑한 나머지 그것이 병, 곧 천석고황이 되었음을 말함과 아울러 도덕 군자로서 몸에 허물이 없기를 아울러 걱정한 노래이다.

3연은 맹자(孟子)의 성선설(性善說)에 입각하여 인성의 어짐과 순후한 풍습을 강조함과 아울러 허다 영재(許多英材)들에게 성선설이 옳음을 주장한 내용이다.

4연은 벼슬을 떠나 대자연 속에 묻혀 살면서도 마음 한 구석에는

임금에 대한 생각이 떠나지를 않는 연군의 정을 노래한 것이다. 자연과 벗하여 지내면서도 완전히 자연에 몰입하지 못하는 까닭이 여기에 있는 것이다.

5연은 낚시터에서 물과 갈매기를 벗하는 생활을 찬미하며, 속세에 연연해 하는 세속인들을 나무라고 있는 내용이다. 종장에서의 '교교백구'는 '현자'를 비유하는 것으로 그들의 어리석음을 한탄하고 있다.

6연은 꽃 피는 봄과, 달이 뜨는 저녁의 경치, 물 속에 노는 고기 떼, 하늘의 소리개, 구름이 떠 있고 해가 비치는 대자연의 아름다운 정경을 묘사하고 있는 연이다.

70. 후육곡(後六曲)

〈1연〉

천운대(天雲臺) 도라드러 완락재(玩樂齊) 소쇄(蕭灑)한데
만권(萬卷) 생애(生涯)로 낙사(樂事) ㅣ 무궁(無窮)하애라
이 듕에 왕래(往來) 풍류(風流)를 닐러 므슴할고

〈2연〉

뇌정(雷霆)이 파산(破山)하야도 농자(聾者)는 몯 듣나니
백일(白日)이 중천(中天)하야도 고자(瞽者)는 몯 보나니
우리는 이목(耳目) 총명(聰明) 남자(男子)로 농고(聾瞽) 갇디 마로리

〈3연〉

고인(古人)도 날 몯 보고 나도 고인(古人) 몯 뵈
고인(古人)을 몯 뵈도 녀던 길 알픠 잇네
녀던 길 알픠 잇거든 아니 녀고 엇덜고

〈4연〉

당시(當時)예 녀든 길흘 몃 해를 바려 두고
어듸가 단니다가 이제야 돌아온고
이제나 돌아오나니 년듸 마음 마로리

〈5연〉

청산(青山)은 엇디하여 만고(萬古)애 프르르며
유수(流水)는 엇디하여 주야(晝夜)애 긋디 아니는고
우리도 그치디 마라 만고상청(萬古常青) 호리라

〈6연〉

우부(愚夫)도 알며 하거니 긔 아니 쉬운가
성인(聖人)도 몯다 하시니 긔 아니 어려운가
쉽거니 어렵거낫 듕에 늙는 줄을 몰래라

—이 황—

♣ 어구 풀이—

〈1연〉

천운대(天雲臺):도산서원(陶山書院) 근처에 있는 경치 좋은 곳. 도산십팔절(陶山十八絶) 중의 하나. 천광운영대(天光雲影臺)의 약칭. **완락재(玩樂齊)**:이 황이 도산에서 공부하던 서재의 이름. 도산십팔절 중의 하나. **소쇄(蕭灑)**:기운이 맑고 깨끗함. **만권 생애(萬卷生涯)**:많은 책을 읽으며 학문하는 생활. **낙사(樂事)**:즐거운 일. **왕래 풍류(往來風流)**:왔다 갔다 하는 풍류. 산책하는 멋.

〈2연〉

뇌정(雷霆):우뢰 소리. **농자(聾者)**:귀머거리. **백일(白日)**:밝은 해. **고자(瞽者)**:봉사. 장님. **이목총명(耳目聰明)**:귀도 밝고 눈도 밝음.

〈3연〉
고인(古人):옛 사람. 옛날의 성현(聖賢). **몯 뵈**:못 뵈도다. **녀던 길**:가던 길. 행하던 도리. **아니 녀고**:아니 행하고. 행하지 않고. **엇덜고**:어찌할 것인가.

〈4연〉
당시(當時):그 때. **녀든 길흘**:행하던 길을. 곧 학문 수양의 길을. **단니다가**:다니다가. **년듸**:다른 곳에.

〈5연〉
엇디하여:어찌하여. **만고(萬古)**:오랜 세월. **긋디**:그치지. **아니는고**:아니하는가. **만고상청(萬古常青)**:오랜 세월동안 변함없이 푸르름.

〈6연〉
우부(愚夫):어리석은 사람. **긔**:그것이.

♣ 해설—
〈1연〉
초장:천운대를 돌아 들어간 완락재는 기운이 맑고 깨끗한 곳인데
중장:거기서 많은 책에 묻혀 사는 생활의 즐거움이 끝이 없구나
종장:이런 중에서 때때로 바깥을 거니는 흥취를 새삼 말해서 무엇하겠는가?

〈2연〉
초장:우뢰 소리가 산을 깨뜨릴 듯이 심하게 나도 귀머거리는 듣지 못하고
중장:밝은 해가 하늘 높이 솟아도 눈먼 사람(소경)은 볼 수가 없는 것이다.
종장:우리는 귀와 눈이 밝은 사람이 되어 귀머거리나 소경이 되어서는 안 될 것이다.

〈3연〉

초장: 옛 성현도 나를 보지 못하고, 나 역시 그 분들을 못 보네

중장: 하지만 그 분들이 행하던 길은 지금도 가르침으로 남아 있네.

종장: 이렇듯 올바른 길이 우리 앞에 있는데, 그를 따르지 않고 어찌할 것인가?

〈4연〉

초장: 그 때 뜻을 세우고 학문과 수양에 힘쓰던 길을 몇 해씩이나 버려 두고

중장: 어디에 가서 무엇을 하다가 이제야 돌아오는 것인가?

종장: 이제라도 돌아왔으니 다시는 다른 곳에 마음을 두지 말고 옛날에 하던 학문 수양에 힘써라.

〈5연〉

초장: 푸른 산은 어찌하여 만고에 푸르며

중장: 흐르는 물은 어찌하여 밤낮으로 그치지 않고 계속 흐르는 것인가?

종장: 우리도 그것을 본받아 오랫동안 계속해서 푸르게 살리라.

〈6연〉

초장: 어리석은 사람도 알고서 행하니 얼마나 쉬운가?

중장: 훌륭한 성인들도 다하지 못하니 그 얼마나 어려운 것인가?

종장: 쉽든 어렵든간에 학문을 닦는 생활 가운데 늙는 줄을 모르겠구나.

♣ 전체감상—

'도산십이곡(陶山十二曲)' 중 後6곡은 '언학(言學)'에 해당하는 것으로, 학문과 수양에 임하는 심지(心志)를 노래한 것이다.

1연은 책을 읽는 즐거움과 틈틈히 생기는 여가를 이용해 산책하는 여유있는 생활을 노래한 것이다.

2연은 학문의 중요성을 노래한 것으로, 아무리 훌륭한 진리라도 어리석은 사람에게는 보이지도 않고 들리지도 않으니, 성현의 도에 귀먹고 눈먼 자가 되지 않기 위해서는 학문 수양에 힘쓰자는 것이다.

3연은 옛 성현들이 행하던 도리를 이어 받아 우리 역시 실천해야 함을 주장한 내용으로, 연쇄법을 사용하여 표현의 효과를 살리고 있다.

4연은 젊었을 때 품었던 학문에 대한 웅지를 소홀히 하고 벼슬길에 올랐던 자신의 어리석음을 탓하며, 이제라도 학문 수행에 전념할 것을 다짐한 내용이다.

5연은 영원히 변하지 않는 의지와 끊임없는 학문 수행으로 우리도 옛 성현(聖賢)과 같이 후세에 이름을 남겨 만고상청하자는 내용이다.

6연은 결사(結詞)에 해당하는 부분으로, 지은이의 대학자다운 풍모를 엿보게 하는 노래이다. 학문이란 어떤 사람도 할 수 있는 쉬운 것인 동시에 무한히 심오하여 아무리 연구하여도 끝이 없는 것이기도 하니, 그저 꾸준히 닦을 뿐이라고 한다. 여기에서 우리는 학문에 임하는 지은이의 정신 자세를 엿볼 수 있다.

♣ 작가 소개—

이 황(李滉, 1501~1570):자는 경호(景浩). 호는 퇴계(退溪). 도옹(陶翁). 조선 연산군~선조 때의 문신, 학자. 1534년 식년시(式年試)에 급제, 대사성(大司成), 대제학, 좌찬성 등 벼슬을 지냈다. 도산서원(陶山書院)을 세우고 스스로 도옹(陶翁)이라 칭하며 학문을 닦고 후배 교육에 힘썼다. 율곡(栗谷) 이 이(李珥)와 쌍벽을 이루는 성리학(性理學)의 대가로 사단칠정론(四端七情論)을 사상의 핵심으로 했다. 사단칠정을 주제로 한 기 대승(奇大升)과의 8년에 걸친 논쟁은 4 · 7분 이기여부론(四七分理氣與否論)의 발단이 되었고, 그의 학풍은 뒤에 그의 이원론을 반박하고 나선 이 이의 기호학파에 대해서 영남학파를 이루어 당쟁의 대립과도 관련이 되었다. 주 세붕(周世鵬)이 세운 최초의 서원인 백운동서원(白雲洞書院)에 소수서원(紹修書院)이라는 사액을 내리게 하여 최초의 사액서원(賜額書院)으로 하였으며, 붕당의 폐해를 상소하는 등 업적을 남겼으나 현실 생활과 학문의 세계를 구분하여 끝까지 학자적 태도에 충실하였다. 저서에 「주자서절요(朱子書節要)」, 「퇴계집(退溪集)」, 「성학십도(聖學十圖)」 등이 있으며, 시조에 「도산십이곡(陶山十二曲)」 등이 전한다.

71. 옥을 돌이라 하니

옥(玉)을 돌이라 하니 그려도 애도래라
박물군자(博物君子)는 아는 법(法) 잇것마는
알고도 모르는 체하니 그를 슬허하노라

–홍 섬–

♣ 어구 풀이—

그려도:그래도. **애도래라**:애닯구나. **박물군자(博物君子)**:세상의 모든 것을 널리 아는 어진 사람. **잇건마는**:있건마는. **슬허**:슬퍼.

♣ 해설—

초장:옥(玉)을 가리켜 돌이라고 고집하니, 그것이 몹시 애닯구나.
중장:세상의 모든 것을 널리 아는 어진 사람 같으면 알 수도 있을텐데
종장:알고도 모른 척하니 그것을 슬퍼하노라.

♣ 감상—

옥은 분명히 옥이고, 돌은 분명히 돌인 것이어서 명확하게 구분이 되건마는 세상은 반드시 그렇지만도 않다. 자신의 이해득실에 얽매여 알면서도 왜곡(歪曲)하는 경우가 흔히 있는 것이다. 더군다나 지은이가 벼슬자리에 있던 정계의 현실은 파쟁(派爭)의 소용돌이 속에서 권모술수가 판을 치던 시기였으므로 옥도 돌이라고 우기는 안타까움도 수없이 겪었던 것이다. 결국 이 시조는 선(善)을 선이라 하지 않고,

악(惡)을 악이라 하지 않는 세상의 인심을 풍자한 것이라 하겠다.

♣ 작가 소개—

홍 섬(洪暹, 1504~1585): 자는 퇴지(退之). 호는 인재(忍齊). 중종 때 문과에 급제하여 중종 때에는 좌찬성과 이조판서를 겸임하였고 선조 때에는 좌의정을 거쳐 영의정에까지 올랐다. 저서로는 「인재집(忍齊集)」, 인재잡록「(忍齊雜錄)」이 있다.

72. 고산구곡가

〈序曲〉

고산구곡담(高山九曲潭)을 사람이 모르더니
주모복거(誅茅卜居)하니 벗님네 다 오신다
어즈버 무이(武夷)를 상상(想像)하고 학주자(學朱子)를 하리라

〈一曲〉

일곡(一曲)은 어드메오 관암(冠巖)에 해 비친다
평무(平蕪)에 내 걷으니 원산(遠山)이 그림이로다
송간(松間)에 녹준(綠罇)을 놓고 벗 오는 양 보

노라

〈二曲〉

이곡(二曲)은 어드메오 화암(花巖)에 춘만(春晩)커다
벽파(碧波)에 곳을 띄워 야외(野外)로 보내노라
사람이 승지(勝地)를 모로니 알게 한들 엇더리

〈三曲〉

삼곡(三曲)은 어드메오 취병(翠屛)에 닙 퍼젓다
녹수(綠樹)에 춘조(春鳥)는 하상기음(下上其音)하는 적의
반송(盤松)이 바람을 받으니 녀름 경(景)이 업시라

〈四曲〉

사곡(四曲)은 어드메오 송암(松巖)에 해 넘거다
담심암영(潭心巖影)은 온갖 빗치 잠겨세라
임천(林泉)이 깁도록 됴흐니 흥(興)을 계워하노

라

〈五曲〉

오곡(五曲)은 어드메오 은병(隱屛)이 보기 됴다
수변정사(水邊精舍)는 소쇄(瀟灑)함도 가이없다
이 중에 강학(講學)도 하려니와 영월음풍(詠月吟風)하리라

〈六曲〉

육곡(六曲)은 어드메오 조협(釣峽)에 물이 넓다
나와 고기와 뉘야 더옥 즐기난고
황혼(黃昏)에 낙대를 메고 대월귀(帶月歸) 하노라

〈七曲〉

칠곡(七曲)은 어드메오 풍암(楓巖)에 추색(秋色)이 좃타
청상(淸霜) 엷게 치니 절벽(絶壁)이 금수(錦繡)

ㅣ로다
한암(寒巖)에 혼자 안자셔 집을 잇고 잇노라

〈八曲〉
팔곡(八曲)은 어드메오 금탄(琴灘)에 달이 밝다
옥진금휘(玉軫金徽)로 수삼곡(數三曲)을 노는 말이
고조(古調)를 알이 없으니 혼자 즐거 하노라

〈九曲〉
구곡(九曲)은 어드메오 문산(文山)에 세모(歲暮)커다
기암괴석(奇巖怪石)이 눈 속에 무쳐세라
유인(遊人)은 오지 아니하고 볼 것 없다 하더라

—이 이—

♣ 어구 풀이—

〈序曲〉

고산(高山):황해도 해주에 있는 산. **구곡담(九曲潭)**:아홉 번 굽이 굽이 감돈 계곡. **주모복거(誅茅卜居)**:풀을 베어 내고 집터를 닦아 살 곳을 지음. **벗님네**:친구분들. **어즈버**:아! 감탄사. **무이(武夷)**:중국의 복건성(福建省)에 있는 산이름. 주자(朱子)가 이 산에 정사(精舍)를 짓고 학문을 닦았음. 그 곳에는 구곡계(九曲溪)가 있어 경치가 뛰어나게 좋은데 주자가 '무이구곡가(武夷九曲歌)'를 지었다.

〈一曲〉

일곡(一曲): 첫째 골짜기에 대한 노래. **어드메오**: 어느 곳이요? **관암(冠巖)**: 갓머리처럼 우뚝 솟은 바위. 즉 갓바위. **평무(平蕪)**: 잡초가 무성한 들판. **내**: 연기, 안개. **원산(遠山)**: 멀리 보이는 산. **송간(松間)**: 소나무 숲 사이. **녹준(綠鐏)**: 푸른 술통. 즉 맛있는 술을 뜻한다.

〈二曲〉

화암(花巖): 꽃이 피어 있는 바위. 꽃바위. **춘만(春晩)커다**: 봄이 늦었구나! 늦봄이로구나! '커다'는 '하거다'의 준말. **벽파(碧波)**: 푸른 물결. **야외(野外)**: 들판. **승지(勝地)**: 명승지(名勝地)의 준말로 경치가 뛰어난 곳.

〈三曲〉

취병(翠屛): 푸른빛 병풍같이 나무나 풀로 덮인 절벽. **녹수(綠樹)**: 푸른 나무. **춘조(春鳥)**: 봄새. **하상기음(下上其音)**: 아래 위에서 우짖음. **반송(盤松)**: 키가 작고 가지가 가로 퍼진 소나무. **녀름 경(景)**: 여름다운 풍치.

〈四曲〉

송암(松巖): 솔 바위. **담심암영(潭心巖影)**: 물에 비친 바위 그림자. **임천(林泉)**: 수풀 속의 샘. 여기서는 은거하는 선비가 사는 곳. 즉 벼슬을 물러나 산골에서 살고 있는 율곡선생의 거처를 가리킴. **계워하노라**: 이기지 못하는 듯하구나.

〈五曲〉

은병(隱屛): 굽이진 곳에 있어 눈에 뜨이지 않는 절벽. **수변정사(水邊精舍)**: 물가에 세워진 정사. **소쇄(瀟灑)**: 맑고 깨끗하여 속되지 않음. **가이없다**: 그지 없다. **강학(講學)**: 학문을 가르키고 연구함. **영월금풍(詠月今風)**: 시를 짓고 읊으며 즐겁게 노는 것.

〈六曲〉

조협(釣峽):낚시질 하기에 적당한 골짜기. **뉘야**:누가. '야'는 강세 조사. **황혼(黃昏)**:해가 저물어 어둑어둑할 때. **대월귀(帶月歸)**:달을 데리고 집으로 돌아감.

〈七曲〉

풍암(楓巖):단풍으로 덮인 바위. **추색(秋色)**:가을 경치. **청상(淸霜)**:맑은 서리. **금수(錦繡)**:비단에다 수를 놓은 듯이 아름다운 것. **한암(寒巖)**:차가운 바위.

〈八曲〉

금탄(琴灘):거문고나 가야금을 타듯이 물 흐르는 소리가 흥겹게 들리는 여울목. **옥진금휘(玉軫金徽)**:옥으로 만든 진(軫)과 금박으로 만든 휘(徽). 즉 아주 값지고 좋은 거문고. '진(軫)'은 거문고 줄을 떠받는 받침. **수삼곡(數三曲)**:서너 곡조. **고조(古調)**:옛 가락.

〈九曲〉

문산(文山):산 이름. **세모(歲暮)커다**:섣달이 되었구나. 즉 겨울이 깊었다는 뜻. **기암괴석(奇巖怪石)**:생김새가 기이한 바위와 괴상한 돌. **유인(遊人)**:경치 좋은 곳을 찾아다니는 사람. 즉 유람객(遊覽客).

♣ 해설—

〈序曲〉

초장:고산(高山)의 아홉 굽이 계곡의 아름다움을 사람들이 모르더니

중장:내가 비로소 풀을 베어 헤치고 집터를 닦아 살고 있으니 친구분들이 모두들 찾아오는구나.

종장:아! 주자(朱子)가 읊은 무이산(武夷山) 구곡계(九曲溪)를 생각하면서 주자학(朱子學)을 연구하리라.

〈一曲〉

초장:첫째로 경치가 좋은 계곡은 어디인고? 갓머리처럼 우뚝 솟은 관암에 아침 해가 비쳤도다.

중장:잡초 우거진 들판에 안개가 걷히니 멀리 가까이의 정경이 그림같이 아름답구나.

종장:소나무 숲속에 술동이를 놓고 벗들이 찾아오는 모습을 바라보노라.

〈二曲〉

초장:둘째로 경치 좋은 곳은 어디인고? 꽃이 무성한 바위의 늦은 봄의 경치로다.

중장:푸른 물결에 꽃을 띄워 멀리 들판으로 보내노라.

종장:사람들이 경치 좋은 이 곳을 모르니, 알게 하여 찾아오게 한들 어떠리.

〈三曲〉

초장:세번째로 경치 좋은 곳은 어디인고? 푸른 병풍을 둘러친 듯한 절벽, 취병에 녹음이 짙어졌다.

중장:푸른 나무 사이로 봄새는 위아래에서 우짖는데

종장:가로 퍼진 소나무가 마주치는 바람을 이기지 못하는 듯싶더니, 시원스런 풍경이라고는 할 수 없구나.

〈四曲〉

초장:네번째로 경치 좋은 곳은 어디인고? 솔 바위에 해가 넘어가는 경치로다.

중장:못 속에 비친 바위 그림자는 온갖 빛과 함께 잠겨 있구나

종장:수풀 속의 샘물은 깊을수록 좋으니 흥을 이길 수가 없구나.

〈五曲〉

초장:다섯번째로 경치 좋은 곳이 어디인고? 굽이진 곳에 눈에 띄지 않는 절벽이 보기 좋다.

중장:물가에 지어 놓은 정사(精舍)가 그지없이 깨끗하구나

종장:이 가운데서 학문 연구도 하려니와 아름다운 자연을 시로 읊기도 하겠다.

〈六曲〉

초장:여섯번째로 경치 좋은 곳은 어디인고? 낚시하기 알맞은 골짜기에 물이 넓은 경치로다.

중장:나와 고기 중에서 어느 편이 더욱 즐겨 놀 것인가?

종장:하루종일 즐기다가 해가 저물거든 낚시대를 메고 달빛을 데리고 함께 집으로 돌아가리라.

〈七曲〉

초장:일곱번째로 경치 좋은 곳이 어디인고? 단풍으로 덮인 바위, 풍암에 가을빛이 짙었다.

중장:게다가 깨끗한 서리가 엷게 덮였으니 낭떠러지로 이루는 풍암이 마치 수놓은 비단처럼 아름답구나.

종장:차가운 바위에 혼자 앉아서 집에 돌아가는 것도 잊고 있구나.

〈八曲〉

초장:여덟번째로 경치 좋은 곳은 어디인고? 거문고 타는 소리를 내며 흐르는 여울목에 달이 밝다

중장:좋은 거문고와도 같은 금단 여울목 물소리에 맞추어 서너 곡조 노래해 보았으나

종장:운치 높은 옛 곡조를 알 사람이 없으니 혼자서 즐길 따름이다.

〈九曲〉

초장:아홉번째로 경치 좋은 곳은 어디인고? 문산에 겨울이 깊었다

중장:생김새가 기이한 바위와 야릇한 모양의 돌들이 그렇게도 보기 좋더니 이제는 모두다 깊은 눈에 묻혀 버렸구나

종장:유람객들이 눈에 덮인 이곳을 찾아 보지도 아니 하고서 볼 것이 없다고만 하니 안타까운 노릇이로구나.

♣ 전체감상—

'고산구곡가(高山九曲歌)'는 작가가 대사간(大司諫) 벼슬에서 물러나 황해도 해주에 있는 고산에 은거하면서 정사(精舍)를 짓고 제자들을 교육하고 있을 때 주자(朱子)의 '무이구곡가(武夷九曲歌)'를 본따서 지은 작품이다. 서시 1수에 이어 1곡부터 9곡까지 관암(冠巖),

화암(花巖), 취병(翠屛), 송암(松巖), 은병(隱屛), 조협(釣峽), 풍암(楓巖), 금탄(琴灘), 문산(文山)의 구곡을 차례로 노래하였는데, 그것은 지명이자 곧 특색의 설명도 되어 중의법이 되도록 표현하였다. 즉 이 연시조는 강학(講學)의 즐거움과 고산(高山)의 아름다운 경치를 노래한 것이다.

序曲:이 시조의 서시로, 아홉 굽이의 계곡이라 한 것은 주자의 '무이구곡(武夷九曲)'에 매추기 위한 것이라 생각된다. 서시에는 자연을 벗하며 주자학(朱子學)을 연구하겠다는 작가의 학구적 열의가 잘 나타나 있다.

一曲:관암의 아침 해가 솟은 후의 절경과, 소나무 아래 술을 놓고 벗을 맞는 심정으로 그러한 절경을 맞는다는 작가의 풍류스러운 운치가 잘 나타나 있다.

二曲:꽃으로 수놓은 듯 바위를 감싸고 있는 늦봄의 경치를 묘사하고 이를 혼자 즐기기에는 아까와 널리 알리고 싶은 심정을 읊은 것으로, 도연명의 '도화원기' 속에 나오는 '무릉도원(武陵桃源)'을 연상시키는 노래이다.

三曲:취병(翠屛)을 노래한 것으로 못 속에는 푸른 소나무, 붉은 단풍잎, 푸르른 하늘 등이 그림과 같이 어리어 여름이라도 더운 줄을 모르게 한다.

四曲:녹음이 짙은 숲속에서 못 속에 비친 온갖 자연의 아름다운 경치를 감상하며 흥에 겨워하는 작가의 심경을 엿볼 수 있다.

五曲:작가가 거처하고 있는 정사 주변과 거기에서의 생활을 노래한 것으로 앞에는 맑은 시내가 흐르고 정사 주위를 절벽이 병풍처럼 둘러 서 있는 곳에서 학문도 닦고 풍월도 읊겠다는 것이다.

六曲:낚시터를 노래한 것으로 작가가 수면에 낚시를 드리우고 있는 것은 고기를 잡기 위한 것이 아니고 청한(淸閑)을 즐기자는 것이다. 그러므로 어둡이 깃들 무렵 집으로 돌아오는 길에 고기를 싣고 오는 것이 아니고 달빛을 싣고 오는 것이다.

七曲:단풍으로 뒤덮인 바위의 경치를 읊은 것으로 그 자연의 경치에 너무 몰입된 나머지 집으로 돌아가는 것조차 까마득히 잊고 대자연에 취해 있는 것이다.

八曲:거문고 타는 소리를 내며 흐르는 여울목, 즉 금탄을 노래한 것으로 현대를 사는 우리에게도 큰 교훈을 주는 노래라 하겠다. 작가는 종장에서 '고조(古調)를 알 이 없으니'하고 한탄했는데, 이는 옛 성현들의 가르침을 따르지 않고 경박한 신풍(新風)에만 빠져들고 있는 그 당시의 세태를 안타까이 여기고 있는 것이다.

九曲:문산에 한 해가 저물어 가는 겨울, 기암괴석이 눈 속에 묻혔으니 세상 사람들은 볼 것이 없다 하고 오지 않는데, 이는 그들이 목전의 현실에만 급급한 때문이라 생각하며 안타까이 여기고 있는 것이다.

♣ 작가 소개—

이 이(李珥, 1536~1584):자는 숙헌(叔獻). 호는 율곡(栗谷), 또는 석담(石潭). 본관은 덕수(德水). 어머니는 시화(詩畵)에 뛰어난 사임당 신씨. 명종 19년(1564년) 식년시(式年試)에 장원. 선조 때에 호조·이조·병조 판서를 차례로 역임하고 우찬성에까지 이름. 만년에 해주 고산에 들어가 정사(精舍)를 짓고 주자(朱子)의 사당(祠堂)을 세워 이 황·조 광조를 배향(配享)하고, 학규(學規)와 격몽요결(擊蒙要訣)을 지어 후학(後學)을 교도(教道)함. 이 황과 함께 우리나라 성리학의 쌍벽을 이루며, 일원적(一元的)인 이통기국설(理通氣國說)을 주장했다. 저서로는 「성학집요(聖學輯要)」, 「격몽요결(擊蒙要訣)」 등과 시조 「고산구곡가(高山九曲歌)」 등이 있다.

73. 생평에 원하느니

생평(生平)에 원하느니 다만 충효(忠孝)뿐이로다

이 두 일 말면 금수(禽獸)ㅣ나 다라리야
마음에 하고져래야 십재황황(十載遑遑)하노라

-권 호문-

♣ 어구 풀이—

원(願)하느니:원하는 것은. **금수(禽獸)**:짐승. **다라리야**:다르겠는가? **하고져래야**:하고자 하여. **십재황황(十載遑遑)**:십 년을 조급하게 허둥댐.

♣ 해설—

초장:평생에 원하는 것은 단지 임금님께 충성을 다하고 부모님께 효도를 다하는 일 뿐이로다.

중장:이 두 일(충과 효)을 하지 않는다면 짐승들과 무엇이 다르겠는가?

종장:마음에 하고자 하여 십 년을 조급하게 허둥대고 있도다.

♣ 감상—

이 시조는 권 호문(權好文)의 연시조 '한거십팔곡(閑居十八曲)'의 서시(序詩)에 해당하는 작품이다. '한거십팔곡'은 관계를 떠나 강호에 살면서 자연 생활의 모습을 그린 시조이다. 서시에서는 비록 초야(草野)의 몸이지만 충효(忠孝)를 잊을 수 없어 항상 마음이 바쁘다는 것을 노래한 것으로, 충(忠)과 효(孝)로 일관되어 온 그의 유학자(儒學者)다운 풍모를 엿볼 수 있는 작품이라 하겠다.

♣ 작가 소개—

권 호문(權好文, 1532~1587):자는 장중(章仲). 호는 송암(松巖). 이 황의 외종손. 이 황의 문하(門下)에서 글을 배워 명종 16년(1561년) 진사(進士)에 급제했으나, 벼슬에는 뜻이 없어 청성산중(淸城山中)에 숨어 살며 시와 술을 벗삼았다고 한다. 만년에는 그의 덕망을 우러러 모여드는 문인이 많았고 그가 죽은 후에는 송암서원(松巖書院)을 세워 모셨다. 저서로는 경기체가(景幾體歌) 「독락팔곡(獨樂八曲)」과 시조 「한거십팔곡(閑居十八曲)」 등이 있다.

74. 바람은 절로 맑고

바람은 절로 맑고 달은 절로 밝다
죽정송영(竹庭松楹)에 일점진(一點塵)도 없으니
일장금(一長琴) 만축서(萬軸書) 더욱 소쇄(蕭灑)하다

—권 호문—

♣ 어구 풀이—

죽정(竹庭):대나무 숲이 있는 정원. **송영(松楹)**:당상(堂上)에 있는 소나무 기둥. **일점진(一點塵)**:한 점의 먼지. **일장금(一長琴)**:한 대의 거문고 또는 가야금. **만축서(萬軸書)**:만 권의 서적. **소쇄(蕭灑)하다**:맑고 깨끗하여 속되지 않다.

♣ 해설—

초장:맑은 바람이 시원스럽게 스치는 밤에 달 또한 밝구나.

중장:정원의 대나무 숲에나 당상(堂上)의 소나무 기둥에나 티끌 하나 없

으니

종장:그 위에 놓인 한 대의 가야금과 옆에 쌓아 놓은 많은 서적이 한결 깨끗해 보여 속되지 않구나!

♣ 감상—

이 작품은 연시조 한거십팔곡(閑居十八曲) 중의 11연에 해당하는 것이다. 중장에서의 '티끌'은 마음 속의 티끌을 의미하는 것이라 여겨진다. 즉 티끌 한 점 없는 마음가짐으로 자연과 더불어 책과 벗하며 살아가는 작가의 생활 모습을 나타낸 것이라 해석할 수 있겠다.

♣ 작가 소개—

권 호문(權好文):앞 시조 참조.

75. 청초 우거진 골에

청초(青草) 우거진 골에 자는다 누엇는다
홍안(紅顔)은 어듸 두고 백골(白骨)만 무쳣는니
잔(殘) 잡아 권할 이 없으니 그를 슬허 하노라

—임 제—

♣ 어구 풀이—

청초(青草):푸른 풀. **자는다**:자는가? '다'는 의문형 종결 어미. **골**:골짜기. **홍안(紅顏)**:혈기있는 고운 젊은 얼굴. **백골(白骨)**:흰 뼈. **슬허 하노라**:슬퍼하노라.

♣ 해설—

초장:푸른 풀이 우거진 골짜기에서 자고 있느냐? 아니면 드러누워 있느냐?

중장:혈기있던 붉고 고운 얼굴은 어디다 두고 백골만이 남아서 묻혀 있는가?

종장:아, 이제는 나에게 잔을 들어 술을 권해 줄 사람이 없으니 그를 슬퍼하노라.

♣ 감상—

이 시조는 임 제가 평안도사(平安都事)로 임명되어 부임하러 가는 길에 이미 고인(故人)이 된 황 진이(黃眞伊) 묘 앞에서 부른 시조라고 한다. 종장의 '잔 잡아 권할 이 없으니 그를 슬허 하노라'라는 구절로 보아 아마도 술병을 들고 가 묘 앞에 부어 놓고 부른 것 같다. 한편 전설(傳說)에 의하면 어엿한 관리가 천한 기생(妓生)의 묘 앞에서 제사를 지냈다고 해서 파면당했다고도 한다.

♣ 작가 소개—

임 제(林悌, 1549~1587):자는 자순(子順). 호는 백호(白湖). 본관은 나주(羅州). 선조 때에 등제(登第)하여 벼슬이 예조정랑(禮曹正郎)에 이르렀으나 벼슬에 뜻이 없어 명산대천(名山大川)을 두루 찾아다니며 풍류 생활을 즐겼다. 39세에 요절한 천재(天才)이며 지나치게 활달한 성격으로 그 당시 사람들이 그를 '법도(法度) 밖의 사람'이라고 꺼려하면서도 그의 문장(文章)과 문학(文學)만은 높이 평가하였다고 한다.

76. 북창이 맑다커늘

북창(北窓)이 맑다커늘 우장(雨裝)없이 길을 나니
산(山)에는 눈이 오고 들에는 찬비 오다
오늘은 찬비 맞았으니 얼어 잘까 하노라

-임 제-

♣ 어구 풀이—
북창(北窓):북쪽 창문. **맑다커늘**:맑다 하거늘. **우장(雨裝)**:비옷.

♣ 해설—
초장:북쪽 창문이 맑다고 하기에 비옷도 안 가지고 길을 떠났더니
중장:가는 도중에 날씨가 갑자기 흐려지더니 산에서는 눈이 오고, 들에서는 찬비가 내리는구나.
종장:오늘은 어차피 찬비를 맞았으니, 어쩔 수 없이 얼어 빠진 몸으로 자야겠구나.

♣ 감상—
이 시조는 임 제가 평양의 기생 한우(寒雨)에게 준 '한우가(寒雨歌)'이다. '찬비'는 평양 기생 '한우'를 중의(重義)한 것이다. 임 제의 낭만과 정열이 넘치는 이 시조에 화답한 한우의 시조 역시 걸작이라 아니할 수 없다.

어이 얼어 잘이 므스 일 얼어 잘이
원앙침비취금(鴛鴦枕翡翠衾)을 어듸 두고 얼어 잘이
오늘은 찬비 맞았으니 녹아 잘까 하노라

♣ 감상—
임 제(林悌) : 앞 시조 참조.

77. 훈민가

아바님 날 나흐시고 어마님 날 기르시니
두분곳 아니면 이 몸이 사라시랴
하늘 같은 은덕(隱德)을 어데 다혀 갑사오리

〈훈민가 1〉

어버이 사라신 제 셤길 일란 다하여라
디나간 휘면 애듧다 엇디하리?
평생(平生)에 곳텨 못할 일이 이뿐인가 하노
라

〈훈민가4〉

오늘도 다 새거다. 호믜 메오 가쟈스라
내 논 다 매어든 네 논졈 매어주마
올 길에 뽕 따다가 누에 먹혀 보자스라

〈훈민가 13〉

이고 진 져 늙은이 짐 풀어 나를 주오
나는 져멋거니 돌이라 무거울까
늙기도 셟웨라커든 짐을 조차 지실까

〈훈민가 16〉

—정 철—

♣ 어구 풀이—

〈훈민가 1〉

날 나흐시고: 나를 낳으시고 '부생모육(父生母育)'이란 어휘를 풀이한 말. **두분곳**: 두 분. '곳'은 강세 접미사. **사라시랴**: 살았으랴. 살아 있으랴. **다혀**: 다가. 에다. **갑사오리**: 갚겠읍니까?

〈훈민가 4〉

어버이: 양친. 어머니와 아버지. **사라신 제**: 살아 계실 때에. **셤길 일란**: 섬기어야 할 일이라면. **휘면**: 후(後) ㅣ면 'ㅣ' 주격조사. **애닯다**: 마음이 아프다. 슬프다.

〈훈민가 13〉

새거다: 새었다. '거다'는 현재 완료 평서형. **호믜**: 호미. **메오**: 메고. '오'는 'ㅣ'모음 아래 'ㄱ'탈락형. **졈**: 좀.

〈훈민가 16〉

이고 진: 머리에 이고 등에 짊어진. **져멋거니**: 젊었으니. **돌이라**: 돌이라도. **셟웨라커든**: 서럽다 하겠거늘. **짐을 조차**: 짐마저. 짐까지야.

♣ 해설―

〈훈민가 1〉
초장:아버님이 날 낳아 주시고 어머님이 날 길러 주시니
중장:두 분이 아니시면 이 몸이 어찌 살 수 있었으랴?
종장:어버이의 하늘 같으신 은혜를 어디에다 갚으오리.

〈훈민가 4〉
초장:부모님께서 살아 계신 동안에 섬기는 일을 다하여라.
중장:돌아가신 뒤면 아무리 애닯아 해도 어쩔 도리가 없는 것이다.
종장:평생에 다시 할 수 없는 일은 부모 섬기는 일 뿐인가 하노라.

〈훈민가 13〉
초장:오늘도 날이 다 밝았다. 호미를 메고 들로 나가자꾸나
중장:내 논을 다 매고 난 뒤에 네 논도 좀 매어 주마.
종장:일을 다 끝내고 돌아오는 길에 뽕을 따다가 누에도 먹여 보자꾸나.

〈훈민가 16〉
초장:짐을 머리에 이고 등에 진 저 늙은이 그 짐을 풀어서 나에게 주시오.
중장:나는 젊었으니 돌인들 무겁겠읍니까.
종장:늙는 것도 서럽다고 하거늘 하물며 무거운 짐까지 져서야 되겠소?

♣ 전체 감상―

연시조 '훈민가(訓民歌)'는 선조 13년(1580년), 작가 나이 45세 때 강원도 관찰사(江原道觀察使)로 재직하고 있을 때 강원도 백성들을 교유(教諭)·계몽하기 위한 목적으로 지은 것이다. 내용은 부의모자(父義母慈)·형우제공(兄友弟恭)…… 등 16개 항의 덕목을 각기 한 수씩 읊은 것이다. 무지한 백성을 교화하기 위하여 익혀 부르게 한 것은 작가의 백성을 사랑하는 애정의 발로라 할 수 있겠다. 또한 쉬운 우리말을 능숙하게 구사하여 누구나가 쉽게 배울 수 있는 것이 이 작품의 뛰어난 점이라 하겠다.

훈민가 1:훈민가의 첫째 수로 '부의모자(父義母慈)'란 제목이 붙은

것이며 부모의 은덕을 주제로 한 노래이다. 유교적 윤리관에서는 '孝'가 모든 행동규범에서 가장 중시되는 덕목 중의 하나인 것이다. 그러므로 항상 부모의 은덕을 생활의 규범으로 삼고 '효'를 다해야 함을 노래한 것이다.

훈민가 4:훈민가의 네째 수로 '자효(子孝)'에 관한 것이다. '풍수지탄(風樹之嘆)'이란 고사성어를 연상케 하는 노래로 어버이에 대한 효성을 강조한 노래로 돌아가신 후에 후회하지 말고 살아 계실 때 효성(孝誠)을 다하자는 내용이다.

훈민가 13:훈민가 중 열 세째 수로 '무타농상(無惰農桑)'에 관한 것이다. 근면성과 상부상조(相扶相助)의 정신을 강조하고 있으며, 중장에서는 농촌의 순후한 풍속을 보이고 있다.

훈민가 16:훈민가 중 마지막 열 여섯째의 수로, 제목은 '반백자불부대(斑白者不負戴)'. 늙은이에 대한 애련(哀憐)을 나타낸 부분으로 경로(敬老)사상을 일깨워 주기 위한 노래이다.

♣ 작가 소개—

정 철(鄭澈, 1536~1593):자는 계함(季涵). 호는 송강(松江), 칩암거사(蟄菴居士). 시호는 문청(文淸). 본관은 영일(迎日)로 중종 31년에 한양에서 출생. 명종초 을사사화에 부친이 남쪽으로 귀양감에 따라 당시 10세이던 송강은 부친을 따라가서 송 순, 김 인후, 기 대승 등에게서 수학(修學). 명종 17년, 27세에 문과에 장원으로 급제. 40세에 서인(西人)이 되었고, 45세에 강원도 관찰사(觀察使)로 부임. 관찰사 재직 당시 「관동별곡(關東別曲)」, 단가인 「훈민가(訓民歌)」 등을 저술함. '사미인곡(思美人曲)', '속미인곡(續美人曲)' 및 많은 가사를 지음. 저서로는 「송강가사(松江歌辭)」 2권 1책과 문집인 「송강집(松江集)」 11권 7책 등이 있다.

78. 쓴 나물 데온 물이

쓴 나물 데운 물이 고기도곤 맛이 이셰
초옥(草屋) 좁은 줄이 긔 더옥 내분(分)이라
다만당 님 그린 탓으로 시름 계워하노라

—정 철—

♣ 어구 풀이—

고기도곤:고기보다. '도곤'은 비교격 조사. **이셰**:있네. 있구나. **초옥(草屋)**:풀로 이은 집. 초가(草家). 초려(草廬). **긔**:그것이. **분(分)이라**:분수이라. 본분이라 '분(分)'은 본분(本分)으로, 사람이 저마다 갖는 본디의 신분을 말함. **다만당**:다만. '당'은 종장 첫구의 글자수를 맞추기 위해 들어간 무의미한 소리임. **시름 계워하노라**:시름을 이기지 못하여 한다.

♣ 해설—

초장:쓴 나물을 데운 물이지마는 고기보다도 맛이 있구나

중장:보잘것 없는 초가집에 사는 것이, 그것이 바로 내 분수에 꼭 알맞는다.

종장:단지 한가지 임금을 그리워 하는 탓으로 못내 걱정됨을 이기지 못하겠노라.

♣ 감상—

정 철은 일찌기 당쟁에 몸을 담아 서인(西人)의 거두로서 유배 생활과 은둔, 벼슬살이를 거듭하는 파란곡절을 겪은 인물로, 이 시조는 유배생활 중에 지은 작품인데 출사(出仕)와 은둔, 당쟁에 얼룩진 속에서도 임금을 잊지 못해 하는 작가의 정이 잘 나타나 있는 노래이다. 즉 중장에서는 안빈낙도(安貧樂道)의 생활을 읊었고, 종장에서는 연군(戀君)의 정(情)을 읊고 있다.

♣ 작가 소개—
정 철(鄭澈):앞 시조 참조.

79. 재너머 성궐롱 집의

재너머 성궐롱(成勸農) 집의 술 익닷 말 어제 듣고
누운 쇼 발로 박차 언치 놓아 지즐타고
아희야 네 궐롱 계시냐 정좌수 왔다 하여라

–정 철–

♣ 어구 풀이—
재너머:고개 너머에. 성궐롱(成勸農):성(成)씨인 권농(勸農). 여기서는 우계(牛溪) 성혼(成渾)을 가리킴. '권농'은 지방의 방(坊)이나 면(面)에 달려 있으면서 농사일을 권장하던 유사(有司). 술 익닷 말:술이 익었다고 하는 얘기. 언치:안장 밑에 까는 털 헝겊. 지즐타고:눌러타고. '지즐다'는 '누르다'의 옛말. 정좌수(鄭座首):지은이 정 철 자신을 일컫는 말. '좌수(座首)'는 향촌의 우두머리.

♣ 해설—
초장:고개 너머에 살고 있는 우계(牛溪) 성 권농의 집에서 담근 술이 익었다는 말을 어제 듣고서
중장:누워 있던 소를 발로 박차며 일으켜 세워 언치를 얹어 눌러 타고는 성 권농 집으로 찾아갔다.

종장: 아이야, 너의 주인 나으리 계시냐? 계시거든 정좌수가 찾아왔다고 말씀 드리려무나.

♣ 감상—

이 시조에는 술과 벗을 좋아하는 작가의 성품(性品)이 소박(素朴), 담백(淡白)하게 잘 표현되어 있다. 송강의 시풍(詩風)은 섬세할 때는 흐느끼는 듯하는가 하면, 호탕할 때는 천지를 찌를 듯한 것이 그의 시풍이다. '발로 박차, '지즐타고' 등은 작가의 호탕하고 풍류스러운 면모를 드러내고 있으며 이 글은 전체적으로 전원의 향취가 시 전면에 깔려 흐르고 있다.

♣ 작가 소개—

정 철(鄭澈): 앞 시조 참조.

80. 지당에 비 뿌리고

지당(池塘)에 비 뿌리고 양류(楊柳)에 내 끼인 제
사공(沙工)은 어디 가고 빈 배만 매였난고
석양(夕陽)에 무심한 갈며기는 오락가락 하노매

—조 헌—

♣ 어구 풀이—

지당(池塘):연못. **양류(楊柳)**:버드나무. **내**:안개. 연기. 여기서는 '안개'를 뜻함. **끼인 제**:끼었는데. **매였난고**:매여 있는고. **갈며기**:갈매기. **하노매**:하는구나. '노매'는 감탄형 종결 어미.

♣ 해설—

초장:연못에 비가 뿌리치고 버드나무에 안개가 자욱이 끼어 있는 때에

중장:뱃사공은 어디에 가고 빈 배만 못가에 쓸쓸히 매어 있는가?

종장:해질 무렵에 아무 잡념이나 욕심이 없는 갈매기들만이 오락가락 하는구나.

♣ 감상—

연못에는 비가 내리고 버드나무에는 물 안개가 끼었는데 배를 부리는 사공은 간 데 없이 빈 배만 매였다. 그곳의 해질 무렵에 짝 잃은 갈매기가 나는 모습이 마치 한 폭의 동양화를 보는 듯한 느낌이 든다. 이 작품은 사공과 빈 배, 갈매기와 그 짝이 대칭을 이루면서 작가의 외로운 심정을 묘사해 가고 있다.

♣ 작가 소개—

조 헌(趙憲, 1544~1592);자는 여식(汝式). 호는 중봉(重峯). 이 율곡과 성 혼에게서 수학(修學). 1567년(명종 22년) 식년시(式年試)에 급제하여 홍문관정자(弘文館正字), 호조좌랑(戶曹佐郞), 예조좌랑(禮曹佐郞), 전적(典籍), 감찰(監察)을 역임한 뒤 통진현감(通津縣監)이 됨. 누차 상소·직간(直諫)하다가 왕의 노여움을 사서 유배·파직 등을 당하였다. 1592년 임진왜란 때는 의병을 일으켜 금산(錦山)에 들어온 적을 치다가 힘이 다하여 장렬한 전사(戰死)를 하였음. 저서로는 유고(遺稿)「항의신편(抗議新編)」이 전함.

81. 호화코 부귀키야

호화(豪華)코 부귀(富貴)키야 신릉군(信陵君)만 할까마는
백년이 못하여서 무덤 위에 밭을 가니
하물며 여남은 장부(丈夫)야 일러 무삼하리요

—기 대승—

♣ 어구 풀이—

호화(豪華)코:호화하고. 호화롭고. **부귀(富貴)키야**:부귀하기야. 부귀하기로야. **신릉군(信陵君)**:전국시대(戰國時代) 위(魏)나라 소왕(昭王)의 아들로서 식객(食客)을 삼천 명이나 거느렸다고 함. **하물며**:더군다나. **여남은**:다른의 옛말. **장부(丈夫)**:장성한 남자. **일러 무삼하리요**:말하여 무엇하겠는가.

♣ 해설—

초장:지위도 높고 돈도 많아서 호화스럽고 부귀하기로야 신릉군만이야 할 수 있겠느냐마는

중장:그가 세상을 떠나니 죽은 지 백 년이 못 가서 후세 사람들은 그 무덤 위에다 밭을 갈게 되고야 마니

종장:다른 사람들의 경우야 말할 나위도 없지 않은가?(죽으면 결국은 모든 것이 없어지니 허무할 따름이다.

♣ 감상—

이 시조는 뜬구름 같은 인생 또는 부귀 영화의 부질없음을 노래한 것이다. 식객을 3천 명이나 거느리며 떵떵거리던 신릉군조차 죽고 나니 모든 것이 허무할 따름이다. 중장은 이 백(李白)의 '양원음(梁園吟)'에 나오는 '昔人豪貴信陵君 今人耕種信陵君(옛사람은 신릉군의 호화

로움과 부귀를 부러워하였는데, 지금 사람은 신릉군의 무덤 위에서 씨를 뿌리고 있네)'란 구절에서 시상(詩想)을 빌어온 것으로 인생의 무상함과 물질의 부질없음을 노래한 것이라 하겠다.

♣ 작가 소개—

기 대승(奇大升, 1527~1573);자는 명언(明彥). 호는 고봉(高峯), 또는 존재(存齊). 명종말 선조초의 학자로서 명종 13년에 식년시(式年試)에 급제. 선조대에 대사성(大司成) 대사간(大司諫)을 역임하고 벼슬에서 물러났다. 그는 퇴계의 이기호발설(理氣互發說)에 맞서 수차에 걸친 왕복 토론을 하였는데, 이는 율곡과 우계(牛溪)의 이기사칠론(理氣四七論)의 토론과 더불어 유교사상의 큰 업적이 되었다.

82. 높으나 높은 낡게

높으나 높은 낡게 날 권하여 올려두고
이보오 벗님네야, 흔드지나 말려므나
내려져 죽기는 설지 아녀도 님 못 볼 가 하노라

—이 양원—

♣ 어구 풀이—

낡게:나무에 '낡'은 나무의 옛말. 벗님네야:친구분들아. 흔드지나:흔들지나. 내려져:떨어져. 아녀도:않아도, 아니 하여도.

♣ 해설—

초장:높으나 높은 나무에 나를 올라가라고 권하여 올려 놓고서

중장:여보시오! 친구분들! 흔들지나 말아 주시오.

종장:나무에서 떨어져 죽는 것이야 서럽지 않아도 님을 못보고 죽는 것이 서러워 한이로구나!

♣ 감상—

이 시조는 중한 직책을 맡겨 놓고는 뒤에 서서 잘하느니 못하느니 비평하는 사람들에 대한 노래로써 혹평을 하는 것도 상관없지만 책임을 다하지 못함을 두려워 한다는 뜻에서 읊은 시조이다. 즉, 자기를 영상이라는 높은 자리에 올려 놓고 오히려 모함을 일삼는 간신배들을 풍자한 것이다. 초장의 '높으나 높은 낡게'는 영상 자리를, '벗님네'는 자신을 모함하는 간신배를, '님'은 자기가 맡은 직책을 빗대어 표현한 것이라 하겠다.

♣ 작가 소개—

이 양원(李陽元, 1533~1592):자는 백춘(伯春). 호는 노저(鷺渚). 명종 11년에 등과(登科)하여 벼슬길에 오름. 임진란(壬辰亂)에 서울을 지키는 유도대장(留都大將)으로 공(功)을 세우고 영의정(領議政)에 오름. 선조가 요동(遼東)으로 건너갔다는 잘못된 소식을 듣고 분통히 강개하여 8일간을 단식한 끝에 마침내 피를 토하고 죽고 말았다.

83. 녹초 청강상에

녹초(綠草) 청강상(晴江上)에 구레 벗은 말이 되어

> 때때로 머리 들어 북향(北向)하여 우는 뜻은
> 석양(夕陽)에 재 넘어 가매 임자 그려 우노라
>
> —서 익—

♣ 어구 풀이—

녹초 청강상(綠草晴江上):날씨가 맑은 날에 푸른 풀이 깔린 강가. **구레 벗은 말**:굴레 벗은 말. 여기서는 늙어서 벼슬을 물러난 몸이란 뜻임. **북향(北向)**:북녘을 바라봄. 여기서는 신하가 임금 계신 쪽을 향함을 뜻함. **석양(夕陽)에 재 넘어 가매**:여기서는 저물어가는 인생(人生)을 뜻함. 즉 임금의 우환을 가리킴.

♣ 해설—

초장:푸른 풀이 우거진 맑은 강물이 흐르는 강가에 굴레를 벗어 마음대로 뛰노는 말이 되어서

중장:때때로 머리를 들어 북쪽을 바라보며 우는 까닭은

종장:저녁 해가 서산 너머로 저물어 가는 것이 안타까와 그 님을 그리워하는 나머지 우는 것이다.

♣ 감상—

이 시조는 작가가 의주목사에 올라 있을 때 율곡 이 이(李珥)의 탄핵을 변호하다가 파직당하여 고향인 충청도에 내려가 있을 즈음에 지어진 작품으로, 임금에 대한 곧은 충성심을 노래한 것이다. '굴레 벗은 말'은 관직에서 물러난 자유로운 몸을, '북향하여 우는 뜻은'은 충성심을 각각 비유하는 것으로, 늙어가는 나이에 임금 그리는 정이 더욱 안타까움을 노래하고 있다.

자하(紫霞)의 소악부(小樂府)에는 다음과 같이 한역되어 있다.

茸茸綠草晴江上 老馬身閑謝轡銜

奮首一鳴時向此 西陽無限戀君心

♣ 작가 소개—

서 익(徐益, 1542~1587); 자는 군수(君受). 호는 만죽(萬竹). 본관은 부여(扶餘). 선조 2년 별시에 급제. 1583년(선조 16년) 군수직을 거쳐 종부시첨정(宗簿時僉正)으로 순문관(巡問官)이 되어 북방에 파견됨. 1585년(선조 18년) 의주목사(義州牧使)에 이르렀다. 시조 2수가 「청구영언(靑丘永言)」에 전한다.

♣ 참고—

〈서 익의 다른 시조〉

이 뫼를 헐어내어 저 바다를 메우면은
봉래산 고운님을 걸어가도 보련마는
이 몸이 정위조(精衛鳥) 같아여 바자닐만 하노라

제 3 부

임진왜란(壬辰倭亂) 이후의 시조(時調)

*임진왜란(壬辰倭亂) 이후의 시조

●임진왜란(壬辰倭亂) 이후의 시조의 특징

조선 전기에는 약간의 당쟁과 사화는 있었으나 그래도 비교적 평화로운 시대가 전개되어 왔었다. 그리하여 시조에 있어서도 안정과 화평을 노래하는 시인이 많이 나타났다. 하지만 임진왜란을 필두로 한 조선 중기부터는 계속되는 혼란과 난정으로 말미암아 극도로 어수선한 사회상을 맞이하지 않을 수 없었다.

이때부터는 시조에 있어서도 어수선한 사회상을 반영하는 내용들이 주를 이루기 시작하였다. 전란에 시달리고 난정에 환멸을 느낀 시인들은 저마다 세태를 어둡게 그려가기 시작하였던 것이다. 그리하여 조선 중기에서 말기에 이르는 시조는 대부분 은거하는 시인 정신을 노래하거나 아니면 정사에 초연한 전원 생활을 그리는 것으로 나타났다. 말하자면 어두운 사회상을 겪으면서 시인들은 초야에 묻혀 인생을 고고하게 살아가려는 선비정신을 일깨우고 있었고, 작품에 있어서도 이러한 심리 표출이 강하게 드러나고 있는 것이다.

그러다가 조선 말기에 들어서면서부터는 시조문학이 크게 발달하기 시작 하였는데 이때에 가장 큰 특징은 상류 양반 위주의 시조 문학에서 중인 중심의 시조문학으로 전환되기 시작했다는 점이다. 이때부터 가객(歌客)들이 대거 등장하였고 시조문학과 더불어 창(唱)이 발달하기 시작하였다. 그러나 조선 말기의 시조문학은 그 질적인 측면에서 조선 전기의 문학성을 크게 앞지르지 못하였다는 점이 또한 하나의 시대적인 특징으로 지적되고 있기도 하다.

84. 청사검 두러메고

청사검(青蛇劍) 두러메고 백록(白鹿)을 지즐 타고
부상(扶桑) 지는 해에 동천(洞天)으로 돌아 가니
선궁(禪宮)에 종경(鐘磬) 맑은 소리 구름밖에 들리더라

-고 경명-

♣ 어구 풀이—

청사검(青蛇劍):유래는 정확히 알 수 없으나, 청룡도(青龍刀)와 대가 되는 검이라 여겨짐. **두러메고**:둘러 메고. **백록(白鹿)**:흰 사슴. 희귀한 짐승. **지즐타고**:눌러 타고. **부상(扶桑)**:동녘 바다 가운데 해가 떠오르는 곳에 있다는 뽕나무 같은 커다란 신목(神木). **동천(洞天)**:신선들이 사는 고장. 동천복지(洞天福地)의 준말. **선궁(禪宮)**:마음을 깨끗이 하여 속세의 번뇌를 벗어나는 수도장(修道場). **종경(鍾磬)**:쇠북과 경쇠. 경쇠는 옥이나 돌을 다듬어서 만든 옛 악기.

♣ 해설—

초장:청사검을 둘러 메고, 희귀한 흰 사슴을 눌러타고서
중장:동녘 바다 해 뜨는 곳, 부상에 황혼이 깃들 무렵 신선들이 사는 고장

으로 들어갔더니

종장:멀리 선궁에서 울리는 쇠북과 경쇠의 맑은 소리가 구름 위로 들려 오더라.

♣ 감상—

이 시조는 은둔사상과 도교사상이 엿보이는 작품으로 '백록(白鹿)', '동천(洞天)', '선궁(仙宮)' 등은 다 신선세계와 연관이 있는 소재들이다. 작가는 대부분의 고시조들이 그렇듯이 신선세계를 흠모하여 그 세계에 대한 동경을 노래한 것이다.

♣ 작가 소개—

고 경명(高敬命, 1533~1592);자는 이순(而順). 호는 태헌(苔軒), 또는 제봉(霽峰). 본관은 장흥(長興). 명종 대에 문과에 급제하여 벼슬이 군자감정(軍資監正)·승문원판교(承文院判校)·동래부사(東萊府使)를 거쳐 공조참판(工曹參判)에 올랐으나 그를 비방하던 자가 있어 벼슬을 내놓고 고향으로 돌아감. 임진왜란 때 김 천일(金千鎰)과 함께 의병을 일으켜 금산(錦山)에서 싸우다가 아들 인후(因厚)와 더불어 장렬한 전사(戰死)를 함. 선조가 이를 가상히 여겨 광주에 사당을 짓게 하여 사액(賜額)하고 시호를 충렬(忠烈)이라 함.

85. 한산섬 달 밝은 밤에

한산(閑山)섬 달 밝은 밤에 수루(戍樓)에 혼자 앉아
큰 칼 옆에 차고 깊은 시름 하는 적에
어디서 일성호가(一聲胡笳)는 남의 애를 끊

나니

—이 순신—

♣ 어구 풀이—

한산(閑山)섬:한산도(閑山島). 거제도(巨濟島)에 딸린 작은 섬. **수루(戍樓)**:수자리터에 세운 감시하는 망루. '수자리'는 국경 경비의 임무, 또는 그 임무에 종사하는 민병대. **일성호가(一聲胡茄)**:한 곡조의 호가(胡茄)소리. '호가'는 호인(胡人)들이 갈잎을 말아서 불던 저(笛)로써, 그 소리가 매우 애처롭게 들렸다고 함. **애**:창자. **긇나니**:끊느냐?

♣ 해설—

초장:한산섬의 달 밝은 밤에 수자리터 망루에 외로이 앉아 망을 보면서
중장:큰 칼을 옆에 차고 깊은 걱정을 하고 있는 차에
종장:어디서 한 곡조의 호가의 저소리가 이렇듯 나의 창자를 끊느냐?

♣ 감상—

이 시조는 국가의 운명을 생각하는 장군 자신의 깊은 심려를 노래한 것으로 너무나 잘 알려진 임진란의 진중작(陣中作)이다. 오직 나라를 위한 충정으로 10년을 하루같이 나라를 지켜온 장군의 우국지정(憂國之情)에 읽는 이의 가슴이 뭉클해진다. 종장의 '애를 긇나니'에서 우리는 나라의 위기를 한몸으로 지탱하려던 장군의 충성심과 인간적인 안타까움을 아울러 느낄 수 있다.「충무공 전서」의 한역 '한산도야가(閑山島夜歌)'는 다음과 같다.

閑山島 明月夜 上戍樓 撫太刀 深愁時 何處一聲羌笛 更添愁

♣ 작가 소개—

이 순신(李舜臣, 1545~1598);자는 여해(汝諧). 본관은 덕수(德水). 32세에 무과(武科)에 급제. 시호는 충무공(忠武公). 임진왜란 때 구국(救國)의 영웅. 정유재란(丁酉再亂) 때 삼도수군통제사가 되어 왜적을 무찌르고 노량

(露梁) 해전에서 장렬하게 전사. 저서로 「난중일기(亂中日記)」와 시조 2수가 전한다.

♣ 참고—

〈이 순신의 다른 시조〉

십년 간 칼이 갑리(匣裏)에 우노매라
관산(關山)을 바라보며 때때로 만져보니
장부(丈夫)의 위국공훈(爲國功勳)을 어느 때에 드리올고

86. 큰 잔에 가득 부어

큰 잔(殘)에 가득 부어 취(醉)토록 먹으면서
만고영웅(萬古英雄)을 손꼽아 헤어 보니
아마도 유령(劉伶) 이백(李白)이 내 벗인가 하노라

—이 덕형—

♣ 어구 풀이—

취(醉):취하도록 만고영웅(萬古英雄):영원토록 이름이 빛나는 영웅. 헤어 보니:세어 보니, 골라 보니. 유 령(劉伶):중국 진(晋)나라 때의 죽림칠현(竹林七賢) 중의 한 사람으로서 술을 좋아하던 시인. 이 백(李白):이 태백(李太白)의 본명. 당(唐)나라 현종 때의 천재 시인. 채석강(采石江)에서 뱃놀이를 하다가 술에 취한 나머지 물에 비친 달을 잡으려다 빠져 죽음.

♣ 해설—

초장: 큰 잔에다 술을 가득 부어서 취하도록 연거푸 계속 마시면서

중장: 영원토록 이름을 떨친 영웅을 하나하나 손꼽아 가며 헤아려 보니

종장: 아마도 저 죽림칠현(竹林七賢)의 한 사람인 유 령(劉伶)과, 시인이며 술로 목숨을 바친 천재 시인 이 태백 외에는 영웅이라 할 만한 인물이 없으니, 그들이라야 나와 더불어 벗이 됨직하구나.

♣ 감상—

작가 이 덕형(李德馨)은 높은 벼슬자리에 있으면서 세속적인 부귀영화를 한껏 누리다가 당쟁에 의해 밀려나 낙향(落鄕)한 인물로, 부귀영화의 무의미함을 몸소 체험한 이였다. 이 작품은 그가 폐모론(廢母論)을 반대하다가 관직에서 쫓겨난 후 고향으로 돌아가 자연에 묻혀 생활하면서 지은 것이다. 술과 낭만으로 일생을 보낸 유 령(劉伶)과 이 백(李白)을 본받아 자신도 그들처럼 속세에 대한 미련을 버리고 술을 마시며 여유있게 생활할 것을 노래한 시조라 하겠다.

♣ 작가 소개—

이 덕형(李德馨, 1561~1613); 자는 명보(名甫). 호는 한음(漢陰). 본관은 경주(慶州). 1580년(선조 13년) 별시(別試)에 급제. 정언(正言)을 지내고 1583년(선조 16년) 사가독서(賜暇讀書)한 후 홍문관 정자(正字), 수찬(修撰)을 거쳐 이조좌랑이 됨. 광해군 때 이르러 영의정(領議政)에 올랐으나 오래지 않아 당파싸움으로 조정에서 물러나 광해군 5년 9월에 53세를 일기(一期)로 세상을 떠남.

♣ 참고—

〈이 덕형의 다른 시조〉

달이 뚜렷하여 벽공(碧空)에 걸렸으니
만고풍상(萬古風霜)에 떨어짐직도 하다마는
지금의 취객(醉客)을 위하여 장조금준(長照金樽)하도다

87. 춘산에 불이 나니

춘산(春山)에 불이 나니 못 다 핀 곶 다 붙는다
저 뫼 저 불은 끌 물이나 잇거니와
이 몸의 내 없는 불 나니 끌 물 없어 하노라

-김 덕령-

♣ 어구 풀이—

춘산(春山):봄산. **곶**:꽃. **붙는다**:불이 붙는다. **저 뫼**:저 산. **잇거니와**:있거니와. **내 없는**:연기가 없는.

♣ 해설—

초장:봄철의 산에 불이 나니 피지도 못한 꽃들이 다 불이 붙어 타는구나.

중장:저 산의 저 불은 끌 수 있는 물이나 있지마는

종장:내 몸에는 연기도 없는 불이 일어나니 이 불은 끌 물조차 없는 것을 한탄하노라.

♣ 감상—

이 시조는 억울한 옥중 생활의 심경을 한탄한 노래이다. 작가는 임진왜란 때 의병을 일으키어 왜적과 대항하여 혁혁한 공을 세운 무인으로, 적장과 내통한다는 이 몽학(李夢鶴)의 모함으로 투옥되어 죽기

직전에 이 노래를 불렀다 한다. 초장의 '춘산(春山)의 불'은 임진왜란을, '못 다 핀 곳'은 '불 속에 타버린 젊은 청춘들'을 비유하는 것으로 자기의 몸(마음) 속에 타오르는 억울한 불을 끌 수 없음을 한탄하고 있는 것이다.

♣ 작가 소개—

김 덕령(金德齡, 1567~1596) ; 자는 경수(景樹). 광주(光州) 석저촌(石底村) 출신으로 성 혼(成渾)의 문인. 어려서부터 무예를 연마하고 1593년 담양에서 의병을 일으켜 호익장군의 사호(賜號)를 받음. 이 몽학(李夢鶴)의 난 때 반란 음모를 꾸몄다 하여 투옥되어 고문에 지쳐 나이 30세에 옥사했으며 곧 그 억울함이 풀려 영조 때 병조판서에 추증됨. 시호는 충장(忠將).

88. 철령 높은 봉에

철령(鐵嶺) 높은 봉(峰)에 자고 넘는 저 구름아
고신원루(孤臣寃淚)를 비 삼아 띄여다가
님 계신 구중심처(九重深處)에 뿌려본들 어떠리

—이 항복—

♣ 어구 풀이—

철령(鐵嶺) : 강원도 회양군(淮陽郡)과 함경남도 고산군(高山郡) 사이에 있는 큰 고개 이름. **고신원루(孤臣寃淚)** : 임금의 은총을 못받는 신하의 원통한 눈물. 여기서는 지은이 자신의 눈물을 가리킴. **비 삼아** : 비처럼. 비 대신에. **님** : 임금. 여기서는 광해군을 가리킴. **구중심처(九重深處)** : 임금이 계시는 곳.

문이 겹겹이 달린 깊은 대궐.

♣ 해설—

초장:철령 높은 봉우리를 단번에 넘어가지 못하고 쉬었다가 겨우 넘어가는 저 구름아.

중장:귀양길에 오른 이 외로운 신하의 억울한 설움이 맺힌 눈물을 비 대신으로 띄워다가

종장:임금님이 계신 대궐에 뿌려 본들 어떠리.

♣ 감상—

이 시조는 작가가 광해군 10년 인목대비(仁穆大妃) 폐모를 반대하다가 끝내 삭탈관직이 되어 북청(北靑)으로 유배되어 철령(鐵嶺)을 지나면서 지은 노래이다. '쉬어 넘는 구름'은 자신의 처지를 비유한 것으로, 임금을 위한 충간이 받아들여지지 않고 오히려 유배의 길에 오르게 되자 자신의 신세뿐만 아니라 왕실의 앞날을 근심하는 마음에서 차마 떨어지지 않는 발길을 옮겨야 하는 애통한 심정을 표현한 것이다.

♣ 작가 소개—

이 항복(李恒福, 1556~1618):자는 자상(子常). 호는 백사(白沙) 또는 필운(弼雲). 임진왜란 때 다섯 번이나 병조판서가 되어 크게 활약하였음. 벼슬이 영의정에 이르렀고, 오성부원군(鰲城府院君)으로 책봉되었음. 광해군 9년(1617년) 폐모론(廢母論)을 극력 반대하다가 북청(北靑)에 유배되어 죽음. 시조 4수와 「백사집(白沙集)」 등 다수의 저서가 전하고 있다.

♣ 참고—

〈이 항복의 다른 시조〉

시절(時節)도 저러하니 인사(人事)도 이러하다
이러하거니 어이 저러 아니할소냐
이런다 저런다 하니 한숨계워 하노라

89. 산촌에 눈이 오니

산촌(山村)에 눈이 오니 돌길이 묻쳤세라
시비(柴扉)를 열지 마라 날 찾을 이 뉘 있으리
밤중만 일편명월(一片明月)이 긔 벗인가 하노라

—신 흠—

♣ 어구 풀이—

산촌(山村): 산골의 마을. **묻쳤세라**: 묻쳤구나! '세라'는 감탄형 종결어미. **시비(柴扉)**: 사립문. **뉘**: 누가. **밤중만**: 밤중쯤. **일편명월(一片明月)**: 한 조각 밝은 달. **긔**: '그것이'의 준말.

♣ 해설—

초장: 산골 마을에 눈이 내리더니 돌 깔린 좁은 길이 다 눈에 묻혀 버렸구나

중장: 사립문을 열지 말아라. 눈으로 길이 막혔으니 나를 찾아 올 사람이 누가 있겠느냐

종장: 단지 밤중쯤 찾아드는 한 조각 밝은 달만이 내 벗인 듯싶구나.

♣ 감상—

이 시조는 작가가 영창대군(永昌大君)과 김 제남(金悌男) 등을 제거한 계축화옥(癸丑禍獄)에 연루되어 고향인 김포(金浦)에 물러가 있다가 춘천(春川)에 유배되어 있을 때의 고독한 심경을 노래한 것이다. 산촌(山村)에 눈이 와서 길이 막혔지만 올 사람도 갈 곳도 없으니 쓸 필요가 없다. 밤중쯤 돋는 달을 바라보며 한숨짓고 서 있는 답답한 모습이 여실히 엿보이는 듯하다.

이 시조의 한역문(漢譯文)은 다음과 같다.

山村雪後 石逕埋兮(산촌설후 석경매혜)
柴扉且莫開兮 訪我有誰哉(시비차막개혜 방아유수재)
中宵一片明月兮 是吾朋兮(중소일편명월혜 시오붕혜)

♣ 작가 소개—

신 흠(申欽, 1566~1628):자는 경숙(敬叔). 호는 상촌(象村). 본관은 평산(平山). 선조 18년에 진사(進士), 이듬해 문과(文科)에 급제하고 병조좌랑(兵曹佐郎) 등을 역임하였다. 광해군 때 영창대군 사건으로 벼슬길에서 밀려나 낙향하여 지내다가 인조반정(仁祖反正)이 이루어져 다시금 등용되어 영의정에 올랐다. 월사(月沙) 이 정구(李廷龜), 계곡(溪谷) 장 유(張維), 택당(澤堂) 이 식(李植)과 더불어 당시의 한학 4대가(漢學四大家)로 꼽힌다. 작품으로 「상촌집(象村集)」과 함께 시조 31수가 전하는데, 이는 모두 광해군 때에 뜻을 펴지 못하고 춘천(春川) 소양강(昭陽江) 상류에 퇴거해 있을 때 지은 것이다.

90. 노래 삼긴 사람

노래 삼긴 사람 시름도 하도 할샤
일러 다 못 일러 불러나 풀돗던고

진실로 풀릴 것이면은 나도 불러 보리라

—신 흠—

♣ 어구 풀이—

삼긴:지어낸. '삼기다'는 지어내다의 뜻. **시름**:마음 속에 늘 맺혀 있는 근심과 걱정. **하도 할샤**:많기도 많구나! '하다'는 '많다(多)'의 뜻. **일러 다 못 일러**:말로 하면 뜻한 바를 다 말할 수 없어서. **불러나**:노래로 불러서나. **풀돗던고**:풀었던가? '돗'은 강세 보조어간.

♣ 해설—

초장:노래를 최초로 지어낸 사람은 근심과 걱정거리가 많기도 많았었구나!

중장:말로만으로는 하고자 하는 바를 이루 다 표현할 수 없어서, 노래로 불러서나 그 가슴에 맺힌 근심걱정을 풀어 보았던가?

종장:진실로 노래를 부름으로써 마음에 맺힌 근심걱정이 사라진다면은 나도 불러보겠다.

♣ 감상—

이 시조는 작가의 나라의 앞날을 걱정하는 심정이 여실히 드러난 작품이다. 광해 난정 때 환해풍파에 시달렸던 작가의 심중에는 개인적인 시름뿐 만이 아니라 국가 현실에 대한 걱정거리가 쌓였을 것이다. 노래로 풀 수 있다면 노래라도 불러보겠다는 표현에서 우리는 알 수 없는 안타까움을 물씬 느끼게 된다.

이 시조의 한역문(漢譯文)은 다음과 같다.

始作歌者 正多愁(시작가자 정다수)
言不能盡歌以解(언불능진가이해)
歌可解愁吾亦歌(가가해수오역가)

91. 호아곡

〈1연〉

아해야 구럭망태 어두 서산(西山)에 날 늦거다
밤 지난 고사리 하마 아니 늙으리야
이 몸이 이 푸새 아니면 조석(朝夕) 어이 지내리

〈2연〉

아해야 되롱 삿갓 찰화 동간(東澗)에 비 지거다
기나긴 낚대에 미늘 없은 낚시 매어
저 고기 놀라지 마라 내 흥겨워 하노라

〈3연〉

아해야 죽조반(粥朝飯) 다오 남무(南畝)에 일 만해라
서투른 따비를 눌 마주 잡으려뇨
두어라 성세궁경(聖世躬耕)도 역군은(亦君恩)이샷다

〈4연〉

아해야 소먹여 내어 북곽(北郭)에 새 술 먹자
대취(大醉)한 얼굴을 달빛에 실어오리
어즈버 희황상인(羲皇上人)을 오늘 다시 보와다

—조 존성—

♣ 어구 풀이—

〈1연〉

구럭망태:새끼나 노끈으로 조밀하게 짜서 만든 푸대 모양의 그릇. **어두**:'거두어라'의 '거두'에서 'ㄱ'이 탈락하고 '어라'가 생략된 형태. 또는 '찾으소서'의 옛말이라고 풀이라는 설(說)도 있음. **늦거다**:늦다. **하마**:이미. 벌써. **늙으리야**:늙을 것이냐? 자랐을 것이냐? **푸새**:산나물. **조석(朝夕)**:조석반(朝夕飯)의 준말.

〈2연〉

되롱삿갓:도롱이와 삿갓. 농촌에서 쓰는 우장(雨裝). **찰화**:차려라. 마련하여라. **동간(東澗)**:동쪽 산골짜기를 흘러내리는 시내. '간(澗)'은 산골짜기를 흘러내리는 시내의 뜻. **미늘**:낚시 갈구리에 아귀를 지은 거스러미.

〈3연〉

죽조반(粥朝飯):죽으로 된 아침 식사. **남무(南畝)**:논밭. **따비**:풀뿌리를 뽑거나 밭을 가는데 쓰는 농기구. 쟁기보다 좀 작고 보습도 좁다. **눌**:누구를. 여기서는 '누구와 더불어'의 뜻. **성세궁경(聖世躬耕)**:성군이 다스리는 태평한 세상에 은사(隱士)들이 몸소 밭갈이로 소일하면서 공명에 뜻이 없는 생활태도를 표현한 말.

〈4연〉

북곽(北郭):북쪽 마을. **어즈버**:아! 감탄사. **희황상인(羲皇上人)**:복희씨(伏羲氏) 시대의 태평시절을 지내던 백성을 뜻함. '희황'은 중국 신화시대의 제왕 이름으로 선정(善政)을 베풀었다고 전함. **보와다**:보도다.

♣ 해설—

〈1연〉

초장:아이야, 어서 구럭망태를 찾도록 해라. 서산에 해가 벌써 기우는구나.

중장:어제 뜯지 않고 남겨 놓은 고사리가 벌써 자라지 않았겠느냐?

종장:내가 그런 산나물 아니면 아침저녁으로 무엇을 먹고 지내겠느냐?

〈2연〉

초장:아이야, 도롱이와 삿갓을 준비하여라. 동쪽 산골짜기 시내에 비가 내리고 있구나.

중장:긴 낚대에 미늘이 없는 낚시대를 매달아 드리우고 있는 것이니

종장:고기야, 놀라지 말아라. 흥에 겨워 낚시대를 드리우고 있는 것이지 너를 잡으려고 하는 것은 아니다.

〈3연〉

초장:아이야, 죽이라도 좋으니 어서 아침밥을 차려 오너라. 논밭에 할 일이 많기도 하구나.

중장:내 서투른 농삿군 솜씨에 누구와 더불어 따비를 마주잡을 것인가?

종장:그러나 그런 걱정일랑 덮어두자. 이렇듯 태평시절에 서투르나마 마음 편히 몸소 밭갈이 할 수 있는 것도 역시 임금님의 은혜 덕분이로다.

〈4연〉

초장:아이야, 소에게 여물을 먹인 다음 끌어내어 북쪽 마을로 찾아가서 새로 익은 술을 실컷 마셔보자.

중장:술에 만취된 얼굴에 달빛을 가득 받으며 돌아오니

종장·아! 복희씨 시대에 태평하게 지내던 행복한 백성의 모습을 오늘 다시 보게 되는 것 같도다.

♣ 감상—

이 시조는 조 존성이 지은 네 수의 연시조로, 초장 첫구가 모두 '아해야'로 되어 있기 때문에 일명 '호아곡(呼兒曲)'이라고 한다. 1연은 고사리를 캐어 조석으로 끼니를 이어간다고 하는 작가의 안빈낙도(安貧樂道)한 생활을 노래했고, 2연은 동쪽 시내에 나가 바늘 없는 낚시대를 드리우고 고기와 더불어 즐기는 유유자적(悠悠自適)한 생활을, 3연은 남쪽 밭에 나가 서투른 농사 솜씨로 밭갈이를 하는 임금님의 은혜를, 4연은 소를 타고 북쪽 마을로 가서 술에 만취해 달빛과 더불어 돌아오는 흥취를 각각 노래하고 있다.

자신의 한역시(漢譯詩)가 '서산채미(西山採薇)', '동간관어(東澗觀魚)', '남무궁경(南畝躬耕)', '북곽취귀(北郭醉歸)' 등의 제목으로 붙어 있다.

♣ 작가 소개—

조 존성(趙存性, 1554~1628) : 자는 수초(守初). 호는 정곡(鼎谷), 또는 용호(龍湖). 본관은 양주(陽州). 성 혼, 박 지엽 문하에서 글을 배워 선조 23년에 증광시(增廣試)에 올라 사관(史館)의 검열(檢閱)이 되었다. 광해군 5년에 생모추존(生母追尊)을 반대하다가 파직당했으며, 인조반정(仁祖反正) 후 형조·이조참판을 지냄. 75세 때 정묘호란(丁卯胡亂)이 일어나자 호조판서로서 세자를 따라 전주(全州)에 갔다 돌아와서 신병(身病)으로 세상을 떠남.

92. 싸움에 시비만 하고

싸움에 시비만 하고 공도시비(公道是非) 아니는다

어이한 시사(時事) 이갓치 되엿는고
수화(水火)도곤 깁고 더운 환이 날로 길어 가노매라

-이 덕일-

♣ 어구 풀이—

시비(是非): 옳고 그름. **공도시비(公道是非)**: 옳고 그름을 따지는 일. 올바른 도리에 대하여 따짐. **아니는다**: 아니 하느냐. '는다'는 의문형 어미. **시사(時事)**: 시국(時局). **수화(水火)도곤**: 물과 불보다. '도곤'은 비교격 조사. **환(患)**: 병. 근심. **길어**: 여기서는 '짙어 · 깊어'의 뜻으로 쓰임.

♣ 해설—

초장: 싸움에 옳으니 그르니 말다툼만 하고 어찌하여 올바른 도리에 대하여 잘잘못은 따지지 아니하는가?

중장: 어쩌다가 오늘날의 시국이 이와같은 꼴이 되었는고?

종장: 물과 불보다 더 깊고 뜨거운 환(患)이 날로 짙어가는구나.

♣ 감상—

이 시조는 조선조의 일대 오점을 남기면서 내우외환(內憂外患)의 역사를 점철케 했던 당쟁(黨爭)을 슬퍼하며 나라의 장래를 걱정하는 심정을 읊은 노래이다. 올바른 도리에 대한 잘잘못은 따지지 않고 쓸데없는 당쟁만을 일삼는 시국을 개탄하며, 환(患)이 되어 곪아가는 나라의 형편을 근심하는 작가의 무인다운 충정이 잘 나타나 있는 작품이라 하겠다.

♣ 작가 소개—

이 덕일(李德一, 1561~1622): 호는 칠실(漆室). 이 정구(李廷龜)의 천거

로 절충장군에 올랐다. 임진란에 출정하여 용맹을 떨쳤던 그는 광해 혼정(昏政)에 벼슬을 버리고 향리에 은거하면서 지은「당쟁차탄가(黨爭嗟嘆歌)」3수가「칠실유고(漆室遺稿)」에 전한다.

93. 반중 조홍감이

반중(盤中) 조홍(早紅)감이 고와도 보이나다
유자(柚子) 아니라도 품엄 즉도 하다마는
품어가 반길 이 업을새 글로 슬허 하노라
–박 인로–

♣ 어구 풀이—

반중(盤中):소반 가운데. **조홍(早紅)**:일찍 익은 붉은 감. **유자(柚子)**:유자나무의 열매. 유자는 왜귤과 비슷하며 향기가 짙은 과실. **없을새**:없으므로. **글로**:그것으로.

♣ 해설—

초장:소반 위에 놓인 홍시(감)가 무척 곱게도 보이는구나.

중장:이것이 비록 유자는 아니지만 옛날 중국의 육 적(陸績)의 본을 받아 품어 돌아갈 만도 하지만

종장:품어 가지고 가야 반가와 해 주실 이(부모님)가 계시지 않으니 그것을 서러워 하노라.

♣ 감상—

이 시조는 '조홍시가(早紅詩歌)'라고 하는데, 지은이가 선조 34년

9월에 한음 이 덕형을 찾아가 조홍시의 대접을 받았을 때 회귤(懷橘)의 고사를 생각하고 돌아가신 어버이를 슬퍼하여 지은 효도의 노래이다. 한마디로 풍수지탄(風樹之嘆)을 연상케 하는 노래로 작가의 어버이에 대한 효성심이 눈앞에 생생하게 떠오르는 듯하다.

♣ 작가 소개—

박 인로(朴仁老, 1561~1642); 자는 덕옹(德翁). 호는 노계(蘆溪), 또는 무하옹(無何翁). 임진왜란 때 성 윤문(成允文)의 막하에 들어가 해상에서 공을 세운 바 여러 번 있고, 그 후에 무과(武科)에 올라 나포만호(羅浦萬戶)를 지낸 바 있다. 선조 때의 시인. 웅장하고 화려한 시풍(詩風)을 이룸. 정 철을 계승하여 가사 문학의 제2인자가 되었으며, 그의 문집 「노계집(蘆溪集)」에 단가 68수, 가사 7편이 전한다.

♣ 참고—

회귤(懷橘)의 고사(故事): 삼국시대 오군(吳郡) 사람 육적(陸績)이 여섯 살에 원 술(袁術)의 집을 찾아갔더니 원 술이 귤 세 개를 먹으라고 주었는데, 육 적이 그것을 품속에 품었다가 일어 설 때에 품었던 귤이 방바닥에 떨어졌다. 원 술이 그 연유를 물은즉, 어머님께 드리려고 품었다고 대답하더라는 고사인데, 회귤의 고사는 곧 지극한 효도를 뜻한다.

94. 동기로 세 몸 되어

동기(同氣)로 세 몸 되어 한 몸같이 지내다가
두 아운 어디 가서 돌아올 줄 모르는고
날마다 석양(夕陽) 문외(門外)에 한숨겨워
하노라

—박 인로—

♣ 어구 풀이—

동기(同氣):①형제와 자매 ②같은 마음 또는 기질. 여기서는 ①의 뜻. **석양(夕陽)**:저녁나절. 서쪽으로 넘어갈 무렵의 햇볕. **문외(門外)**:문 밖. **한숨겨워**:근심이나 걱정을 참거나 견디기 어려워.

♣ 해설—

초장:삼형제로 태어나 한 몸처럼 우애 깊게 지내다가

중장:두 동생은 어디 가서 돌아오지 않는구나.

종장:매일같이 저녁나절이면 문 밖에서 돌아오지 않는 두 동생을 생각하며 한숨을 이기지 못한다.

♣ 감상—

이 시조는 지은이가 지은 '오륜가(五倫歌)' 중의 한 수로, '형제우애'에 관한 항목이다. 한 부모의 피를 받고 태어나 의좋게 지내다가, 어지러운 세상의 소용돌이 속에 두 아우와 헤어지고, 그 돌아오지 않은 두 아우를 기다리는 형의 마음이 간절하다. 날마다 사립문 밖에서 혹시 두 아우가 오지 않나 하고 기다리는 형제애가 매우 감명깊다.

♣ 작가 소개—

박 인로(朴仁老):앞 시조 참조.

95. 성의관 도라드러

성의관(誠意關) 도라드러 팔덕문(八德門) 바

라보니
크나큰 한길이 넙고도 곧다마는
엇거타 진일행인(盡日行人)이 오도가도 아닌
게오

—박 인로—

♣ 어구 풀이—

성의관(誠意關):뜻을 정성스럽게 한다는 뜻으로 이름한 관문. **도라드러**:돌아 들어가. **팔덕문(八德門)**:8덕을 갖춘 문의 이름. 8덕은 인(仁), 의(義), 예(禮), 지(智), 충(忠), 신(信), 효(孝), 제(悌) 등 8가지이다. **한길**:하나의 길. **진일행인(盡日行人)**:온종일 길 가는 사람. **아닌 게오**:아니하는 것인가?

♣ 해설—

초장:뜻을 정성스럽게 한다는 관문인 성의관(誠意關)을 돌아 들어가 여덟 가지 덕(德)을 갖춘 팔덕문(八德門)을 바라보니

중장:크나큰 한 줄기 길이 넓고도 곧바르다마는

종장:어찌하여 온종일 길 가는 사람이 오도가도 아니하는 것인가?

♣ 감상—

이 시조는 연시조 '자경가(自警歌)'의 둘째 수로, 덕행(德行)에 대한 스스로의 마음가짐과 행동을 경계한 내용이다. '자경(自警)'은 글자 그대로 스스로 자신을 일깨운다는 뜻이다. 인륜대도(人倫大道)가 정도(正道)인지 알고 있으면서도 사람들은 세속의 유혹에 못이겨 사도(邪道)에만 이끌려 팔덕문이 훤하게 열려 있지만 한 사람도 지나다니는 사람이 없는 것이다. 작가는 그러한 세속을 탓하며 자기 자신을 경계한 것이 아닌가 싶다.

♣ 작가 소개—
박 인로(朴仁老):앞 시조 참조.

96. 심산에 밤이 드니

심산(深山)에 밤이 드니 북풍(北風)이 더옥 차다
옥루고처(玉樓高處)에도 이 바람 부는 게오
긴 밤의 치우신가 북두(北斗) 비겨 바래로라

—박 인로—

♣ 어구 풀이—
심산(深山):깊은 산에. 깊은 산 속에. **옥루고처(玉樓高處)**:임금님이 계신 궁궐. **부는 게오**:부는 것인가? **치우신가**:추우신가. **북두(北斗)**:북두칠성. '북두'는 임금님이 계신 곳을 비유한 시어(詩語). **비겨**:견주어. **바래로라**:바라보노라.

♣ 해설—
초장:깊은 산 속에 밤이 드니 북쪽에서 불어오는 바람이 더욱 차다.
중장: 임금님이 계신 궁궐에도 이처럼 찬 바람이 부는 것인가?
종장:긴 겨울밤에 혹시 춥지나 않으신가 북두에 비겨 바라보노라.

♣ 감상—
이 시조는 '오륜가(五倫歌)' 중 군신유의(君臣有義)를 읊은 것으로 임금님을 걱정하는 충직한 신하의 정을 나타낸 도덕가이다. '북풍'은 찬바람이나, '북'은 바로 임금님이 계신 곳의 방향인 '북쪽'을 비유하며, '옥루고처'와 '북두'는 임금님이 계신 대궐을 비유한 것으로 연군(戀君)의 정(情)을 노래한 시조이다.

♣ 작가 소개—
박 인로(朴仁老):앞 시조 참조.

97. 사랑이 거즛말이

사랑(思郞)이 거즛말이 임 날 사랑(思郞) 거즛말이
꿈에 와 뵌닷 말이 긔 더욱 거즛말이
날같이 잠 아니 오면 어느 꿈에 뵈오리

—김 상용—

♣ 어구 풀이—
사랑(思郞)이 거즛말이:사랑한다고 한 말은 거짓말이다. **뵌닷 말이**:보인다고 하는 말이. **긔**:그것이.

♣ 해설—
초장:사랑한다고 한 말은 거짓말이다. 님이 나에게 사랑한다고 한 말은 거짓말이다.
중장:사랑하기 때문에 꿈에 나타나 보인다고 한 말은 더욱 이해할 수 없는

말이다.

종장: 나처럼 애가 타서 잠이 오지 않는다면 무슨 꿈을 꾸겠기로 꿈에 보일 수가 있겠는가?

♣ 감상—

이 시조는 님에 대한 애절한 사랑의 아쉬움을 노래한 것이다. 님이 진실로 나를 사랑한다면 나처럼 잠을 이루지 못했을 것이고, 그렇다면 꿈도 꾸지 못했어야 하는 것이다. 그렇기 때문에 날 너무 사랑한 나머지 꿈에까지 보인다는 님의 말은 믿을 수가 없는 말이다.

진본 청구영언에는 '규정(閨情)'이란 부제(副題)가 붙어 있고, 해동소악부에는 다음과 같이 한역되어 전한다.

向儂思愛非眞辭 最是難憑夢見之
若使如儂眠不得 更成何夢見儂時

♣ 작가 소개—

김 상용(金尙容, 1561~1637): 자는 경택(景澤). 호는 선원(仙源). 본관은 안동(安東). 선조 13년에 문과에 급제하여 춘추관(春秋館) 검열(檢閱)이 되었다. 인조 10년에는 우의정에 올랐고, 인조 14년에 임진왜란이 일어나자 왕족(王族)을 모시고 강화도(江華島)로 피난갔다가, 이듬해 강도(江都)가 함락됨을 보고 화약을 품고 남문(南門) 위에 올라 스스로 목숨을 끊어 자결함. 저서로 「오륜가(五倫歌)」 25수와 「훈계자손가(訓戒子孫歌)」 9수가 있다.

98. 오동에 듯는 빗발

오동(梧桐)에 듯는 빗발 무심(無心)히 듯건 마는

내 시름 하니 닙닙히 수성(愁聲)이로다
이 후(後)야 닙 너른 남기야 심어 무슴 하리오

—김 상용—

♣ 어구 풀이—
오동(梧桐):오동나무. **듯는**:떨어지는. **시름 하니**:시름(근심)이 많으니. **수성(愁聲)**:근심스러운 소리. 수심에 찬 소리. **남기야**:나무는. **무슴 하리오**:무엇 하겠는가.

♣ 해설—
초장:오동나무 잎에 떨어지는 빗발을 무심히(아무 뜻없이) 듯건마는
중장:내가 근심이 많으니 오동잎 하나하나마다 수심에 찬 소리로구나.
종장:이 후에야 잎이 넓은 나무는 심어서 무엇 하겠는가.

♣ 감상—
이 시조는 비 오는 날의 심회를 읊은 것으로 앞의 시조와 함께 순수 서정을 노래한 것이다. 오동나무 잎에 떨어지는 빗방울 소리는 아무 뜻 없이 듯지마는 내 시름이 너무 많으니까 그 소리마저 시름을 돕는 듯하다. 이 시조에서는 오동(梧桐)과 나와 비가 수심의 정감으로 일치되고 있다.

♣ 작가 소개—
김 상용(金尙容):앞 시조 참조.

99. 가노라 삼각산아

가노라 삼각산(三角山)아 다시 보자 한강수(漢江水)야
고국산천(故國山川)을 떠나고자 하랴마는
시절(時節)이 하 수상(殊常)하니 올동말동 하여라

—김 상헌—

♣ 어구 풀이—

삼각산(三角山): 서울의 진산(鎭山)인 북한산(北漢山)의 옛 이름. **고국산천(故國山川)**: 고국의 산천. 조국 강산. '고국'은 조상이 살던 나라. **시절(時節)**: 여기서는 시세(時世), 시국(時局)이란 뜻임. **하**: 하도. 몹시. **수상(殊常)**: 보통 때와 달라 괴이함. **올동말동**: 올지 말지.

♣ 해설—

초장: 삼각산아, 한강수야! 나는 이제 오랑캐에게 끌리어 간다마는 어느 날이고 다시 만나 보도록 하자꾸나!

중장: 할 수 없이 조국 강산을 등지려 한다마는

종장: 시절이 하도 뒤숭숭하고 이상하게 돌아가니 다시 돌아오게 될지 어떨지를 모르겠다.

♣ 감상—

지은이 김 상헌은 병자호란(丙子胡亂) 때에 주전파(主戰派)의 두목격인 사람으로, 호(胡)와 끝까지 싸울 것을 주장하였으나 마침내 최 명길 등의 화의파의 주장이 관철되어 화의 성립이 이루어지게 되자 그는 항복하는 문서를 찢고 통곡하였다고 한다. 그 일로 인해 난

(亂) 후에 세자와 대군을 인질로 끌고 간 다음, 그도 화의에 반대하였다 하여 심양(瀋陽)에 끌려 가 3년 동안 갖은 고초를 겪은 후에 돌아왔다. 이 시조는 그가 서울을 떠날 때 지은 것으로 조국에 대한 그의 뜨거운 절규가 초장에 잘 나타나 있다. 시국이 이렇게 어수선하니 다시 이 조국 강산에 돌아올 수 있을지 없을지 의심하면서 떠나가던 비참한 심정은 우리의 가슴을 아프게 한다.

♣ 작가 소개—

김 상헌(金尙憲, 1570~1652):자는 숙도(叔度). 호는 청음(淸陰), 또는 석실산인(石室山人). 병자호란 때에 강화 남문에 올라 자폭한 우의정 김 상용(金尙容)의 친동생. 선조 29년에 문과에 급제하여 호당(湖堂)에 놀았고, 벼슬이 대제학(大提學)을 거쳐 예조판서에 이르러서 병자호란을 당하게 됨. 병자호란이 일어나자 인조를 따라 남한산성에 들었다가 청병의 공격을 막지 못하고 불과 5일만에 항복하기로 조의(朝議)가 기울어졌으나 그는 최후까지 싸울 것을 주장함. 마침내 삼전도(三田渡)에서 인조가 몸소 무릎을 꿇으니, 공은 항복 문서를 통곡하며 찢어 버리기도 함. 하성(下城) 후로는 태백산(太白山)으로 들어가 나오지 않더니 청인의 손에 잡히어 당시의 청도(淸都) 심양으로 끌려가 있다가 다시 고국에 돌아와 좌의정의 중임을 맡다가 83세를 일기로 서거함.

100. 이별하던 날에

이별(離別)하던 날에 피눈물이 난지 만지
압록강(鴨綠江) 나린 물이 프른 빛이 전혀 없네
배 우희 허여 센 사공(沙工)이 처음 보롸 하더라

—홍 서봉—

♣ 어구 풀이—

피눈물:몹시 슬퍼서 나는 눈물. 혈루(血淚). **난지 만지**:났는지 말았는지. **우희**:위에. **허여 센**:머리카락이 허옇게 센. 여기서는 나이를 많이 먹은 늙은 이를 가리킴. **보롸**:본다. 보노라.

♣ 해설—

초장:상감께 허둥지둥 작별인사를 드리고 떠나던 날 피눈물이 났는지 어떠했는지를 경황이 없었으니 알 수 없구나.

중장:압록강에 굽이쳐 흐르는 물도 싸움에 진 우리와도 같이 푸른 빛이라고는 전혀 보이지를 않는다.

종장:배를 젓는, 머리가 허옇게 센 사공도 평생에 이런 변괴는 처음 본다고 하더라.

♣ 감상—

작가는 병자호란 때 주화론자(主和論者)였으므로 포로로 끌려 간 것은 아니고 패전 후의 사후처리 문제를 위하여 압록강을 건너 당시 후금국(後金國)의 수부(首府)이던 심양을 가면서 지은 것으로 보인다. 작가는 압록강이 온통 피눈물이었다고 과장했지만, 당시의 민족적 치욕(恥辱)이 어느 정도였는지 가히 짐작하고도 남음이 있다. 중장과 종장은 빛깔의 대조로 극에 달한 참상을 선명히 부각시키고 있다.

♣ 작가 소개—

홍 서봉(洪瑞鳳, 1572~1645);자는 휘세(輝世). 호는 학곡(鶴谷). 본관은 남양(南陽). 선조 23년에 사마(司馬)가 되고, 27년에 문과에 급제하여 교리(校理)·사성(司成)·응교(應教) 등의 벼슬을 거쳐 당상관(堂上官)이 되었다. 이어 이조판서·좌참찬·대제학을 역임하더니 병자년(丙子年)에 우의정에 올라 난중(亂中)에 여러 차례 청병진(淸兵陳)에 오감. 인조 19년에는 영의정에 올랐음. 한시에 능통했으며 단가는 한 수가 전할 따름이다.

101. 수양산 내린 물이

수양산(首陽山) 내린 물이 이제(夷齊)의 원루(冤淚)되어
주야불식(晝夜不息) 하고 여흘여흘 우는 뜻은
지금의 위국충성(爲國忠誠)을 못내 슬허 하노라

—홍 익한—

♣ 어구 풀이—

수양산(首陽山): 중국 산서성(山西省)에 있는 산이름으로, 백이(伯夷)와 숙제(叔齊)의 형제가 절의를 지켜 고사리를 캐먹다가 죽었다는 산. **이제(夷齊)**: 백이 · 숙제를 아울러 일컫는 말. **원루(冤淚)**: 원한에 찬 눈물. **주야불식(晝夜不息)**: 밤낮으로 쉬지 않고. **여흘여흘**: 물이 여울목을 흘러갈 때 내는 소리. **위국충성(爲國忠誠)**: 나라를 위한 충성. **슬허 하노라**: 슬퍼하노라.

♣ 해설—

초장: 백이와 숙제 형제가 절의를 지키기 위하여 숨어 살았던 수양산에서 흘러 내리는 물이 백이와 숙제의 원한의 눈물로 변해서

중장:밤낮으로 쉬지 않고 여울목을 흘러가듯 소리내어 우는 뜻은

종장:오늘날의 나라를 위한 충성심이 옛날과는 달리 보잘것 없음을 못내 슬퍼하고 있음이라.

♣ 감상—

백이와 숙제는 충의와 지조를 상징하는 인물이고, 작가는 척화를 주장하다가 심양에 끌려 가 사형된 삼학사(三學士)의 한 사람이니 서로 공통점이 있다. 그러므로 초장의 '백이 · 숙제'는 곧 작가 자신의 모습을 비유한 것이며, 이제(夷齊)의 눈물은 역시 작가 자신의 눈물이며, 종장에서 슬퍼하는 그 모습은 자신의 나라를 위한 충성심이 부족함을 개탄한 것이라 할 수 있겠다.

♣ 작가 소개—

홍 익한(洪翼漢, 1585~1637):자는 백승(伯升). 호는 화포(花浦). 본관은 남양(南陽). 병자호란 때의 삼학사(三學士)의 한 사람. 이조참의 이 정구의 문하에서 학업을 닦고, 문과에 급제하여 성균관장령(成均館掌令)에 올랐으나 병자호란에 즈음하여 척화(斥和)를 주장하다가 심양으로 잡혀갔다. 당시 청태종(清太宗)이 여러 번 달래 보았으나 끝내 절조를 굽히지 않아 인조 15년 3월 5일 윤 집(尹集), 오 달제(吳達濟)와 함께 그곳에서 살해됨.

102. 풍설 석거친 날에

풍설(風雪) 석거친 날에 뭇노라 북래사자(北來使者)야

소해용안(小海容顔)이 언매나 치오신고?

고국(故國)의 못 죽는 고신(孤臣)이 눈물계워 하노라

—이 정환—

♣ 어구 풀이—

풍설(風雪):바람과 눈. 눈보라. **북래사자(北來使者)**:왕세자 등이 볼모로 잡혀가 있던 심양(瀋陽)에서 온 사자를 일컬음. **소해용안(小海容顔)**:'소해(小海)'는 왕세자를 뜻하며, '용안(容顔)'은 얼굴을 높여 일컫는 말. **고국(故國)**:모국. 조상 대대로 살아온 나라. **고신(孤臣)**:외로운 신하. 군왕과 멀리 떨어져 있는 신하. 여기서는 작가 자신을 가리킴.

♣ 해설—

초장:바람과 눈이 뒤섞여 몰아치던 날에 심양에서 온 사람한테 한 마디 물어봐야겠다.

중장:볼모로 끌려 가 계신 세자의 얼굴빛은 어떻더냐? 북쪽이니 얼마나 추워하시더냐?

종장:고국에서 죽지 못하고 남아 있는 이 외로운 신하는 오직 서럽고 안타까운 마음에 눈물을 이기지 못해 하노라.

♣ 감상—

이 시조는 작가가 병자호란의 국치(國恥)를 통분히 여겨 연시조형의 '비가(悲歌)' 10수를 지었는데, 그 중의 하나이다. 일찌기 역사에 없었던 치욕을 당하고도 죽지 못한 신하된 처지를 한탄하며 끌려 간 두 왕자(소현세자와 봉림대군)의 신변을 염려하여 애태우는 작가의 심경이 잘 나타나 있는 시조이다.

그의 문집인 「송암유고(松巖遺稿)」에 다음과 같이 한역되어 전한다.

風雪交紛日(풍설교분일) 爲問北來使(위문북래사)

小海容顔苦(소해용안고) 幾多耐嚴冬(기다내엄동)
故國孤臣在(고국고신재) 未死但垂淚(미사단수루)

♣ 작가 소개—
이 정환(李廷煥, 1613~1673):자는 휘원(輝遠). 호는 송암(松巖). 본관은 전주(全州). 인조 11년(1633)에 생원시(生員試)에 합격했으나 병자호란의 국치를 보고 두문불출(杜門不出)하였음. 효성이 지극하여 현종이 쌀을 내린 적도 있고, 숙종 7년에는 정려(旌閭)의 영예를 받았음. '비가(悲歌)' 10수가 한역시와 함께 「송암유고(松巖遺稿)」에 전한다.

103. 청석령 지나거냐

청석령(青石嶺) 지나거냐 초하구(草河溝) ㅣ
　어듸메오
호풍(胡風)도 참도 찰샤 구즌 비는 무슴 일고
뉘라셔 내 행색(行色) 그려 내여 님 겨신 듸
　드릴고

—봉림대군—

♣ 어구 풀이—
청석령(青石嶺):평안북도 의주 근처의 고개 이름. 심양으로 가는 도중의 만주 지명임. **지나거냐**:지났느냐. **초하구(草河溝)ㅣ**:청석령보다 조금 남쪽에 있는 지명. 'ㅣ'는 한글문에 쓰이는 주격조사. **호풍(胡風)**:북녘 바람. 북풍

(北風). **참도 찰샤**:차기도 차구나. **행색(行色)**:차림새. **님**:여기서는 부친인 동시에 군왕이신 인조(仁祖)를 가리킴.

♣ 해설—

초장:이제야 청석령을 지났느냐? 그렇다면 초하구는 어디쯤에 있느냐?

중장:북녘 바람은 차기도 차구나. 더군다나 줄기차게 내리는 비는 또 무슨 조화란 말인가?

종장:그 누가 있어 이 초라한 내 차림새를 그려다가 저 멀리 고국에 계신 아바마마께 알려 드릴 것인가?

♣ 감상—

이 시조는 병자호란 뒤 소현세자와 함께 볼모로 잡혀 갈 때의 처참한 심경을 노래한 것이다. 고국은 한발 한발 멀어져만 가고, 낯선 이국 땅에는 찬 바람이 불고 궂은 비가 내리는데, 기약을 알 수 없는 볼모살이에의 절망감과 함께 부왕(父王)에 대한 생각에 작가의 가슴은 저미기만 하는 것이다.

♣ 작가 소개—

봉림대군(鳳林大君, 1619~1659):이름은 호(淏). 자는 정연(靜淵). 호는 죽오(竹吾). 조선 17대 임금 효종(孝宗). 인조의 둘째 아들로 소현세자(昭顯世子)가 돌아감에 1649년에 왕위에 오름. 병자호란 당시는 봉림대군이었는데 패전하자 인질(人質)이 되어 소현세자(昭顯世子)와 함께 심양으로 끌려가 9년간의 고초를 겪었다. 왕위에 오른 뒤는 병자호란의 국치를 설욕하고자 송 시열(宋時烈)·송 준길(宋浚吉) 등과 북벌을 꾀하다가 뜻을 이루지 못하고 재위 10년만에 죽었다.

♣ 참고—

송계집(松溪集)권1에 다음과 같이 한시로 옮겨 놓았다.

青石嶺已過兮(청석령이과혜) 草河溝何處(초하구하처)
胡風凄復冷兮(호풍처복랭혜) 陰雨亦何事(음우역하사)
誰畫其形像(수화기형상) 獻之金殿裏(헌지금전리)

104. 청강에 비 듯는 소리

청강(淸江)에 비 듯는 소리 긔 무어시 우습관대
만산홍록(滿山紅綠)이 휘들르며 웃는고야
두어라, 춘풍(春風)이 몇 날이리 웃을 대로 웃어라

—봉림대군—

♣ 어구 풀이—

청강(淸江): 맑은 물이 흐르는 강. **긔**: 그것이. **우습관대**: 우습기에. 우습길래. **만산홍록(滿山紅綠)**: 봄철 산을 덮은 초목. 꽃이 뒤섞여 울긋불긋 하기에. **휘들르며**: 흔들면서. '휘들다'는 '흔들다'의 옛말. **웃는고야**: 웃는구나. **두어라**: 시조 종장 첫마디에 흔히 쓰이는 감탄사. **춘풍(春風)**: 봄바람.

♣ 해설—

초장: 맑은 강물에 비 떨어지는 소리가, 그것이 무엇이 그리도 우습기에
중장: 산을 뒤덮은 울긋불긋한 꽃과 나무들이 몸을 흔들며 웃고 있구나.
종장: 내버려 두려무나. 이제 봄바람인들 며칠이나 더 불겠느냐. 만산홍록아, 네 마음껏 웃으려무나.

♣ 감상—

이 시조는 봉림대군이 청나라에 볼모로 잡혀 갔을 때의 심경을 노래한 작품으로 청나라에 대한 원한에 찬 심정을 나타내고 있다. 이 시를 우의적으로 해석한다면 '청강'은 청나라로, '비 듯는 소리'는 볼모가 된 처량한 신세로, '만산홍록'은 청나라 사람으로, '춘풍'은 청나라 세력으로 볼 수도 있다.

♣ 작가 소개—
봉림대군(鳳林大君) : 앞 시조 참조.

105. 풍파에 놀란 사공

풍파(風波)에 놀란 사공(沙工) 배 팔아 말을 사니
구절양장(九折羊腸)이 물도곤 어려워라
이 후란 배도 말도 밭 갈기나 하리라

—장 만—

♣ 어구 풀이—
풍파(風波) : 바람이 몰아쳐서 물결이 거세짐. **사공(沙工)** : 뱃사공. **구절양장(九折羊腸)** : 꼬불꼬불하여 양의 창자처럼 험준한 산길. 세상살이의 험악함을 비유하는 말. **물도곤** : 물보다. '도곤'은 비교격 조사. **어려워라** : 험하구나. **이 후(後)란** : 이 후는 '란'은 '는'의 뜻을 강조하여 쓰는 차이보조사.

♣ 해설—

초장:풍파에 뫁시 놀라서 겁이 난 사공이 배를 팔아서 말을 사니
중장:꼬불꼬불 꼬부라진 험준한 산길이 물보다 더 어렵고 험하구나
종장:이 후로는 배도 말도 다 말고 밭 가는 농부나 되리라

♣ 감상—

이 시조는 권모술수에 싸인 벼슬살이의 어려움을 풍자한 것으로 문관도 무관도 어렵기는 마찬가지니 전원 생활이나 하겠다는 것이다. '배'는 문관(文官), '말'은 무관(武官), '풍파'는 세상살이의 어려움, '구절양장'은 험난한 인생살이를 비유한 말이다.

「해동소악부」의 한역은 다음과 같다.

喫警風波旱路歸(끽경풍파한로귀) 羊腸豹虎險於鯨(양장표호험어경)

從今非馬非船葉(종금비마비선엽) 紅杏村深暮雨耕(홍행촌심모우경)

♣ 작가 소개—

장 만(張晩, 1566~1629);자는 호고(好古). 호는 낙서(洛西). 본관은 인동(仁同). 광해군 때의 사람으로 26세 때 별시 문과(別試文科)에 병과(丙科)로 급제하여 병조판서·형조판서를 지냈으며, 인조반정(仁祖反正) 후에 팔도도원수(八道都元帥)가 되었고, 이 괄(李适)의 난을 평정하여 옥성부원군(玉城府院君)으로 책봉됨. 문무(文武)를 겸비하고 재략(才略)이 뛰어난 인물이었음.

106. 비 오는데 들헤 가랴

비오는데 들헤 가랴 사립 닫고 소 먹여라
마히 매양이랴 장기 연장 다스려라

쉬다가 개난 날 보아 사래 긴 밭 갈리라

—윤 선도—

♣ 어구 풀이—

들헤:들에. **사립**:사립문. 사립짝을 달아서 만든 문. 시비. **마히**:장마가. **장기**:쟁기. **사래 긴 밭**:이랑이 긴 밭.

♣ 해설—

초장:비가 쏟아지는 날에 들판에 나갈 것 뭐 있나? 사립문을 닫아 버리고 소에게 여물이나 주어라.

중장:장마가 계속되겠느냐? 쟁기와 연장들을 쓸 수 있도록 손질하여 두어라.

종장:비 오는 동안은 쉬다가 비가 개거든 나아가 이랑의 긴 밭을 갈아라.

♣ 감상—

이 시조는 윤 선도의 문집인 「고산유고(孤山遺稿)」에 실려 전하는 「산중신곡(山中新曲)」중 '하우요(夏雨謠)' 2수 가운데 하나이다. 비 오는 데에도 쉬지 않고 부지런히 일해야 할 농촌 생활의 정경을 노래하였다. 이것은 또한 정치 생활을 풍자한 것으로, 당시의 당쟁 중에 처해야 할 선비의 자세를 읊은 것이라고 해석할 수도 있겠다. 초장의 '비' 와 '사립'을 각각 '당쟁'과 '자연'에 비유하여 '당쟁이 심한데 벼슬길에 나가겠느냐? 전원에 묻혀 수양하며 지내자'로 해석할 수 있으며, 중장의 '마히 매양이랴'를 '당쟁이 늘 계속되겠느냐'로, 종장의 개난 날 보아'를 '당쟁이 그치는 때에 벼슬길에 나가기 위하여 마음을 정리하고 계획을 세우자'로, '사래 긴 밭'은 '때가 되거든 국가 백년대계를 이룩하여 보자'라고 각각 해석할 수 있겠다.

♣ 작가 소개—

윤 선도(尹善道, 1587~1671) : 자는 약이(約而). 호는 고산(孤山). 시호는 충헌(忠憲). 선조 20년 한양에서 출생. 광해군 4년에 진사시(進士試)에 급제하고, 그 뒤 벼슬살이를 하는 동안 직간을 하다가 모함에 걸려 경원·영덕·삼수·광양 등지로 귀양살이를 다니다가 인조반정(仁祖反正) 때 풀려나서 고향인 해남(海南)으로 돌아왔으나, 병자호란이 일어나자 수군을 모집하여 서해상으로 북진하던 중 항복의 비보를 듣고 되돌아와 보길도(甫吉島)의 절승을 발견하고 그곳을 여생을 마칠 땅으로 삼아 산수(山水)를 즐김. 벼슬로는 호조좌랑(戶曹佐郞)·한성서윤(漢城庶尹)·세자 시강(世子侍講), 성주현감(星州縣監) 등을 지냈다. 보길도의 부용동(芙蓉洞)·금쇄동(金鎖洞)에서 시작(詩作) 생활을 하다가 현종 12년 부용동에서 85세를 일기로 사망. 우리 나라 시가사상 단가의 제1인자임. 문집에 「고산유고(孤山遺稿)」가 있으며, '견회요(遣懷謠)'·'우후요(雨後謠)'·'산중신곡(山中新曲)'·'산중속신곡(山中續新曲)'·'어부사시사(漁父四時詞)' 등이 있다.

107. 어부사시사

〈춘사(春詞) 제3〉
동풍(東風)이 건듯 부니 물결이 고이 인다
돛 달아라 돛 달아라
동호(東湖)를 돌아보며 서호(西湖)로 가자스라
지국총(至菊悤) 지국총 어사와(於思臥)
앞 뫼히 지나가고 뒷 뫼히 나아온다

〈하사(夏詞) 제2〉
연잎에 밥 싸 두고 반찬을랑 장만 마라
닻 드러라 닻 드러라
청약립(靑篛笠)은 써 있노라 녹사의(綠簑衣) 가져 오냐
지국총(至菊悤) 지국총(至菊悤) 어사와(於思臥)
무심(無心)한 백구(白鷗)는 내 좇는가 제 좇는가

〈추사(秋史) 제2〉
수국(水國)의 가을이 오니 고기마다 살져 있다
닻 들어라 닻 들어라
만경등파(萬頃澄波)에 슬카지 용여하자
지국총(至菊悤) 지국총(至菊悤) 어사와(於思臥)
인간(人間)을 돌아보니 멀도록 더욱 좋다

〈동사(冬詞) 제4〉

간밤에 눈 갠 후에 경물(景物)이 달랐고야
이어라 이어라
앞에는 만경유리(萬頃琉璃), 뒤에는 천첩옥산(千疊玉山)
지국총(至菊悤) 지국총(至菊悤) 어사와(於思臥)
선계(仙界)ㄴ가 불계(佛界)ㄴ가 인간(人間)이 아니로다

—윤 선도—

♣ 어구 풀이—

〈春詞〉

동풍(東風):봄바람. 샛바람. **건듯**:문득. 잠깐. **지국총(至菊悤)**:'찌거덩찌거덩'하는 노 젓는 소리를 시늉한 뱃노래의 후렴어. **어사와(於思臥)**:'엇샤' 쯤의 뜻으로 쓰이는 감탄사.

〈夏詞〉

반찬을랑:반찬은. '을랑'은 차이보조사로 쓰임. **청약립(青篛笠)**:푸른 대껍질로 엮어 만든 삿갓. **녹사의(綠蓑衣)**:푸른 풀로 만든 도롱이. **무심(無心)한**:사념(邪念)이 없는.

〈秋詞〉

수국(水國):바다의 세계. 여기서는 바닷물에 둘러싸인 보길도(甫吉島)를

뜻함. **만경등파(萬頃澄波)**:넓디넓은 맑은 물결. **용여(容與)**:한가롭고 마음에 흡족히 여기는 모양. **인간(人間)**:사람 사는 세상.

〈冬詞〉

경물(景物):철 따라 달라지는 경치. **만경유리(萬頃琉·)**:유리와 같이 아름답고 반반한 넓고 넓은 바다. **천첩옥산(千疊玉山)**:수없이 포개어지고 겹치어 있는 희고 고운 산. **선계(仙界)**:신선이 사는 곳. **불계(佛界)**:부처가 사는 세계. **인간(人間)이 아니로다**:속세가 아니다. 이 백(李白)의 산중문답(山中問答) 시에 '별유천지비인간(別有天地非人間)'의 '비인간'과 통하는 구절.

♣ 해설—

〈春詞〉

초장:봄바람이 문득 부니 물결이 곱게 일어난다. 돛을 달아라, 돛을 달아라.

중장:동쪽 호수를 뒤로 돌아다 보며 서쪽 호수로 가자꾸나. 찌거덩 찌거덩 엇샤!

종장:앞산이 지나가고 뒷산이 나아온다.

〈夏詞〉

초장:연잎에다 밥만을 싸 놓고 반찬은 장만하지 말아라. 닻을 들어 올려라, 닻을 들어 올려라.

중장:푸른 대 껍질로 만든 삿갓은 쓰고 있지만 혹시 비가 올지 모르니 얘야, 도롱이를 가져왔느냐? 찌거덩 찌거덩 엇샤!

종장:저 사념 없고 잡념 없는 백구는 내가 저를 따르는가, 제가 나를 따르는가 모를 만큼 가까운 벗이 되었구나.

〈秋詞〉

초장:사방이 바닷물에 둘러싸인 곳(보길도)에 가을이 찾아드니 고기마다 살쪄 있다. 닻을 들어라, 닻을 들어라.

중장:아득히 넓은 바닷물결에 싫도록 한가한 마음으로 흡족히 노닐자꾸나. 찌거덩 찌거덩 엇샤!

종장:아! 속세를 돌아보니 속세는 멀리 떨어질수록 더욱 좋다.

〈冬詞〉

초장:지난 밤에 눈이 그치더니 바라보이는 경치와 물색이 아주 달라졌구나. 배를 저어라, 배를 저어라.

중장:앞에는 유리알같이 잔잔하고 아름다운 바다, 한없이 아득하게 펼쳐진 바다가 있고, 뒤에는 겹겹이 포개어진 옥같이 고운 산이다. 찌거덩 찌거덩 엇샤!

종장:아! 여기는 신선이 사는 세계인가, 그렇지 않으면 부처들이 사는 정토인가? 어쨌든 사람이 사는 속세는 아니로구나.

♣ 감상—

어부사시사는 작가가 전남 보길도의 부용동에서 은거하면서 지은 것이다. 고려 때부터 전하여 온 어부가(漁父歌) 2편을 명종 때 이 현보가 어부가 9장 및 단가 5수로 개작하였고, 이것을 다시 고산(孤山)이 새롭게 40수로 고친 것이다. 이 현보의 어부가에서 시상(詩想)을 빌어왔다고는 하나 후렴만 떼면 완전한 3장 6구의 시조 형식을 지니면서 전혀 새로운 자기의 언어를 구사해 독창적인 아름다움을 나타내고 있다.

春詞:순풍에 돛을 달고 배가 앞으로 나아가는 모습을 그린 것으로 강호(江湖)의 한정을 즐기는 유유자적(悠悠自適)하는 심경이 잘 나타나 있다.

夏詞:배를 띄워서 바다로 나가는 모습으로, 고기를 잡으면 반찬이 될 것이므로 연잎에 밥만 싸가지고 나가는 소박한 생활 모습과 나와 백구의 주객일체(主客一體)의 경지가 잘 묘사되어 있다.

秋詞:가을의 어부 생활을 묘사한 것으로, 고기잡이는 하나의 핑계이고 되도록이면 속세에서 멀리 떨어진 자연 속에서 마음껏 놀고 싶어서 바다로 나온 것이다. 속세를 떠나 넓고 넓은 바다에 배를 띄워 마음껏 노닐려는 작가의 심정이 잘 나타나 있다.

冬詞:눈 갠 뒤의 설경의 극치를 찬미한 내용이다. 겨울이 깊어가니 고기잡이는 할 수 없지만 선촌(仙村)의 설경이 아름답기 이를 데가 없다. 푸른 바다와 흰 산이 멋진 조화를 이루는 이 곳, 만물이 깨끗한 눈 속에 쌓였으니 이는 선경(仙景)이요, 정토(淨土)임에 틀림이 없는 것이다.

♣ 작가 소개—
윤 선도(尹善道) : 앞 시조 참조.

108. 잔 들고 혼자 앉아

잔 들고 혼자 앉아 먼 뫼흘 바라보니
그리던 님이 오다 반가옴이 이러하랴
말삼도 우음도 아녀도 못내 좋아하노라

—윤 선도—

♣ 어구 풀이—
뫼흘 : 산(山)을. **오다** : 온다고. **말삼** : 말씀. **우음** : 웃음. **아녀도** : 아니어도.

♣ 해설—
초장 : 혼자 앉아서 술잔을 기울이며 먼 산을 바라보고 있자니 참으로 아름답구나.
중장 : 그리워 하던 님이 찾아 온다고 하여도 이처럼 반갑겠느냐.
종장 : 저 산은 말도 없고 웃음도 없지만 나는 끝내 좋아하노라.

♣ 감상—
작가는 그의 전 생애를 당쟁 속에 내던져 평생을 벽지 유배소(流配

所)에서 보내었다. 그 여러 차례의 유배생활과 낙향하여 은거하면서 보내는 동안 77수의 시조를 지어 시가사상 정 철과 쌍벽을 이루는 시조 작가라고 찬사를 받을 만큼 훌륭한 작품들을 남기었다. 이 시조는 「산중신곡(山中新曲)」 18수 속에 속하는 '만흥(漫興)' 6수 중의 하나로서 전남 해남(海南)에 있을 때 지은 것이라 추정되며 홀로 술잔을 들고 앉아 먼 산을 바라보면서 자연에 잠김을 노래한 것이다. 자연에 몰입(沒入)한 작가의 산중독작(山中獨酌)의 즐거움이 잘 나타나 있는 작품이다.

♣ 작가 소개—
윤 선도(尹善道) : 앞 시조 참조.

109. 오우가

〈序詩〉

내 벗이 몇이나 하니 수석(水石)과 송죽(松竹)이라
동산(東山)에 달 오르니 긔 더욱 반갑고야
두어라 이 다섯 밖에 또 더하여 무엇하리

〈水〉

구름빛이 좋다 하나 검기를 자로 한다
바람소리 맑다 하나 그칠 적이 하노매라

좋고도 그칠 뉘 없기는 물뿐인가 하노라

〈石〉

곶은 무슨 일로 피며서 쉬이 지고
풀은 어이하여 푸르는 듯 누르나니
아마도 변치 아닐손 바위뿐인가 하노라

〈松〉

더우면 곶 피고 추우면 닢 지거늘
솔아, 너는 어찌 눈서리를 모르는다
구천(九泉)에 뿌린 곧은 줄을 글로 하여 아노라

〈竹〉

나모도 아닌 것이, 풀도 아닌 것이
곧기는 뉘 시기며, 속은 어이 비었는다
저렇고 사시(四時)에 푸르니 그를 둏아하노라

〈月〉

작은 것이 높이 떠서 만물(萬物)을 다 비취니

> 밤중에 광명(光明)이 너만한 이 또 있느냐
> 보고도 말 아니 하니 내 벗인가 하노라
>
> –윤 선도–

♣ 어구 풀이—

〈序詩〉

내:나의. '나+ㅣ'. 'ㅣ'는 관형격 조사. **몇이나**:몇이냐. 몇인가. **수석(水石)**:물과 돌. **송죽(松竹)**:소나무와 대나무. **긔**:그것이. '그'는 달을 가리킴. **반갑고야**:반갑구나. '고야'는 감탄형 종결어미. **두어라**:'아아'의 뜻으로 흥겨움을 나타내는 감탄사.

〈水〉

좋다:'깨끗하다'의 옛말. 지금 쓰이는 '좋다'는 '두다'로 썼음. **자로**:자주. **하노매라**:많구나. '노매라'는 감탄형 어미. **뉘**:때. 세상. 주격 조사 'ㅣ'의 축약형. 따라서 '때가'의 뜻.

〈石〉

곶:꽃의 옛말. **쉬이**:쉽게. 빨리. **누르나니**:누르는가. '러'불규칙 형용사. **아닐손**:않는 것은

〈松〉

닢:잎. **지거늘**:지거늘, 지는데. '거늘'은 모음으로 끝나는 체언·용언에 붙어서 '사실에 대해 그에 응하는' 뜻을 나타내는 연결어미. **눈서리**:①눈과 서리 ②어려운 시련·고통. 여기서는 ②의 뜻임. **모르는다**:모르는가? '는다'는 의문형 종결어미. **구천(九泉)**:깊은 땅 속. 저승. **글로 하여**:그것으로 하여. 그것으로 미루어.

〈竹〉

나모도:나무도. **뉘**:누가. **시기며**:시켰으며. **어이**:어찌하여. **사시(四時)**:봄,

여름, 가을, 겨울의 사철. 언제나. 일 년 내내.

〈月〉

만물(萬物):세상에 있는 온갖 물건. **광명(光明)**:밝은 빛. 지혜.

♣ 해설—

〈序詩〉

초장:내 벗이 몇이나 되는가 하면 물, 바위, 소나무, 대나무이다.

중장:또한 동산에 떠오는 달이 반가우니 그것 역시 내 벗이라.

종장:벗으로서 이 다섯 외에 또 더하여 무엇하겠느냐?

〈水〉

초장:구름빛이 깨끗하다고 하지만 검기를 자주 한다.

중장:바람소리가 맑다고 하지만 그칠 때가 많구나.

종장:깨끗하고도 그칠 적이 없는 것은 물뿐인가 하노라.

〈石〉

초장:꽃은 무슨 까닭으로 피었다가 이내 지고

중장:풀은 어찌해서 푸르러지는 듯하다가 곧 누렇게 변하는가?

종장:아무래도 변하지 않는 것은 바위뿐인가 하노라.

〈松〉

초장:모든 풀과 나무들은 더우면 꽃이 피고 추우면 잎이 떨어지는데

중장:소나무야, 너는 어찌해서 차고 매운 서리에도 잎이 지지 않느냐?

종장:네(소나무) 뿌리가 땅 속 깊이 뻗어 시들 줄 모름(지조가 곧음)을 그것으로써 알겠구나.

〈竹〉

초장:나무도, 풀도 아닌 것이

중장:곧기는 누가 그렇게 시켰으며 또한 속은 어째서 비었느냐?

종장:저렇게 곧고 속이 비었으면서도 일년 내내 푸르니, 그 곧고 푸름(청빈 · 지조 · 절개)을 나는 좋아하노라.

〈月〉

초장:작은 것이 하늘 높이 떠서 온세상의 만물을 다 비추니

중장:밤중의 밝은 빛이 너보다 더 나은 것이 있느냐?

종장:세상의 온갖 것을 다 보고도 말이 없으니, 너(달)야말로 미더운 나의 벗인가 한다.

♣ 전체 감상—

'오우가(五友歌)'는 작가의 자연에 대한 사랑과 관조의 경지가 잘 나타난 작품으로 서시(序詩)와 함께 물 · 바위 · 솔 · 대 · 달의 다섯 벗을 노래하고 있는 내용이다. 그의 작품이 대부분 그렇듯이 국어의 아름다움을 최고도로 구사하였고, 자연미의 정수를 재발견한 절창 중의 절창이라 하겠다.

序詩:자연 속에서 물 · 바위 · 솔 · 대 · 달의 다섯을 벗삼아 사귀면서 세상의 여러 가지 자질구레한 일들을 잊고 조촐하게 살고자 하는 지은이의 기풍이 엿보인다.

水:깨끗하고 맑으면서도 그칠 줄 모르는 물의 덕을 기리어, 그와 같이 깨끗하고 꾸준하게 살아가리라는 생활관이 엿보인다.

石:변하지 않는 바위의 덕을 기리어, 곱고 예쁜 순간의 아름다움보다 깊고 그윽한 장중의 미(美)를 택한 작가의 미관(美觀)이 엿보인다.

松:세상이 눈서리처럼 차가와도 꿋꿋이 제 모습을 지키는 솔의 절개 · 신념을 찬양한 것으로, 초장에서 계절에 따라 변하는 일반 식물의 속성을 들어 솔의 불변성(지조)을 찬양하기 위한 중장과 종장의 전제가 되게 하였다.

竹:대와 같이 치우치지 않고 절개가 굳세고 청렴하며 변함이 없는 인간은 언제 어디서나 존경의 대상이 됨을 말하였다. 초장은 대의 성질, 중장 · 종장은 대의 덕을 예찬하고 있다.

月:잘잘못과 옳고 그름을 모두 알면서도 말하지 않고 침묵을 지키는 달의 말없음과 공명함을 사랑하고 존중하는 작가의 인생관(人生觀)을 엿볼 수 있는 작품이다. 초 · 중장은 달의 밝음을 노래했고, 종

장은 달의 말없음을 예찬하였다.

♣ 작가 소개—
윤 선도(尹善道):앞 시조 참조.

♣ 참고—
고산유고(孤山遺稿):윤 선도의 문집. 6권 6책. '고산유고'는 두 차례에 걸쳐 왕명으로 간행되었는데, 초간본은 1791년(정조 15년)에 간행되었고, 중간본은 1798년(정조 22년)에 개정·간행되었다. 이 글의 출전은 중간본이다. 이 책의 권6 별집에 시조 75수가 실려 있는데, '산중신곡(山中新曲)', '산중속신곡(山中續新曲)', '어부사시사(漁父四時詞)', '몽천요(夢天謠)', '견회요(遣懷謠)', '우후요(雨後謠)' 등이 있다.

110. 군산을 삭평턴들

군산(君山)을 삭평(削平)턴들 동정호(洞庭湖)ㅣ 너를랏다
계수(桂樹)를 버히던들 달이 더옥 밝을 것을
뜻 두고 이루지 못하고 늙기 설워하노라

—이 완—

♣ 어구 풀이—
군산(君山):동정호 안에 있는 산 이름. 삭평(削平):깎아 평평하게 하는 것. 동정호(洞庭湖):중국 호남성(湖南省) 북부에 있는 큰 호수. 너를랏다:넓

을 것이다. '랏다'는 감탄형 종결어미. **계수(桂樹)**:달 속에 있다고 하는 전설상의 나무. **버히던들**:베었던들. 기본형 '버히다'

♣ 해설—

초장:군산을 깎아 평평하게 하였더라면 넓은 동정호가 아마 더 넓어졌을 것이다.

중장:달 속에 있는 계수나무를 베어 버렸더라면 밝은 달이 아마도 더욱 밝았을 것이다.

종장:뜻은 있으면서도 이루지 못하고 늙어가니 서럽기 짝이 없구나?

♣ 감상—

이 시조는 병자호란 뒤의 한창 고조된 배청(排清)사상을 작품의 배경으로 하고 있다. 볼모로 잡히어 가 이역만리에서 9년 간이나 고초를 겪은 봉림대군이 효종으로 즉위하여 북벌(北伐)정책을 쓸 때 작가는 훈련대장으로 이 정책에 적극 참여하였다. 이 시조의 초장과 중장은 북벌정책의 당위성을 비유적으로 읊은 내용이고, 종장은 그러한 뜻을 이루지 못하고 늙어만 가는 것을 못내 서러워 하는 내용이다.

♣ 작가 소개—

이 완(李浣, 1602~1674):자는 징지(澄之). 호는 매죽헌(梅竹軒). 인조 2년에 무과(武科)에 급제. 병자호란 때 공을 세우고 어영대장(御營大將)이 됨. 다시 정 태화의 천거와 송 준길과 송 시열의 추천을 받아 훈련대장(訓練大將)이 되어 북벌계획을 추진했으며, 한성판윤(漢城判尹)·공조판서·예조판서·영의정 등을 역임함.

111. 님이 헤오시매

님이 헤오시매 나는 전혀 믿었더니

날 사랑하던 정을 뉘손대 옮기신고
처음에 뮈시던 것이면 이대토록 설오랴

—송 시열—

♣ 어구 풀이—

헤오시매:생각하시매. **뉘손대**:누구에게. '손대'는 '에게'라는 여격조사. **뮈시던**:미워하시던. '뮈다'는 미워하다의 뜻. **이대토록**:이같이. 이처럼.

♣ 해설—

초장:님(임금)께서 나를 헤아리시기(생각하시기) 때문에 나는 전혀 믿었더니

중장:나를 사랑해 주시던 정을 어느 누구에게 옮기신 것일까?

종장:처음부터 미워하시던 것이면 이토록 서럽겠는가?

♣ 감상—

이 시조는 작가가 귀양살이를 할 때에 지은 것으로, 현종 때 효종비 인선왕후 별세 후 대왕대비 복상 문제를 논쟁하다가 강원도 덕원에 유배되었을 때에 지은 것이 아니면, 숙종 때 왕세자 책봉 때 시기상조론을 상소한 것에 불온한 귀절이 있다 하여 남인의 모략으로 유배되었을 때 지은 것으로 여겨진다. 이 시조는 임금의 은총을 잃고 슬퍼하는 심정을 사랑하는 연인에 빗대어 솔직하게 표현하고 있다. 다음의 작품 역시 그가 유배지에 있을 당시 지은 작품이다.

늙고 병든 몸이 북향(北向)하여 우니노라
님 향하는 마음을 뉘 아니 두리마는
달 밝고 밤 긴 적이면 나뿐인가 하노라

♣ 작가 소개—

송 시열(宋時烈,1607~1689):자는 영보(英甫). 호는 우암(尤庵). 인조 11년 식년시(式年試)에 급제. 봉림대군(효종)의 스승으로 효종이 즉위하자 이조판서로 있으면서 효종의 북벌에 적극 참여. 효종의 서거 후 서인(西人)의 지도자로 활약. 복상 문제로 유배당함. 다시 영중추부사(領中樞府事)로 기용되었으나 숙종 때 세자 책봉 사건으로 제주도에 유배되었다가 다시 붙들려 오는 도중 정읍(井邑)에서 사사(賜死)되었음. 저서에 「송자대전(宋子大全)」 7권이 있음.

112. 감장새 작다하고

감장새 작다하고 대붕(大鵬)아 웃지마라
구만리(九萬理) 장천(長天)을 너도 날고 저도 난다
두어라 일반(一般) 비조(飛鳥) ㅣ니 네오 긔오 다르랴

—이 택—

♣ 어구 풀이—

감장새:굴뚝새. 빛이 까무테테하고 몸집이 자그만 새. **대붕(大鵬)**:큰 붕새. 상상의 새로서 매우 큰 새를 가리킴. '붕(鵬)'은 엄청나게 커서 구만리를 날아간다는 상상의 새. **구만리장천(九萬理長天)**:높고 넓은 하늘. **일반(一般)**:여느. 보통. **비조(飛鳥) ㅣ니**:나는 새이니. 날짐승이니. 'ㅣ'는 한문글에 쓰이는 서술격조사. **네오**:너나. '오'는 두 가지 이상의 동작 · 성질 등을 잇달아 나

타내는 연결어미. 긔오:그이고. 그것이고. '감장새'를 가리킴.

♣ 해설—

초장:감장새가 몸집이 작다고 해서 대붕새야 너무 비웃지 말아라.

중장:높고도 넓은 하늘을 너도 물론 날거니와 감장새도 역시 날아 다닌다.

종장:그러니 따지기를 그만 두어라. 너나 그나 흔히 있는 나는 새이니, 대붕새라 해서 다르고 감장새라 해서 다를 것이 있겠느냐?

♣ 감상—

이 시조는 조금 나은 직책에 있다고 해서 권위에 사로잡혀 있는 옹졸하고 교만한 자들에게 큰 교훈을 주는 작품이다. 감장새와 대붕은 그 크기와 능력에 있어서는 엄청난 차이가 있으나 하늘을 나는 조류라는 본질적인 면에 있어서는 같다. 이와 같이 사람에게 있어서도 지위나 권력, 빈부나 귀천의 차이가 있기는 하지만 인간이라고 하는 본질적인 면에 있어서는 조금도 다를 바가 없는 것이다. 조금 더 잘났다고 해서 남을 무시하고 멸시하는 인정 세태를 풍자한 노래라 하겠다.

♣ 작가 소개—

이 택(李澤, 1651~1719):자는 운몽(雲夢). 본관은 완산(完山). 숙종 2년에 무과에 급제하여 벼슬이 평안도 병마절도사(平安道兵馬節度使)에 이르렀으나 몸이 약한 것을 이유로 그를 시기하던 측에서 한직(閑職)으로 돌리니 얼마 지나지 않아 사퇴함.

113. 공명을 즐겨 마라

공명(功名)을 즐겨 마라 영욕(榮辱)이 반이로다

부귀(富貴)를 탐(貧)치 마라 위기(危機)를 밟느니라
우리는 일신(一身)이 한가(閑暇)하니 두릴 일이 없세라

—김 삼현—

♣ 어구 풀이—

공명(功名):공을 세워 이름을 드날림. **영욕(榮辱)**:영화와 욕됨. '영욕이 반이로다'는 영광도 있지만 그와 함께 욕됨도 따른다는 뜻. **부귀(富貴)**:재물이 많고 몸이 귀함. **탐(貪)치 마라**:탐내지 말아라. 욕심내지 말아라. **밟느니라**:여기서의 뜻은 어떤 행위를 밟게 된다는 의미. **한가(閑暇)하니**:일이 없으니. 별로 할 일이 없어 틈이 있으니. **없세라**:없구나.

♣ 해설—

초장:공을 세워 세상에 이름이 드날리는 것을 좋아하지 말아라. 이름이 나면 영광이 뒤따르지만, 그것과 같은 욕을 먹게도 되는 법이다.

중장:재물이 많고 몸이 귀해지는 것을 욕심내지는 말아라. 반드시 위태로운 고비를 겪게 되는 법이다.

종장:우리는 세상을 등지고 공명과 부귀를 멀리 했으니, 우리 몸이 한가롭고 무사하기로 겁낼 일이 도무지 없어 마음이 편하구나.

♣ 감상—

이 시조는 세속적인 물질에 집착함을 경계함과 아울러 올바른 삶의 자세를 나타낸 교훈가라 할 수 있다. 많은 사람들이 세속에 눈이 어두워 공을 세워 이름을 널리 떨치려 하지만 영화와 함께 욕됨도 반이나 된다. 또 많은 사람들이 물질의 풍부함과 몸이 귀하게 됨을 욕심내지만 그것으로 인해 위태로운 고비를 겪게 될 수도 있는 것이다. 이

시조는 물질만능 풍조가 만연해 있고 가치관이 흔들리고 있는 오늘날의 세태에 많은 점을 시사해 주고 있는 작품이라 하겠다. 초장과 중장은 댓구적 표현으로 진서(晋書)에 나오는 다음의 귀절을 인용한 것이다.

'貧賤常思富貴 富貴必踐危機(빈천상사부귀 부귀필천위기:가난하고 몸이 천하면 항상 재물이 많고 몸이 귀해지기를 바라며, 몸이 귀해지고 재물이 많으면 반드시 위태로운 고비를 겪게 되는 것이다.)'

♣ 작가 소개—

김 삼현(金三賢, 생몰 연대 미상):주 의식(朱義植)의 사위로 숙종 때에 벼슬이 절충장군(折衝將軍)에 이르렀다. 관직에서 물러난 뒤 장인(丈人)과 더불어 산수(山水)를 벗삼아 자연을 즐기면서 시를 지어 소일(宵日)하였다. 그의 시풍(詩風)은 향락적이며 허무를 개탄한 것이 많은데, 작품으로는 시조 6수가 전하고 있다.

♣ 참고—

〈김 삼현의 다른 시조〉

늙기 설운 줄 모르고나 늙었는가
춘광(春光)이 덧이 없어 백발(白髮)이 절로 났다
그러나 소년(少年) 적 마음은 감할 일이 없세라

114. 벼슬을 저마다 하면

벼슬을 저마다 하면 농부될 이 뉘 있으리
의원이 병 고치면 북망산(北邙山)이 저러하랴

아희야 잔 만 부어라 내 뜻대로 하리라

—김 창업—

♣ 어구 풀이—

농부될 이:농사군이 될 사람. **뉘**:누가. **의원(醫員)**:오늘날의 한의사. **북망산(北邙山)**:중국 낙양의 북쪽에 있는 산이름인데, 한(漢)나라 때 이래로 묘지(墓地)가 되어 있다. 묘지 또는 사람이 죽어서 가는 곳을 일컬음.

♣ 해설—

초장:벼슬을 사람들마다 다 하려고 하면 농사 지을 사람이 누가 있겠으며

중장:의원이 어떠한 병이든지 다 고치면 북망산천(北邙山川)의 무덤이 저렇게 많을 수가 있겠느냐?

종장:아희야! 잔에 술이나 가득 부어라. 나는 내 곧은 마음대로 실컷 술이나 마시면서 살아 볼까 하노라.

♣ 감상—

작가 김 창업은 부친 김 수항(金壽恒)과 형 김 창집(金昌集)이 다 영의정의 자리까지 올랐으나, 자신은 벼슬을 싫어하여 자연에 묻혀 농사를 지으며 서예·문장 등에 전념하다가 일생을 마친 청렴결백한 선비이다. 이 시조는 그의 형 창집(昌集)이 자꾸 벼슬이 높아져 가고 가문이 점점 융성해져 감을 보고 불안해 하며 향촌으로 들어가 은거하며 지은 것으로, 인생(人生)은 유한한 것이고 입신출세도 마음먹은 대로 되는 것이 아니니 술이나 마시며 전원에 묻혀 사는 길을 택하겠다는 체념과 달관을 노래한 시조이다. 즉 작가는 하늘이 정해 준 운명대로 살다가 죽는 것이 인간의 과제인 동시에 도리라고 생각하고 있는 것이다.

♣ 작가 소개—

김 창업(金昌業, 1658~1721):자는 대유(大有). 호는 노가재(老稼齋), 또는 석교(石郊). 본관은 안동(安東). 숙종 때의 한학자(漢學者)로서 영의정이던 김 수항(金壽恒)의 네째 아들. 숙종 7년에 진사(進士)에 급제하였으나 벼슬을 싫어하여 전원생활을 즐기었다. 동교(東郊)에 집을 짓고 농사로써 생애를 꾀했으며, 그 집을 노가재(老稼齋)라 이름함. 형 창집(昌集)이 중국 사신으로 갈 때에 청나라 북경에 다녀와 그곳의 풍물 등 여러가지 일을 기록한 「연행일기(燕行日記)」를 지었으며, 그 밖의 저서에 「노가재집(老稼齋集)」이 있고, 산수·인물 등 서화에 뛰어난 솜씨가 있었음. 그 밖에 시조 3수가 전하고 있음.

115. 태산에 올라앉아

태산(泰山)에 올라앉아 사해(四海)를 굽어보니
천지사방(天地四方)이 훤출도 한저이고
장부(丈夫)의 호연지기(浩然之氣)를 오늘이야 알괘라

—김 유기—

♣ 어구 풀이—
태산(泰山):중국 산동성(山東省)에 있는 명산. 대종(岱宗), 또는 태산(太山)이라고도 함. 예로부터 중국 오악(五岳) 가운데 으뜸인 동악(東岳)의 본 이름. **사해(四海)**:사방. **훤출**:넓고 시원스럽게. **한저이고**:하구나. 하도다. **장**

부(丈夫):떳떳한 사나이. **호연지기(浩然之氣)**:천지 사이에 흐르는 올바르고 정대(正大)한 원기(元氣). **알괘라**:알았노라. 알겠구나.

♣ 해설—

초장:예로부터 이름난 명산인 태산에 올라 앉아 천하 사방을 굽어보았더니

중장:천지 사방이 넓고 시원스럽기도 하구나.

종장:떳떳한 사나이의 호연지기를 오늘에야 비로소 알았노라!

♣ 감상—

공자는 '登東山而小魯 登泰山而小天下(등동산이소노 등태산이소천하)'라고 말했었지만, 일반적인 사람들도 산에 올라서 밑으로 펼쳐진 세상을 내려다 보면 온 세상이 내 손 안에 있는 듯하고, 갑자기 도량이 커진 듯한 생각이 들게 마련이다. 이 작품 역시 천하에서 가장 높은 태산에 올라가 아래를 굽어보니 답답했던 가슴이 환히 트이어 천지의 정기(正氣)와 대장부의 호연지기(浩然之氣)에 도취된다는 것이다.

♣ 작가 소개—

김 유기(金裕器, 생몰 연대 미상):자는 대재(大哉). 숙종 때의 가인(歌人)·명창(名唱)이며 시조 작가인 김 천택(金天澤)과 친분이 두터웠다. 시조 12수가 전하고 있음.

116. 주려 죽으려 하고

주려 죽으려 하고 수양산(首陽山)에 들엇거니
현마 고사리를 먹으려 캐어시랴

물성(物性)이 굽은 줄 미워 펴 보려고 캠이라

-주 의식-

♣ 어구 풀이—

주려:굶주려서, 굶주리어. **수양산(首陽山)**:백이(伯夷)와 숙제(叔齊)가 세상을 등지고 숨었던 산. 중국 산서성(山西省)에 있음. **현마**:설마. **물성(物性)**:물체의 성질. **굽은 줄**:굽은 것이. '줄'은 까닭·이치·연유를 나타내는 의존명사. **캠이라**:캐었던 것이다.

♣ 해설—

초장:백이와 숙제 형제가 수양산으로 들어갔던 것은 주문왕(周文王)을 꺼려하여 주나라의 곡식을 아니 먹겠다고 들어가 굶어 죽으려는 것이었으니

중장:설마 고사리로 목숨을 연명하기 위해 캐었겠느냐?

종장:단지 고사리가 구부러져 있는 것이 미워서, 이를 펴놓으려고 캐어 보았을 것이다.

♣ 감상—

이 시조는 중국의 백이·숙제 형제가 수양산에 들어가 고사리를 캐어 먹다가 죽었다는 고사(故事)를 인용함으로써 세상의 혼란스러움과 지조없음을 풍자한 것이다. 성 삼문(成三問)의 '절의가'에 화답하는 형식을 빌어 백이와 숙제 형제의 지조와 절개를 한층 높여 이상화하여 표현하고 있다. 성 삼문과는 다른 차원에서 '채미(採薇)'를 해석했는데, 즉 고사리를 먹으려고 캔 것이 아니라 그 굽은 모양이 안타까와서 바로잡기 위해 캤다는 것이다. 그러므로 이 시조의 속뜻은 세상의 부정과 불의를 안타까와 한다는 것이다.

♣ 작가 소개—

주 의식(朱義植, 생몰 연대 미상):자는 도원(道源), 호는 남곡(南谷). 본

관은 나주(羅州). 숙종 때 사람으로 명가(名歌)로 이름났으며 무과(武科)에 급제하여 칠원현감(漆原縣監)을 지냄. 절기(節氣)를 숭상하여 정계(政界)의 분쟁(紛爭)을 떠나서 그의 사위 김 삼현(金三賢)과 더불어 자연에 묻혀 마음 속의 불평을 노래와 그림과 글과 술로 위로함. 그의 시상(詩想)에는 인생의 허무감에서 오는 염세적(厭世的) 경향이 농후하다. 시조 8수가 전함.

117. 말하면 잡류라 하고

말하면 잡류(雜類)라 하고 말 않으면 어리다 하네
빈한(貧寒)을 남이 웃고 부귀(富貴)를 새우는데
아마도 이 하늘 아래 사롤 일이 어려웨라.

–주 의식–

♣ 어구 풀이—

잡류:하찮은 벼슬아치. 또는 협잡성이 많은 무리들. **어리다**:어리석다(幼). 오늘날에는 어의(語義)가 전성(轉成)되어 나이가 어리다는 뜻으로 변함. **빈한(貧寒)**:가난. **부귀(富貴)**:재물이 많고 몸이 귀함. **새우는데**:시기하는데. 샘을 내는데. **사롤 일이**:살릴 일이. 살게 할 일이. **어려웨라**:어렵구나. '웨라'는 감탄형 종결어미.

♣ 해설—

초장:의견을 말하거나 소신을 이야기하면 잡된 무리라고 비난하고, 그 반대로 아예 말을 하지 않고 지내면 어리석다고 업신여기네.

중장:살림살이가 궁하고 가난하면 남들이 그것을 비웃고, 부하고 귀해지면 모두들 이것을 시기하니

종장:아무래도 이 하늘 아래서 이 목숨을 살릴 방법이 몹시도 어렵구나!

♣ 감상—

이 시조는 권모술수(權謀術數)가 판을 치는 세태(世態)와 야박한 세상 인심을 풍자하고 있는 내용이다. 일을 잘하든지 못하든지간에 언제든지 헐뜯으려고만 하는 것이 세상 인심이다. 이러한 속에서 살아 나가기는, 대처해 나가기는 몹시도 어려우므로 은둔과 도피의 길을 택했던 선비들이 많았던 것이다.

「논어」 이인편(里仁篇)에 부귀와 빈천에 대하여 공자는 다음과 같이 말하고 있다.

> 子曰'當與貴 是人所欲也. 不以其道 得之不處也. 貧與賤 是人之所要也. 不以其道 得之不去也.'(부와 귀는 사람들이 바라는 바다. 그러나 올바른 도리로써 된 것이 아니면, 이 부귀를 얻더라도 군자(君子)라면 거기에 머무르지 않는다. 빈과 천은 사람들이 미워하는 바이다. 그러나 빈천에 빠지지 않으려고 노력했건만도 빈천을 벗어나지 못한다면, 설사 빈천에 빠지더라도 군자라면 이를 천명(天命)으로 알고 그 자리를 떠나지 않는다.)

♣ 작가 소개—

주 의식(朱義植):앞 시조 참조.

118. 풍진에 얽매이어

풍진(風塵)에 얽매이어 떨치고 못 갈지라도

강호일몽(江湖一夢)을 꾸언 지 오래더니
성은(聖恩)을 다 갚은 후(後)에 호연장귀(浩然長歸)하리라

—김 천택—

♣ 어구 풀이—

풍진(風塵):속세의 번거로운 일. 여기서는 속세를 가리킴. **얽매이어**:얽다와 매다의 복합 동사. **떨치고**:떨어버리고. '치'는 강세 보조어간. **강호일몽(江湖一夢)**:속세를 떠나 대자연으로 돌아가고 싶은 꿈. 자연 속에서 살고 싶은 꿈. **꾸언 지**:꾼 지. '꾸언'은 '꾸다'의 관형형. **성은(聖恩)**:임금님의 은혜. **호연장귀(浩然長歸)**:마음에 거리낌없이 자유로운 마음으로 돌아감.

♣ 해설—

초장:속세의 번거로운 일 때문에 얽매여서 지금 당장은 떨어 버리고 못 가지마는

중장:대자연으로 돌아가 그 속에서 한가롭게 살고 싶은 생각을 가진 것은 오래였는데

종장:이제 임금님이 베풀어 주신 은혜를 다 갚은 후에는 마음 놓고 기분좋게 자연으로 길이 돌아가겠다.

♣ 감상—

이 시조는 연군지정(戀君之情)과 강호(江湖)로 돌아가고 싶은 마음을 노래한 것이다. 세속에 얽매여서 지금 당장은 떨치고 갈 수 없지마는 강호에서 살겠다는 꿈은 꾼 지가 이미 오래다. 나라 위한 일을 다하여 임금님에 대한 은혜를 다 갚은 뒤는 자유로운 마음으로 홀가분하게 자연으로 돌아가겠다. 강호일몽은 언제나 마음에서 떠나지 않는 하나의 꿈으로, 지금은 비록 세간사(世間事)에 얽매여 있지만, 언

젠가는 어머니의 품으로 돌아가듯 대자연의 품으로 돌아가 생활하겠다는 것이다.

♣ 작가 소개—

김 천택(金天澤;생몰 연대 미상):자는 백함(伯涵), 또는 이숙(履叔). 호는 남파(南坡). 벼슬은 포도청 포교에 지나지 않았으나, 노래를 잘 하였으며, 당대의 가객 김 수장(金壽長)·김 성기(金聖器) 등과 사귀어 근세 시조사(時調史)의 황금시대를 이루었다. 이들의 모임인 '경정산가단(敬亭山歌壇)'은 일종의 사설 음악 연구소로써 그 뒤의 많은 가객들이 그 문하에서 자라났다. 영조 3년(1727년)에 시조집 「청구영언(青丘永言)」을 엮었으며, 「청구영언」에 그의 시조 74수가 전한다.

♣ 참고—

경정산가단(敬亭山歌壇):조선조 영조 때의 가객(歌客) 김 천택(金天澤)·김 수장(金壽長) 등을 중심으로 하여 탁 주한(卓柱漢)·박 상건(朴尙健)·김 유기(金裕器)·이 차상(李次尙)·김 정희(金鼎熙)·김 우규(金友奎)·문 수빈(文守彬)·박 문욱(朴文郁)·김 성후(金聖垕) 등이 어울려 노래를 지으며 풍류를 즐기던 가인(歌人)들의 집단을 가리킨다.

이들은 강호 자연 속에 묻혀 시가를 벗하고 강호 생활을 즐기며 유유자적(悠悠自適)하는 생활 속에서 자연을 노래하고 산수를 찬양하는 강호가도(江湖歌道)를 고취하였다.

119. 잘 가노라 닫지 말며

잘 가노라 닫지 말며 못 가노라 쉬지 말라
부디 긇지 말고 촌음(寸陰)을 아껴스라
가다가 중지곳 하면 아니 감만 못하니라

—김 천택—

♣ 어구 풀이—

닫지 말며:달리지 말며. 'ㄷ'변칙 동사. **촌음(寸陰)**:아주 짧은 시간. 촌각(寸刻). **아껴스라**:아끼기를 바라노라. 아껴라. 아끼려무나. **중지(中止)곳**:중지만. '곳'은 현대어로써, 반드시 어떤 일이 뒤따른다고 할 경우에 앞의 말에 붙여서 힘줌을 나타내는 강세조사. **아니 감만**:아니 가는 것만. '만'은 비교격 조사.

♣ 해설—

초장:잘 갈 수 있다고 자만하여 뛰어 달리지도 말고, 잘 못간다고 포기하며 쉬지도 마라.

중장:아무쪼록 그치지 말고 계속하여 조그만 시간이라도 아끼어 보라.

종장:만일 시작해 가다가 중간에서 그만두어 버리면 그것은 차라리 처음부터 아니 간 것만도 못하니라.

♣ 감상—

이 시조는 끊임없는 노력으로 소기(所期)의 목적을 달성할 수 있다는 일종의 수양가(修養歌)이다. 뛰지도 말고 그치지도 말고 제 분수에 알맞게 꾸준히 노력을 해야 하며, 잠시 잠깐의 시간이라도 헛되이 낭비하지 말고 아껴쓰며, 부단하게 자기 완성을 위해 노력함으로써 소기의 목적을 달성할 수 있음을 강조한 교훈적인 노래인 것이다.

♣ 작가 소개—

김 천택(金天澤):앞 시조 참조.

♣ 참고—

(1) **청구영언(靑丘永言, 六堂本)**:육당(六堂) 최 남선(崔南善) 소장으로 998수의 시조가 수록되어 있다. 내용 및 편자는 오씨본과 비슷하며, 타본에

비해 수록된 작품수가 많은 편이다. 1929년 경성대학에서 인쇄 발행한 일이 있기 때문에 일명 대학본(大學本)이라고도 한다.

(2) **청구영언(青丘永言, 一石本)**: 일석(一石) 이 희승(李熙昇) 소장. 2권 1책으로 727수의 시조가 수록되어 있다. 이것은 '청구영언(青丘永言)'이라 표제되어 있기는 하나 내용은 오히려 '가곡원류(歌曲源流)'와 동일(同一)하다. 30항목의 곡조에 의해서 분류 배열되었다. 6·25사변 중 소실되어 현재 전본은 볼 수 없다.

120. 전원에 남은 흥을

전원(田園)에 남은 흥(興)을 전나귀에 모두 싣고
계산(溪山) 익은 길로 흥치며 돌아와서
아해 금서(琴書)를 다스려야 남은 해를 보내리라

—김 천택—

♣ 어구 풀이—

전원(田園): 논밭과 동산이 벌려 있는 농촌. **전나귀**: 걸음을 저는 나귀. **계산(溪山)**: 계곡이 있는 산. 계곡을 낀 산. **익은 길**: 다녀서 눈에 익숙해진 길. **흥치며**: 흥겨워하며. **아해**: '아해야'의 '야'가 탈락된 것. **금서(琴書)**: 거문고와 서책. 음악(音樂)과 학문(學問). **남은 해**: 남은 세월.

♣ 해설—

초장: 농촌에서 즐기던 흥취를 다리 저는 나귀 등에 함께 실어 가지고
중장: 골짜기를 낀 산중으로, 눈에 익은 길을 따라 흥에 넘치며 돌아왔으니
종장: 얘야, 이제부터는 거문고와 서책을 읽히도록 하여라. 그러면서 남은 세월을 보내도록 하리라.

♣ 감상—

이 시조는 전원생활(田園生活)의 즐거움을 노래한 강호한정가(江湖閑情歌)이다. 예로부터 전원(田園)과 산수(山水)는 우리 선인들의 정신적인 안식처요, 귀의처(歸依處)였던 것이다. 종장의 '남은 해'는 중의적 표현으로 '남은 세월(여생)'을 중의하는 것이다.

♣ 작가 소개—

김 천택(金天澤): 앞 시조 참조.

121. 영욕이 병행하니

영욕(榮辱)이 병행(並行)하니 부귀(富貴)도 불관(不關)터라
제일강산(第一江山)에 내 혼자 임자되어
석양(夕陽)에 낚싯대 둘러메고 오명가명 하리라

—김 천택—

♣ 어구풀이—

영욕(榮辱):영예(榮譽)와 치욕(恥辱). 즉 영광과 욕됨. **병행(並行)하니**: 나란히 함께 가니. **부귀(富貴)**:재물이 많고 지위가 높아짐. **불관(不關)터라** :관계가 없더라. 상관이 없더라. **제일강산(第一江山)**:가장 아름다운 강산(江山). **임자되어**:주인이 되어. **석양(夕陽)**:해가 저물 무렵. **오명가명 하리라** :오락가락 하려 한다.

♣ 해설—

초장:영광된 일이 있으면 반드시 거기에는 욕된 일이 함께 뒤따르는 법이니, 이에는 부귀도 관계됨이 없더라.

중장:가장 아름다운 강산에 나 홀로 즐기는 사람이 되어서

종장:해가 질 무렵에 낚싯대를 둘러메고 아름다운 강산 주위를 오락가락 하려고 한다.

♣ 감상—

영광에는 반드시 욕됨도 뒤따르게 마련이니 탐할 바가 못되고, 아름다운 자연 속에서 물욕을 버리고 낚싯대나 메고 오락가락 거니는 생활이 제일이라고 하는 작가의 인생관이 나타나 있는 시조이다. 예로부터 은사(隱士)들은 흔히 석양녘이나 달밤을 가려서 강호의 정경(靜景)을 즐기는 경향이 있었는데, 이는 비단 우리나라에서 뿐만 아니라 중국에서도 그러했으므로 아마도 이런 것이 동양적(東洋的)인 정서(情緖)가 아닌가 싶다.

♣ 작가 소개—

김 천택(金天澤):앞 시조 참조.

122. 강산 좋은 경을

강산(江山) 좋은 경(景)을 힘센 이 다톨 양이면
내 힘과 내 분으로 어이하여 얻을소냐
진실로 금할 이 업슬싀 나도 두고 노리노라

—김 천택—

♣ 어구 풀이—

강산(江山): 강과 산. 강이 흐르는 시골. **좋은 경(景)**: 아름다운 경치. 아름다운 경개. **힘센 이**: 힘센 사람. **분(分)**: 분수(分數). **얻을소냐**: 얻을 수가 있겠느냐? 'ㄹ소냐'는 의문형 어미. **금(禁)할 이**: 금할 사람이. 막는 사람이. '이'는 의존명사. **업슬싀**: 없을 것이기에. '싀'는 구속형 어미. **노니노라**: 한가하게 거닐며 놀아보겠다.

♣ 해설—

초장: 강물이 흐르고 멀리 산줄기가 보이는 아름다운 이 경치를 힘이 센 사람들이 자기 것으로 차지하기 위해 다툰다면

중장: 약한 내 힘과 내 분수로써 어찌 이 아름다운 경치를 내가 얻을 수 있겠는가?

종장: 진실로 마음대로 이 경치를 즐기는 것을 막는 사람이 없으므로, 나 같이 약한 사람도 마음놓고 오래오래 즐기며 노닐 수 있는 것이다.

♣ 감상—

이 시조는 자연의 아름다운 경치를 완상하며 살아가는 유유자적(悠悠自適)한 생활을 노래한 것이다. 초장의 '힘센 이'는 육체적으로 힘센 사람이라기 보다는 권세나 부, 사회적 지위같은 것이 높은 사람을 가리키는 것이다. 다행스럽게도 돈 많고 높은 지위에 있는 사람들

이 속세의 것에 대해 서로 다투느라 자연의 경관에 대해서는 신경을 쓰지 않으므로 작가와 같은 약자(弱者)도 자연의 경관(景觀)을 완상(玩賞)하며 살 수 있다는 것이다.

♣ 작가 소개—
김 천택(金天澤): 앞 시조 참조.

123. 삼군을 연융하여

삼군(三軍)을 연융(練戎)하여 북적남만(北狄南蠻) 파(破)한 후에
더러인 칼을 씻고 세검정(洗劍亭) 지은 뜻은
위엄과 덕을 세우셔 사해(四海) 안녕함이라

—김 수장—

♣ 어구 풀이—
삼군(三軍): 전체의 군대. 군대의 좌익(左翼), 중군(中軍), 우익(右翼)의 총칭. **연융(練戎)하여**: 군사를 훈련시켜서. **북적남만(北狄南蠻)**: 북쪽의오랑캐와 남쪽의 오랑캐. 원래 중국을 중심으로 북쪽의 오랑캐를 '적(狄)', 서쪽의 오랑캐를 '융(戎)', 동쪽의 오랑캐를 '이(夷)', 남쪽의 오랑캐를'만(蠻)'이라 한다. 여기서는 우리나라를 중심으로 한 말이므로 북쪽의 만주족과 남쪽의 왜구(일본)를 가리킴. **더러인**: 더럽힌. 기본형은 '더러이다'. '더럽히다'의 옛말. **위엄(威嚴)**: 위광(威光)이 있어 엄숙함. **사해(四海)**: 온 천하. 세계. 원뜻은 '사방의 바다'

♣ 해설—

초장:좌익, 중군, 우익의 모든 군사를 훈련시켜 북쪽과 남쪽의 오랑캐를 무찌른 다음에

중장:더렵혀진 칼을 씻고 나서 세검정을 지은 뜻은,

종장:어지신 임금의 덕을 세우시어 온 세상이 안녕하기를 바람이라.

♣ 감상—

세검정을 지은 뜻(취지)은 왕의 위엄과 덕을 세워서 천하를 태평하게 만들겠다는 것임을 노래한 이 시조는 오랑캐를 쳐부수고 세검정을 세운 임금의 위엄과 덕을 찬양하는 한편, 태평성대를 바라는 작가의 심정을 함께 나타내고 있다.

세검정은 평북 만표진에 있는 정자로, 여진을 쳐부수고 그곳에 지어 군사들의 유연장으로 쓴 정자이다.

♣ 작가 소개—

김 수장(金壽長, 1690~?):자는 자평(子平). 호는 노가재(老歌齋). 김 천택(金天澤)과 더불어 당대 쌍벽의 가인(歌人). 숙종 때 병조(兵曹) 서리(胥吏)를 지낸 바 있음.「해동가요(海東歌謠)」를 편찬하여 이 속에 자작(自作) 시조 117수를 수록했다. 만년에는 서울 화개동(花開洞)의 집을 노가재(老歌齋)라 하여 당시 가객(歌客)들과 교유하여 제자들을 가르쳤다. 총 121수의 시조를 지었는데, 작품을 형태별로 분류하면 평시조 82수, 엇시조 7수, 사설시조 32수이다. 특히 사설시조를 가장 많이 창작하여 종래의 평시조와는 달리 민중들의 생활 감정을 적나라하게 그려내었다.

124. 초암이 적료한데

초암(草菴)이 적료(寂寥)한데 벗 없이 혼자 앉

아
평조(平調) 한 잎에 백운(白雲)이 절로 존다
어느 뉘 이 좋은 뜻을 알 이 있다 하리요

–김 수장–

♣ 어구 풀이—

초암(草菴):초옥(草屋)으로 된 암자. 초가 암자. **적료(寂廖)한데**:적적하고 고요한데. **평조(平調)**:노래 곡조의 일종. 평화스럽고 낮은 곡조. 우리나라 속악(俗樂)의 음계로써, 중국 음악의 치조(緻調)와 서양 음악의 장조(長調)에 가까운 낮은 음조. **한 잎에**:대엽(大葉)에. 여기서 '한 잎'은 곡조이름인 대엽(大葉)을 뜻함. 시조 한 수로 해석하는 설도 있다. **백운(白雲)**:흰 구름. **어느 뉘**:어느 누구와. '뉘'의 'ㅣ'는 주격 조사.

♣ 해설—

초장:허술하고 되는 대로 얽어 지은 초옥 암자가 고요하기 짝이 없는데, 찾아 오는 벗이 없어 홀로 앉아서

중장:평조의 노래 한 잎을 읊으니 흰구름조차 알아 듣는 듯 백운이 졸고 있는 것같다.

종장:어느 누가 이 좋은 뜻을 알아줄 이 있다 하겠는가?(즐거운 노래의 멋을 알아줄 사람이 나타나리라 하겠는가?)

♣ 감상—

이 시조에는 세속을 떠나 조용한 초가에 홀로 앉아서 거문고를 타며 풍류를 즐기며 사는 작가의 유유자적한 생활이 잘 나타나 있다. 대자연과 벗한 적료한 초가에서 거문고를 타며 즐기는 풍류는 한폭의 동양화를 연상케 한다. 김 천택과 쌍벽을 이루었던 작가의 풍류의 멋이 매우 잘 살려진 작품이라 하겠다.

♣ 작가 소개—
김 수장(金壽長, 1690~?):앞 시조 참조.

125. 한식 비 갠 날에

한식(寒食) 비 갠 날에 국화(菊花) 움이 반가왜라
꽃도 보려니와 일일신(日日新) 더 죠쾌라
풍상(風霜)이 섯거 치면 군자절(君子節)을 픠온다

—김 수장—

♣ 어구 풀이—
한식(寒食):명절의 하나로 동지(冬至)가 지난 뒤 105일 째 청명(淸明)에 앞서기 2일 전의 날이다(4월 5,6일 경). **움**:초목의 어린 싹. **반가왜라**:반갑도다. '왜라'는 감탄형 어미. **일일신(日日新)**:날로 새로움. 날마다 새로와짐. **죠쾌라**:좋구나. **섯거**:섞어. **풍상(風霜)**:바람과 서리. **군자절(君子節)**:군자의 절개. 즉 군자의 절개(節槪)를 보이는 꽃인 국화꽃. **가온다**:피운다.

♣ 해설—
초장:한식날 비가 갠 뒤에 국화의 새 움이 반갑구나.
중장:장차 꽃도 보게 되려니와 날마다 새롭게 자라는 그 모습이 더욱 좋구나.

종장:이제 여름이 지나고 바람과 서리가 섞여 내리는 가을이 오면 군자의 절개와 같은 꽃을 피게 할 것이다(가을에 피는 꽃으로 하여금 역경에도 굴하지 않는 높은 절개를 알게 할 것이다).

♣ 감상—
이 시조는 국화를 찬미(讚美)한 내용이다. 국화는 사군자(四君子:매화·난초·국화·대) 중에서도 특히 '화지군자(花之君子)'라 하여 서리에 굽히지 않는 절개를 찬양받는 꽃이다. 작가는 봄에 돋아난 국화의 움을 보고 두 가지의 교훈을 받은 것이다. 그것은 일일신(日日新)과 군자절(君子節)인데, 날마다 새로와지는 모습에서 자신도 그와 같이 덕을 닦아 날로 마음을 수양하겠다는 것과 '오상고절(傲霜高節)'하는 지조(志操) 있는 사람이 되겠다는 것이다. 즉 선비의 곧은 정신을, 찬 서리를 이기고 피는 국화의 절개에 비겨 끊임없는 자기 수양의 경지를 추구하고 음미하도록 이끌어간 내용의 작품이다.

중장의 '일일인(日日新)'은 「대학(大學)」의 '湯之盤銘曰 苟日新日日新 又日新'에서 원용(援用)한 것이다.

♣ 작가 소개—
김 수장(金壽長, 1690~?):앞 시조 참조.

126. 검으면 희다 하고

검으면 희다 하고 희면 검다 하네
검거나 희거나 옳다 할 이 전혀 없다
차라리 귀 막고 눈 감아 듣도 보도 말리라

―김 수장―

♣ 해설―

초장 : 검으면 희다고 하고, 희면 검다고 하네.

중장 : 어차피 제멋대로 한 말이니 검다고 하거나 희다고 하거나 옳다고 할 사람은 아무도 없다.

종장 : 차라리 귀도 막고 눈도 감아 듣지도 보지도 않으리라.

♣ 감상―

이 시조는 경종 때의 임인옥(壬寅獄) 또는 신임사화(辛壬士禍)라고 불리는 노론(老論)과 소론(少論)의 당쟁을 개탄해 지은 것이라고 한다. 검고 흰 기준을 사실 그대로, 진실 그대로 말하지 않고 오로지 당리당략(黨利黨略)에 따라 좌우하려는 정객들의 부질없는 싸움을 풍자한 것으로, 이제나 예나 다름없이 권세에 아부하는 간사스런 세태인심(世態人心)을 지적한 노래이다.

♣ 작가 소개―

김 수장(金壽長, 1690~?) : 앞 시조 참조.

127. 산가에 봄이 오니

산가(山家)에 봄이 오니 자연(自然)이 일이 하다
앞내에 살도 매고 울밑에 외씨도 빛고

내일은 구름 걷거든 약(藥)을 캐러 가리라

—이 정보—

♣ 어구 풀이—

산가(山家):산 속에 있는 집. **자연(自然)**:저절로. **하다**:많다. '크다'란 뜻도 나타내던 말임. **살**:어살의 준말. 물고기를 잡기 위해서 물 속에 세워두는, 나무로 엮어 만든 기구. 어전(魚箭)이라고도 함. **울 밑에**:울타리 밑에. **외씨**:오이씨. **빟고**:뿌리고. 기본형은 '빟다'로 '뿌리다'의 옛말. **걷거든**:걷히거든. **약(藥)**:약초(藥草)

♣ 해설—

초장:산 속 오두막집에 봄철이 다시 돌아오니 자연히 할 일이 많아지는구나.

중장:앞 개울에 있는 고기를 잡기 위해 어살도 매고 울 밑에는 외씨도 뿌리고

종장:내일은 만일 날씨가 개어 구름이 걷히거든 산으로 약초를 캐러 가리라.

♣ 감상—

이 시조에는 만년에 산촌(山村)에 한거(閑居)하면서 유유자적(悠悠自適)하는 생활의 운치가 잘 나타나 있다. 즉, 봄이 와서 일이 많아 바쁜데, 그것이 농사를 짓느라고만 바쁜 것이 아니라 고기도 약초도 캐야겠기에 바쁘다는 것이다. 일에만 매달리는 것이 아니라 거기에서도 운치를 찾는, 정신적으로 여유있는 우리 조상들의 삶이 잘 나타나 있는 작품이다.

♣ 작가 소개—

이 정보(李鼎輔, 1697~1766):자는 사수(士受). 호는 삼주(三州). 본관은 연안(延安). 호조참판(戶曹參判)을 지낸 바 있는 이 우신(李雨臣)의 아들임.

영조 8년에 문과에 급제하여 예문관 교열(藝文館校閱), 사헌부 지평(司憲府持平)을 거쳐 홍문관(弘文館)·예문관(藝文館)의 대제학(大提學)을 지냈으며, 예조판서(禮曹判書)에까지 이르렀음. 시호(謚號)는 문간(文簡)이며, 그가 남긴 시조는 무려 81수가 됨. 그것은 모두 벼슬길에서 물러난 만년의 작품임.

128. 국화야, 너난 어이

국화(菊花)야, 너난 어이 삼월동풍(三月東風) 다 지내고
낙목한천(落木寒天)에 네 홀로 퓌엿나니
아마도 오상고절(傲霜孤節)은 너뿐인가 하노라

-이 정보-

♣ 어구 풀이—

삼월동풍(三月東風): 춘삼월에 동쪽에서 불어오는 바람. 동풍(東風)은 반드시 동쪽에서 불어오는 바람을 가리키는 것이 아니라, 음양오행설(陰陽五行說)에서 춘(春)과 동(東)이 일치되므로 봄철에 부는 바람을 이렇게 일컬음. **낙목한천(落木寒天)**: 나뭇잎이 떨어진 때의 추운 날씨. **퓌엿나니**: 피었느냐? **오상고절(傲霜孤節)**: 모진 서리를 혼자 외로이 이겨 내는 굳은 절개.

♣ 해설—

초장:국화야, 너는 어찌하여 춘삼월 봄바람 부는 따뜻한 시절을 다 보내고
중장:나뭇잎이 다 떨어진 때의 추운 날씨에 와서야 너 혼자 외롭게 피어 있느냐?
종장:아마도 모진 서리를 혼자 끝끝내 외로이 이겨 내는 굳은 절개를 가진 것은 국화 바로 너 뿐인가 하노라.

♣ 감상—
이 시조는 절개 높은 선비를 찬양한 내용이다. 작가 이 정보(李鼎輔)는 이조 영조 때의 사람으로 천성이 맑고 곧아 성실하며 아첨을 모르는 선비였다 한다.

이 시조에서도 역시 지은이의 지조와 높은 절개가 잘 엿보인다. 예로부터 국화는 '군자절(君子節)'의 상징이 되어 왔다. 얼핏 보면 국화를 객체화하여 그린 듯하지만 '너 뿐인가'의 '너'는 실은 작가 자신을 나타낸 것이다. 내용은 국화의 높은 절개를 읊으므로써, 찬서리를 끝끝내 이겨 내어 굳은 절개를 지키고 있는 것은 국화뿐이라 하여 다른 꽃들이 다 져버린 추운 날씨에 홀로 찬서리를 이겨가면서 피는 국화의 굳센 의기를 빌어 선비의 높은 지조를 노래하고 있다.

♣ 작가 소개—
이 정보(李鼎輔):앞 시조 참조.

129. 낙일은 서산에 져서

낙일(落日)은 서산(西山)에 져서 동해(東海)로 다시 나고
가을에 이운 풀은 봄이면 푸르거늘

어떻다 최귀(最貴)한 인생은 귀불귀(歸不歸)를 하느니

—이 정보—

♣ 어구 풀이—

낙일(落日):지는 해. **서산(西山)**:서쪽 산. **동해(東海)**:동쪽 바다. **이운 풀**:시든 풀. '이울다'는 꽃이나 잎이 시들다의 뜻. 즉 '시들다'의 옛말. **어떻다**:어떠하다가. 어떻게 하였기로. **최귀(最貴)한**:가장 귀한. **인생(人生)**:사람의 목숨. **귀불귀(歸不歸)**:한 번 가서 돌아오지 않음.

♣ 해설—

초장:지는 해는 서산을 넘어 갔다가도 다음날 새벽에는 동쪽 바다 위로 다시 떠오르고

중장:가을에 시든 풀은 봄이 돌아오면 다시금 푸른 빛을 띠고 살아나는데

종장:어떻게 해서 가장 기한 사람의 목숨은 한 번 가면 다시 돌아오지 못하는가?

♣ 감상—

이 시조는 인생무상(人生無常)을 노래한 작품이다. 해는 지면 이튿날 다시 떠오르고, 풀들은 지고 나면 이듬해에 다시 싹을 피운다. 즉 우주는 운행하여 마지 않고, 자연은 순환하여 마지 않건만 만물의 영장이라고 하는 사람만은 한 번 가면 다시 돌아오지 못한다고 하는 인생의 무상함을 노래한 것이다.

♣ 작가 소개—

이 정보(李鼎輔):앞 시조 참조.

130. 거문고 타자 하니

> 거문고 타자 하니 알파 어렵거늘
> 북창송음(北窓松陰)의 줄을 얹어 걸어 두고
> 바람의 제 우는 소리 이것이야 듣기 좋다
>
> —송계연월옹—

♣ 어구 풀이—

타자:연주하자. '자'는 의도형 연결어미. **알파**:아파. **북창송음(北窓松陰)**:북쪽 창쪽에 우거진 소나무 그늘. **제 우는**:저절로 우는. **이것이야**:이것이야말로. '이것'은 대명사, '이야'는 강세 보조사.

♣ 해설—

초장:거문고를 연주하려고 하니, 손이 아파 어렵거늘

중장:북쪽 창 밖의 소나무 그늘에 줄을 얹어 걸어두고 보니

종장:바람에 저절로 우는 거문고 소리, 이것이야말로 듣기 좋구나.

♣ 감상—

이 시조는 자연 속에 묻혀 유유자적하는 풍류의 멋을 한껏 맛볼 수 있는 작품으로, 인위(人爲)적인 거문고 타는 소리보다 자연 그대로의 운치있는 솔바람 소리가 더 흥취가 난다는 것이다. 종장에서의 '듣기 좋다'의 주체가 되는 것은 솔바람에 저절로 우는 거문고 타는 소리로 해석할 수도 있고, 한편으로는 솔바람 그 자체의 소리로 볼 수도 있다.

♣ 작가 소개—

송계연월옹(松桂烟月翁, 생몰 연대 미상) : 영조 때의 가객(歌客)으로, 「고금가곡(古今歌曲)」의 편찬자. 이 시조집에 자신의 시조 14수가 전함.

131. 뉘라셔 가마귀를

뉘라셔 가마귀를 검고 흉(凶)타 하돗던고
반포보은(反哺報恩)이 긔 아니 아름다온가
사람이 져 새만 못함을 못내 슬허하노라

—박 효관—

♣ 어구 풀이—

뉘라셔 : 누가. '누'는 대명사. 'ㅣ라셔'는 주격 조사. **흉(凶)타** : 흉하다고. 보기 싫다고. **하돗돈고** : 하였던가. 말하였던가. **반포보은(反哺報恩)** : 까마귀 새끼가 자란 뒤에 어미에게 먹이를 물어다 주어 은혜를 보답함. **'긔'** : 그것이. 'ㅣ'는 주격 조사. **못내** : 끝내. 잊지 못하고. **슬허하노라** : 슬퍼하노라. 서러워하노라.

♣ 해설—

초장 : 그 누가 까마귀를 검고 보기 흉한 새라고 하였더냐?

중장 : 까마귀는 자라면서 제 입에 머금었던 것을 내어 어미를 먹임으로써 저를 키워 낸 은혜를 갚으니 그것이 얼마나 아름다운 일이냐?

종장 : 그런데 우리네 사람들은 저 검고 흉해 보이는 까마귀만도 못하니 그를 못내 슬퍼하노라.

♣ 감상—

이 시조는 어버이에 대한 효도를 주제로 한 것으로 불효한 인간을 경계한 작품이다.

까마귀를 반포조라 하는데, 까마귀는 자라면서 먹이를 물어다가 혹은 입에 있는 것을 씹어 내어 늙은 어미새를 먹이는 습성이 있기 때문이다. 이것을 어려서 자기를 키워 준 어미새의 은혜에 보답하기 위한 행동으로 보고, 예로부터 까마귀를 새 중에서 가장 효도(孝道)하는 새라고 생각했던 것이다. 작가는 까마귀도 자라면 이와 같이 어미의 공에 보답할 줄 아는데, 하물며 사람이 그렇지 못함을 개탄하면서 효도할 것을 권장한 것이다.

♣ 작가 소개—

박 효관(朴孝寬, 1781~1880):자는 경화(景華). 호는 운애(雲崖). 대원군(大院君)의 총애를 받아 그의 문하(門下)를 자주 드나들었으며, 야유사녀(冶遊士女)들의 존경을 받았고, 호화롭고 부귀(富貴)한 사람들과 숨은 선비의 글을 좋아하는 사람들이 박 효관을 중심으로 '승평계(昇平契)'를 조직하여 시조의 연구에 성사를 이루었다. 그의 제자 안 민영(安玟英)과 함께 시조집인 「가곡원류(歌曲源流)」를 편찬하였고, 여기에 13수의 시조가 전한다.

♣ 참고—

(1) **반포보은(反哺報恩)**:까마귀를 예로부터 반포조(反哺鳥)라고도 하는데, 까마귀는 자라면서 먹이를 물어다가 혹은 입의 것을 씹어 내어 늙은 어미 새를 먹여 기르는 습성이 있다. 그런데 까마귀와 비슷하며 배 밑이 희고 부리가 큰 까치는 그렇지를 않는다.

(2) **승평계(昇平契)**:고종 때의 박 효관 · 안 민영을 중심으로 한 평민 가객의 모임으로, 「가곡원류(歌曲源流)」를 편찬하기도 했다.

(3) **가곡원류(歌曲源流)**:시조집(時調集). 조선 고종 13년(1876년)에 박 효관과 그의 제자 안 민영이 협력하여 엮은 것으로, 「청구영언(青丘永言)」· 「해동가요(海東歌謠)」와 함께 3대 시조집으로 일컬어진다. 본디 이름은 「해동악장(海東樂章)」·「청구악장(青丘樂章)」. 10여 종의 이본(異本)이 있는데, 그 이본들마다 내용이나 체재가 약간씩 다르다. 특징은 ①곡조에 따라 분

류한 점. ②고저장단(高低長短)의 부호를 붙여 창조(唱調)를 표시한 것. ③ 남창(男唱)과 여창(女唱)을 구별하여 엮은 것 등으로 12편의 가사와 시조 665수, 여창유취라 하여 191수가 부록으로 들어 있다.

132. 님 그린 상사몽이

님 그린 상사몽(想思夢)이 실솔(蟋蟀)의 넋이 되어
추야장(秋夜長) 깊은 밤에 님의 방에 들었다가
날 잊고 깊이 든 잠을 깨워 볼까 하노라

—박 효관—

♣ 어구 풀이—

그린:그리워하는. **상사몽(想思夢)**:임을 그리워하여 꾸는 꿈. **실솔(蟋蟀)**:귀뚜라미. **추야장(秋夜長)**:기나긴 가을 밤. **날**:나를.

♣ 해설—

초장:임을 그리워하여 꾼 이 꿈이 귀뚜라미의 넋으로 변하여서
중장:가을 밤 기나 긴 밤에 임의 방으로 들어가 있다가
종장:나를 잊어버리고 깊은 잠에 빠져 있는 임을 깨워보고 싶구나.

♣ 감상—

이 시조는 임을 그리워하는 안타까운 심정을 노래한 것이다. 사랑에는 그리움이 뒤따르게 마련인데, 그리워지자 지금쯤 날 잊고 곤히 잠들어 있을 님을 생각하니 야속하기 짝이 없다. 그러니 귀뚜라미의 넋이 되어 님 계신 방에 스며들어 잠든 님을 깨워 다시금 보고 싶은 것이다.

이조시대에는 사랑을 천한 행동으로 취급하여 시조의 주제로 삼기를 꺼려 했으나 이 작품에서는 인간의 본능인 사랑에 대한 감정이 매우 진솔하게 표현되어 있다.

♣ 작가 소개—

박 효관(朴孝寬) : 앞 시조 참조.

133. 꿈에 왔던 님이

꿈에 왔던 님이 깨어 보니 간 데 없네
탐탐(耽耽)히 괴던 사랑 날 버리고 어디 간고
꿈속이 허사(虛事) ㅣ라망정 자로 나뵈게 하여라

—박 효관—

♣ 어구 풀이—

탐탐(耽耽)히 : 깊이 빠져들 만큼. **괴던 사랑** : '괴다'는 유난히 귀엽게 여겨 사랑하다의 뜻임. **어디 간고** : 어디로 갔는가? **허사(虛事) ㅣ라망정** : 헛일일망정. 자로 : 자주.

♣ 해설—

초장 : 꿈 속에 찾아 오셨던 님이, 깨어나 보니 온데 간데 없구나!

중장 : 깊이 빠져들 만큼 귀엽게 여기고 사랑해 주시던 이 몸을 버리고 어디로 가셨을까?

종장 : 꿈 속에서 겪는 일이란 본디 헛된 일이지만 꿈 속일망정 자주 나타나 뵈기나 하셨으면 좋겠다.

♣ 감상—

이 시조는 '임그린 상사몽이~'와 마찬가지로 님에 대한 애절한 사랑을 읊은 노래이다. 꿈 속에 그리던 임을 만나 정회(情懷)를 풀다가 허망하게도 그만 깨어 버렸다. 생시에 만날 수 없는 임이라면 허무할망정 꿈에라도 자주자주 보았으면 좋겠다고 하는 애절한 사랑의 아쉬움을 노래하고 있다.

♣ 작가 소개—

박 효관(朴孝寬) : 앞 시조 참조.

134. 매화사

〈매화사 2절〉

어리고 성긴 가지 너를 믿지 않였더니
눈ㄷ기약 능히 지켜 두세 송이 피었구나
촉(燭) 잡고 가까이 사랑할 제 암향(暗香)조

차 부동(浮動)터라

〈매화사 3절〉
빙자옥질(氷姿玉質)이여 눈ㄷ속에 네로구나
가만히 향기(香氣) 놓아 황혼월(黃昏月)을
기약(期約)하니
아마도 아치고절(雅致高節)은 너뿐인가 하노
라

〈매화사 6절〉
바람이 눈을 몰아 산창(山窓)에 부딪치니
찬 기운 새어들어 잠든 매화(梅花)를 침노한
다
아무리 얼우려 한들 봄뜻이야 앗을소냐

—안 민영—

♣ 어구 풀이—
〈매화사 2절〉
어리고:(가지가) 연약하고. 튼튼하지 못하고. 성긘:성근. 드문드문한. 짜이지 않고 엉성한. 가지(柯枝):나뭇가지. 않였더니:아니하였더니. 아니하였는데. 눈ㄷ기약(期約):눈 올 때 피겠다고 한 약속. 눈(雪) 올 때를 기약함.

'ㄷ'은 사잇소리('ㄴ' 받침 아래서의 관형격 촉음). **촉(燭)**:촛불. **사랑할 제**:사랑할 때. **암향(暗香)**:은은한 향기. 그윽히 풍겨오는 향기. **부동(浮動)터라**:떠돌더라. 부동하더라. '터라'는 '하더라'의 축약형.

〈매화사 3절〉

빙자옥질(氷姿玉質):매화의 딴 이름. 눈 속의 추위 가운데도 꽃이 피기 때문에 붙인 이름. 글자대로의 뜻은 얼음 같은 모습과 구슬 같은 바탕이라는 뜻. **놓아**:풍기어. **황혼월(黃昏月)**:황혼(저녁 어둑어둑할 때)에 떠오른 달. **기약(期約)하니**:꼭 약속하니. **아치고절(雅致高節)**:고상하게 풍류를 즐기는 높은 절개.

〈매화사 6절〉

산창(山窓):산 속에 있는 집의 창. **침노(侵擄)한다**:①해치면서 먹어든다. ②남의 나라를 불법적으로 쳐들어간다. **얼우려**:얼게 하려. '우'는 사동 접미사. '얼우다'는 동사(옛말). **봄뜻**:만물을 다시 피어나게 하려는 봄의 조짐. 곧 자연의 법칙. **앗을소냐**:빼앗을까 보냐?

♣ 해설—

〈매화사 2절〉

초장:아직 나무가 어리고(연약하고) 가지가 성기어서 드문드문하기 때문에 이러한 가지에 무슨 꽃이 필 것인가 하고 믿지도 않았는데

중장:눈 올 때 피마던 약속을 지키어 두세 송이가 피었구나!

종장:촛불을 밝히고 너를 더욱 가까이 완상할 때 은은한 향기마저 풍기더라.

〈매화사 3절〉

초장:얼음같이 차가운 모습, 구슬같이 맑은 바탕이여! 바로 눈 속에 피어난 매화로구나!

중장:살며시 풍기는 향기를 내어 어슴푸레한 황혼의 달이 떠오름을 약속하여 주니

종장:아무래도 고상한 풍류를 즐기는 절개와 지조를 지닌 것은 매화 바로 너뿐인가 하노라.

〈매화사 6절〉

초장:차가운 바람이 눈을 몰아 불어와 창문에 부딪치니

중장:찬 기운이 스며들어와 아직 겨울잠에서 깨어나지 못한 매화를 침범한다.

종장:아무리 얼게 하려고 해도 봄기운을 받아 장차 피어나려고 하는 매화꽃의 그 뜻까지를 빼앗을 수는 없을 것이다.

♣ 전체감상—

안 민영(安玟英)이 지은 8수로 된 연시조 '매화사(梅花詞)'는 일명 '영매가(咏梅歌)'라고도 하는데, 작가가 헌종 6년(1840년) 겨울, 스승인 운애(雲崖) 박 효관(朴孝寬)의 산방(山房)에서 벗과 더불어 놀 때 운애(雲崖)가 가꾼 매화가 책상 위에 있는 것을 보고 지은 것이라고 한다. 매화에 대한 노래는 헤아릴 수 없을 정도로 많지만, 이 시가(詩歌)만큼 그 속성이 잘 그려져 매화에 대한 애정이 뜨겁게 나타난 작품도 흔하지 않을 것이다. 작가의 작품 중 가장 운치가 있는 것으로, 그의 대표작으로 꼽히는 것이다. 이 시조에 나오는 매화의 모습인 '빙자옥질(氷姿玉質)'·'아치고절(雅致高節)' 등은 작가 자신의 모습이기도 한 것이다.

매화사 2절;건장한 나무들도 꽃을 피우지 못한 채 찬바람에 웅크리고 있는데, 어리고 보기에는 미덥지 않은 약한 가지가 봄의 선서(先敍)로써 꽃을 피운 것이 반갑고 한편으론 기특한 것이다. 어둠이 깃들자 촛불을 켜들고 꽃 열매의 암향(暗香:은은한 향기)에 취하여 눈 감고 서 있는 작가의 도취된 모습이 역력하다. 종장의 '암향부동(暗香浮動)'은 송(宋)나라 임 포(林逋)의 '산원소매(山園小梅)'시의 '疏影横斜水清淺暗香浮動黄昏月(성긴 그림자 옆으로 비껴 물은 맑고 잔잔한데 그윽한 향기 풍기는 어스름 달밤)'에서 원용한 것이다.

매화사 3절;매화의 모습을 깨끗하고 맑은 살결과 구슬같이 아름다운 모습의 여인(女人)으로 비유하고, 오랫동안 사귀어 온 사랑하는 사람을 대하듯 '너로구나'하며 반기고 있다. 여기서 작가와 매화는 대등한 인격체로서 주객일체(主客一體)를 이룬다.

매화사 6절 ; 매화는 흔히 지조 높은 선비를 비유한다. 봄뜻은 그의 뻗어나는 기개요, 바람·눈·찬 기운들은 모두 그 기개에 도전하는 시련의 상징인 것이다. 그러나 그 시련이 아무리 모질더라도 선비의 굳은 지조를 꺾을 수 없다는 것을 노래했다. 이것은 곧 작가 자신의 의지를 매화를 빌어(감정 이입하여) 노래한 것이라 하겠다.

♣ 작가 소개—

안 민영(安玟英, 1816~?) : 자는 성무(聖武). 호는 주옹(周翁). 조선 고종 때의 가인(歌人). 박 효관의 제자로 뛰어난 가객이었으며, 당시 가객의 모임이었던 '승평계(昇平契)'를 통하여 많은 가객과 사귐. 박 효관과 함께 「가곡원류(歌曲源流)」를 편찬. 여기에 그의 시조 40여 수가 전하고 있다. 영정시대(英正時代)를 지나면서 단가(短歌)는 가사(歌辭)에 압도되었고, 다시 가사는 산문문학(散文文學)에 눌려 대체로 시가활동이 활발하지 못했는데 다만 안 민영의 단가는 마지막 향기를 풍기며 새로운 꽃을 피운 바 있음. 저서로는 「가곡원류(歌曲源流)」외에 「주옹만록(周翁漫錄)」·「금옥총부(金玉叢部)」 등이 있다.

♣ 참고—

〈매화사 나머지 5수〉

매영(梅影)이 부딪친 창(牕)에 옥인금차(玉人金釵) 비겨슨져
이삼 백발옹(二三白髮翁)은 거문고와 노래로다
이윽고 잔(盞) 잡아 권(勸)할 적에 달이 또한 오르더라

눈으로 기약(期約)더니 네 과연(果然) 피었고나
황혼(黃昏)에 달이 오니 그림자도 성기거다
청향(淸香)이 잔(盞)에 떠 있으니 취(醉)코 놀려 하노라

해지고 돋는 달이 너와 기약(期約) 두었던가
합리(閤裡)에 자는 꽃이 향기(香氣) 놓아 맡는고야
내 어찌 매여월(梅與月)이 벗되는 줄 몰랐던가 하노라

저 건너 나부산(羅浮山) 눈ㄷ속에 검어 우뚝 울퉁불퉁 관대등걸아
네 무삼 힘으로 가지(柯枝) 돋쳐 꽃조차 저리 피었는가? 아아 아아아 아하 아아
아무리 석은 배 반(半)만 남았을망정 봄뜻을 어이 하리오

동각(東閣)에 숨은 꽃이 척촉(躑躅)인가 두견화(杜鵑花)인가
건곤(乾坤)이 눈이여늘 제 어찌 감히 피리
알괘라 백설양춘(白雪陽春)이 매화(梅花)밖에 뉘 있으리

135. 높으락 낮으락하며

높으락 낮으락하며 멀기와 가깝기와
모지락 둥그락하며 길이와 져르기와
평생을 이리하였으니 무삼 근심 있으리

—안 민영—

♣ 어구 풀이—

높으락 낮으락하며: 높아지다가 다시 낮아지면서. 높낮이가 고르지 아니한 모양. **모지락 둥그락하며**: 모가 지다가 다시 곧 둥글게 되곤 하면서. **져르기와**: 짧기와. '져르다'는 짧다는 옛말. **이리하였으니**: 이렇게 살았으니. **무삼**: 무슨.

♣ 해설—

초장: 높아지려 하다가는 다시 곧 낮아지곤 하면서, 멀기도 하고 가깝기도

하고

중장:또한 모가 나려 하다가는 다시 곧 둥글게 되곤 하면서, 길기도 했다가 짧기도 하면서

종장:한평생을 나는 이렇게 살아왔으니, 이제 그 무슨 근심될 일이 있겠는가?

♣ 감상—

이 시조는 형편대로 맡겨 자연스럽게 대처하려고 하는 작가의 처세술이 나타나 있는 작품이다. 인간의 생애는 어느 한 면만으로 일관될 수 없고 높다가도 낮고, 먼 것 같기도 하다가 가깝기도 하고, 모가 나기도 하고 둥글기도 하고, 긴 것도 있고 짧은 것도 있는 것이다. 이와 같은 인생을 달관의 심정으로 살아온 작가의 생활태도가 엿보이는 노래로, 대조법과 열거법을 사용해 특이하게 표현한 작품이다.

♣ 작가 소개—

안 민영(安玟英):앞 시조 참조.

136. 세월이 여류하니

세월이 여류(如流)하니 백발이 절로 난다
뽑고 또 뽑아 젊고자 하는 뜻은
북당(北堂)에 친재(親在)하시니 그를 두려함이
　라

—김 진태—

♣ 어구 풀이—

여류(如流)하니:물의 흐름과 같으니, 세월의 빠름을 비유함. **백발(白髮)**: 흰머리. **절로**:저절로. **북당(北堂)**:①어머니가 거처하는 방. 안방. ②어머니를 이르는 말. 여기서는 ②의 뜻. 비슷한 말로는 훤당이 있다. **친재(親在)하시니**:살아 계시니.

♣ 해설—

초장:세월이 흘러가는 물과 같아서 쉬지 않고 흘러가니, 검었던 머리가 저절로 희어지는구나.

중장:(저절로 나는 그 흰머리를) 뽑고 또 뽑아서 젊어지려고 하는 뜻은 다름이 아니라

종장:안방에 늙으신 어머님께서 살아 계시니, 나의 백발을 보시고 언짢아 하실까 하는 두려움 때문이다.

♣ 감상—

이 시조는 늙은 어머니를 생각하는 효심을 노래한 내용이다.

세월은 흐르는 물과 같아서 쉬지 않고 흘러가니 검었던 머리카락이 저절로 허옇게 변한다. 이것은 자기의 머리에 나는 백발을 보고 자신의 늙음을 한탄하는 것이 아니고, 그 늙음을 어머니에게 보여 드리는 것이 불효(不孝)가 될 것을 염려함으로써 그 효성의 지극함을 나타내었다.

♣ 작가 소개—

김 진태(金振泰:생몰 연대 미상):자는 군헌(君獻). 조선 영조 때의 가인(歌人)으로 경정산가단(敬亭山歌壇)의 한 사람. 선경(仙境)을 노래한 시조 26수가 「청구영언(青丘永言)」에 전한다.

137. 곡구롱 우는 소리에

곡구롱(谷口哢) 우는 소리에 낮잠 깨어 일어 보니
작은 아들 글 이르고 며늘아기 베 짜는데, 어린 손자는 꽃놀이한다
맞초아 지어미 술 걸으며 맛보라고 하더라

—오 경화—

♣ 어구 풀이—

곡구롱(谷口哢):꾀꼬리 우는 소리. **일어 보니**:일어나 보니. **며늘아기**:며느리를 귀엽게 부르는 말. **글 이르고**:글을 읽다. **맞초어**:때를 맞추어. 바로 그 때에. **지어미**:자기 아내의 존칭.

♣ 해설—

초장:꾀꼬리 우는 소리에 낮잠이 깨어 일어나 보니

중장:작은 아들은 소리를 내어 글을 읽고 있고, 며늘아기는 베를 짜고 있는데, 어린 손자는 꽃놀이를 하고 있구나.

종장:때마침 늙은 아내는 술을 거르며 맛보라고 떠 주는구나.

♣ 감상—

이 시조에는 화목한 농가의 정경이 잘 묘사되어 있다. 오늘날의 핵가족제도(核家族制度)에서는 찾아보기 힘든 단란한 분위기가 작품 전체에 흐르고 있다. 꾀꼬리 소리, 글 읽는 소리, 베 짜는 소리, 꽃놀이하는 광경 등이 한데 어울려 조화를 이루어 한결 평화로움을 돋구어 준다. 또한 한 걸음 더 나아가 아내는 술을 거르다가 맛보라고 가져온다 했으니, 단란함과 평화로움이 비교할 수조차 없다.

♣ 작가 소개—

오 경화(吳擎華;생몰 연대 미상);자는 자형(子衡). 호는 경수(瓊叟). 이조 말엽의 가객으로 시조 3수가 전한다.

제 4 부

여류시조(女流時調)

*여류시조(女流時調)

●여류시조(女流時調)의 특징

우리의 문학사에 있어서 여류시조의 발달은 사회적인 특수성 때문에도 더욱 독특한 일면을 가지고 있다. 시조에 있어서 여류들에 의해 지어진 작품은 상당히 많은 수에 달하고 있으며 그 질적인 면에 있어서도 결코 양반 학자들의 수준에 뒤지지 않는다.

사실 조선 사회에 있어서 여성의 문학 활동은 완전히 폐쇄되어 있었다고 해도 과언이 아니다. 그럼에도 불구하고 조선 시대에 여류 시조가 많이 지어졌던 것은 참으로 특기할 만하다.

이 때의 여류 문인들은 대부분 기녀(妓女)들이었는데, 이 점은 역시 폐쇄된 여성 사회의 단면을 잘 나타내 보여주고 있는 것이라 할 수 있다.

시조를 노래하고 읊었던 계층이 대부분 기녀(妓女)들에 국한되어 있었던 까닭에 작품의 내용 역시 사랑과 애상과 삶에 대한 한(恨)의 응어리를 담고 있는 것이 특색이다.

많은 기녀들에 의하여 전개되고 발전하기 시작한 여류 문학은 황진이에 이르러 그 절정을 이룬다. 기녀이기 때문에 겪어야 하는 수모와 고독과 체념과 갈등, 그리고 실연과 별리에 대한 아픔, 뭇사내들 속에서 자기를 지키기 위한 절의와 상사, 사랑하는 임에 대한 간절한 사모의 정 등이 간곡하게 표출되고 있다.

138. 당우를 어제 본 듯

당우(唐虞)를 어제 본 듯 한당송(漢唐宋)을 오늘 본 듯
통고금(通古今) 달사리(達事理)하는 명철사(明哲士)를 어떻다고
저 설 데 역력(歷歷)히 모르는 무부(武夫)를 어이 좇으리

—소 춘풍—

♣ 어구 풀이—

당우(唐虞):덕(德)으로 인민(人民)을 다스리던 요순시대(堯舜時代)를 가리킴. 곧 태평성대를 뜻함. **한당송(漢唐宋)**:중국 고대의 나라 이름들. 중국 문화의 바탕이 이루어진 시대. **통고금(通古今)**:지금과 옛날을 통하여. **달사리(達事理)하는**:사물의 이치를 통달하여 매우 밝은. **명철사(明哲士)**:세상 형편과 사물의 이치에 밝은 선비. **저 설 데**:제가 서 있어야 할 곳. 자기의 처지 또는 지위. '데'는 장소를 나타내는 의존 명사. **무부(武夫)**:무사(武士). **역력(歷歷)히**:뚜렷이. **어이 좇으리**:어떻게 따를 수 있으랴.

♣ 해설—

초장:덕으로 백성들을 다스리던 요순시대를 어제 본 듯이 환하게 알고, 중

국 문화의 바탕을 이루었던 3국(한·당·송)시대를 오늘 본 듯하게 자세히 알고

중장:옛날과 오늘을 통하여 모든 사물의 이치와 세상이 돌아가는 형편을 환하게 꿰뚫는 통달한 선비들을 어떻다고(꺼리고 몰아낼 것인가?)

종장:오히려 자기의 처지나 지위를 뚜렷이 헤아리지 못하는 무사들 따위를 어떻게 따를 수가 있으랴?

♣ 감상—

이 시조에는 성종이 중신들과 술자리를 베풀었을 때 영흥(永興)의 명기(名妓) 소 춘풍(笑春風)이 즉석에서 부른 노래이다.

이 노래는 문신(文臣)을 추켜 세워 우대(優待)하고, 무신(武臣)을 깔본 내용으로 문신들에게는 갈채를 받았으나, 무신들의 노여움을 사게 되었다. 그러자 또다시 '전언은 희지이라……'를 불러 무신들의 마음을 풀어 주었다고 한다.

♣ 작가 소개—

소 춘풍(笑春風):성종 때 영흥부(永興府)의 명기(名妓). 차 천로(車天路)의 「오산설림초고(五山說林草藁)」에 그의 시조에 대한 일화가 전함.

139. 전언은 희지이라

전언(前言)은 희지이(戱之耳)라 내 말씀 허물 마오
문무일체(文武一體)인줄 나도 잠간(暫間) 아옵거니

두어라 규규무부(赳赳武夫)를 아니 좇고 어이리

—소 춘풍—

♣ 어구 풀이—

전언(前言): 먼저번에 한 말. 앞의 시조 '당우를 어제 본 듯'을 일컬음. **희지이(戱之耳)라**: 농담을 했을 뿐이다. **문무일체(文武一體)**: 무관과 문관이 한 덩어리. **아옵거니**: 알고 있사오니. **규규무부(赳赳武夫)**: 용맹스러운 무사 '규규'는 용감한 모습. **아니 좇고 어이리**: 아니 따르고 어떻게 하겠는가?

♣ 해설—

초장: 먼저번에 한 말은 그저 농담으로 해 보았을 뿐이오니 내가 한 말을 허물로 삼지는 마십시오(탓하지는 마십시오).

중장: 나라 일에는 문무가 따로 없이 한 덩어리로 한결 같아야 하는 줄을 저도 조금은 알고 있습니다.

종장: 그러니 더 말할 나위도 없이 내가 용감한 모습의 무사를 따르지 않고서 어찌 하겠습니까?

♣ 감상—

이 시조는 앞의 시조로 인해 분노로 들끓던 무장들을 달래기 위해 즉석에서 부른 노래이다. 용감한 모습의 무사를 쫓겠다는 시조에 무신들의 노여움은 금새 풀리고 다시 술자리는 화기애애한 분위기로 돌아갔던 것이다.

♣ 작가 소개—

소 춘풍(笑春風): 앞 시조 참조.

140. 청산리 벽계수야

청산리(青山里) 벽계수(碧溪水)야 수이감을 자랑마라
일도창해(一到滄海)하면 다시 오기 어려우니
명월(明月)이 만공산(滿空山)하니 쉬여간들 어떠리

—황 진이—

♣ 어구 풀이—

청산리(青山里):푸른 산 속. **벽계수(碧溪水)**:산골짜기에 흘러내리는 푸른 냇물. **수이**:쉽게, 빨리. **일도창해(一到滄海)하면**:한 번 푸른 바다에 다다르면. **명월(明月)**:밝은 달. **만공산(滿空山)**:밝은 달빛이 아무도 없는 산에 가득하게 비침.

♣ 해설—

초장:푸른 산 속에 흐르고 있는 푸른 시냇물아! 쉽게 흘러간다고 자랑마라.

중장:한 번 흐르고 흘러서 넓은 바다로 흘러 들어간 다음이면 다시 이곳에 오기란 어려운 것이다.

종장:밝은 달빛이 아무도 없는 산에 가득하게 비쳤으니 잠시 쉬어 가는 것이 어떻겠느냐?

♣ 감상—

이 시조는 송도(松都)를 찾아갔던 벽계수(碧溪守)라는 어느 왕손(王孫)을 애인으로 섬기고자 자신을 명월(明月)에 비유하여 부른 노래라고 한다.

당시 이조 종실(宗室)인 벽계수란 사람이 자기는 다른 사람들처럼 황 진이를 보아도 침혹(沈惑)하는 일이 없을 것이라고 장담하는 소리를 듣고 사람을 시켜 그를 유인하여 개성 구경을 오게 하여 달 밝은 밤 만월대(滿月臺)에서 이 시조를 읊어 벽계수로 하여금 도취케 만들어 타고 온 나귀에서 떨어지게 하였다고 하는 고사가 전한다.

'청산'은 변함없는 영원한 자연을 나타내고, '벽계'는 쉬지 않고 변해가는 유한한 인생을 비유한 것으로, 한 번 늙으면 젊음은 다시 돌아오지 않는 것이니 마음껏 즐겨보자는 것이다. 여기에서 '벽계수'는 푸른 시냇물인 동시에 인명(人名)을, '명월'은 밝은 달임과 동시에 자기 자신을 표현한 중의법(重義法)을 사용한 것이다.

♣ 작가 소개—

황 진이(黃眞伊, 생몰 연대 미상):본명은 진(眞). 일명 진랑(眞娘). 기명(妓名)은 명월(明月). 개성 출신으로 조선 중종 때의 명기(名妓). 어릴 때 사서 삼경을 읽고 시·서·음률에 모두 뛰어났으며, 출중한 용모로 더욱 유명했다. 서 경덕, 박연 폭포와 더불어 '송도삼절(松都三絶)'이라 자처했으며, 시조 6수가 전한다. 그의 시조 작품은 뛰어난 기교와 우리말을 쉽고도 곱게 다룬 독특한 솜씨로 이름이 높다.

♣ 참고 —

〈해동소악부(海東小樂府)에 전하는 한역시(漢譯詩)〉

青山影裏碧契水(청산영리벽계수) 容易東流爾莫誇(용이동류이막과)
一到蒼海難再見(일도창해난재견) 且留明月瑛娑婆(차류명월영사바)

141. 동짓달 기나긴 밤을

> 동짓(冬至)달 기나긴 밤을 한 허리를 버혀내어
> 춘풍(春風) 이불 아래 서리서리 넣었다가
> 어룬님 오신날 밤이어든 굽이굽이 펴리라
>
> —황 진이—

♣ 어구 풀이—

동지(冬至):음력 11월에 있는 24절후의 하나. 일년 중에 가장 밤이 긴 절기임. **한허리**:한가운데, 가운데 토막. **춘풍(春風) 이불**:따스한 봄바람이 감도는 듯한 젊은 색시의 이부자리. **서리서리**:길고 잘 굽는 물건을 포개며 휘감아 올리는 모양. **어룬님**:정든 사람. 정든 서방님. 한편 '얼은 님'으로 보아서 추위로 꽁꽁 언 서방님으로 해석하는 설(說)도 있음. **밤이어든**:밤이거든. **굽이굽이**:구불구불 굽은 곳마다.

♣ 해설—

초장:동짓날 그 기나긴 밤중 한가운데를 너무 기니까 두 동강이를 내어서
중장:따뜻한 이불 속에 서리서리 휘감아 넣어 두었다가
종장:정든 서방님이 남몰래 깊은 밤에 찾아오시거든, 그걸 꺼내어 굽은 곳마다 펴고 바로 잡아서 그 날 밤을 길게길게 잡아 늘여보겠다.

♣ 감상—

동짓달 기나긴 밤을 '한 허리를 버혀낸다'는 시상(詩想)은 시간을 제마음대로 가름한다는 말이다. 동짓달이 아니더라도 임 없이 지내는 밤은 지루하고, 임과 함께 하는 밤은 한없이 짧게 느껴질 것이다. 그래서 그 긴 밤의 한 토막을 잘라 두었다가 임이 온 밤에 펴 오랫동안 임과 함께 지내겠다는 것이다. 황 진이의 시상은 이렇게 차원이 높으

며 그의 주관(主觀)의 세계에서는 시간과 공간도 자유자재로 조정할 수 있다는 것이다. '서리서리 넣었다가''구비구비 펴리라'는 시어(詩語)는 일상용어에서 흔히 쓰이는 말이지만, 그 언어기교(言語技巧)를 통해 시적 용어로 훌륭하게 승화시키고 있다.

♣ 작가 소개—
황 진이(黃眞伊):앞 시조 참조.

142. 내 언제 무신하여

내 언제 무신(無信)하여 임을 속였관대
월침삼경(越沈三更)에 온 뜻이 전혀 없네
추풍(秋風)에 지는 잎소리야 낸들 어이 하리요

—황 진이—

♣ 어구 풀이—
무신(無信):신의가 없음. 믿음이 없음. **속였관대**:속였기에. '~관대'는 구속형어미. **월침삼경(月沈三更)**:달마저 서천(西天)으로 기울어진 한밤중. **온 뜻이**:찾아 오는 듯한 흔적이. 찾아 올 뜻이. **추풍(秋風)**:가을 바람. **지는**:떨어지는.

♣ 해설—
초장:내가 언제 신용을 잃고 서방님을 한 번이라도 속였기에

중장:달마저 서천으로 기울어진 한밤중이 되도록 찾아올 듯한 기미가 전혀 없는가?

종장:가을 바람에 떨어지는 나뭇잎 소리에 행여 임이신가 하고 속게 되는 내 마음을 낸들 어찌하리요?

♣ 감상—

가을밤 긴긴 밤에 임을 그려 잠 못 이루는 외로움을 바람에 지는 나뭇잎 소리에 실어 노래하고 있다. 내가 비록 화류(花柳)에 몸 담고 있는 기녀(妓女)이기는 하나 결코 미덥지 않거나 임을 속일 여자가 아닌데, 오지 않는 임이 야속하기도 하고 그립기도 한 것이다. 즉, 이 시조는 초조하게 임을 기다리며 잠 못 이루고 있는 여인의 정한(情恨)을 그린 것으로, 여류다운 섬세한 감정이 잘 묘사된 작품이다.

♣ 작가 소개—

황 진이(黃眞伊):앞 시조 참조.

143. 어져 내 일이야

어져 내 일이야 그릴 줄을 모르더냐
있으라 하더면 가랴마는 제 구태여
보내고 그리는 정(情)을 나도 몰라 하노라

—황 진이—

♣ 어구 풀이—

어져:회한(悔恨)의 뜻을 나타내는 감탄사. **아! 내 일이야**:나의 하는 일이여. **그릴 줄**:그렇게 할 줄. 또는 그리워질 줄. **모르더냐**:몰랐더냐? **있으라 하더면**:있으라고 붙잡았더라면. **가랴마는**:갔을까마는. **구태여**:굳이. 억지로. **그리는 정**:그리워하는 안타까운 심정.

♣ 해설—

초장:아! 내가 한 일도 참 답답하구나. 그토록 그리워할 줄을 왜 몰랐단 말인가?

중장:부디 가지 말아달라고 붙잡았더라면 임께서 떨치고 가기야 했으랴마는

종장:굳이 보내 놓고서 이제 와 새삼 그리워하는 안타까운 심정을 나 스스로도 잘 모르겠구나.

♣ 감상—

이 시조는 임을 보내고 나서 그리워하는 여인의 안타까운 사모(思慕)의 정을 노래하고 있다. 대부분의 기녀(妓女)들이 겪어야 하는 사랑의 안타까움이 일상적(日常的)인 용어(用語)를 통해 매우 진솔하게 표현되어 있다. 임과 헤어지던 날 한사코 붙잡았더라면 임도 역시 가지 못했을 것을, 님의 앞날을 걱정하여 굳이 보내 놓고는 이제 와서 혼자 애태우는 감정을 자신도 모르겠다는 것이다.

♣ 작가 소개—

황 진이(黃眞伊):앞 시조 참조.

144. 산은 옛 산이로되

산은 옛 산이로되 물은 옛 물이 아니로다

주야(晝夜)에 흐르니 옛 물이 있을쏘냐?
인걸(人傑)도 물과 같아야 가고 아니 오노매라

—황 진이—

♣ 어구 풀이—

주야(晝夜):밤낮. 늘(여기서는 밤과 낮이라는 뜻이 아니라 '늘, 항상'의 의미로 쓰였다. 즉 융합 복합어임). **인걸(人傑)**:특히 뛰어난 인재. 여기서는 '서 경덕'을 뜻함. **오노매라**:오는구나. 오도다. '~노매라'는 감탄형 종결어미.

♣ 해설—

초장:산은 예전과 그 모습이 다름 없지만 물은 계속 흘러가니 지금 흐르는 물은 옛날에 흐르던 바로 그 물이 아니로구나.

중장:밤낮없이 늘 흐르니 어제 물이 어찌 오늘에 머물러 있겠는가.

종장:뛰어난 인재도 역시 항상 흐르는 물과 같아서 한 번 가면 다시 오지 않는구나.

♣ 감상—

이 시조는 작가가 한때 유혹하려다 뜻을 이루지 못하고, 유일한 존경의 대상으로 사제(師弟)의 의(誼)를 맺었던 화담(花潭) 서 경덕(徐敬德)의 죽음을 애도하여 지은 것이라 한다.

끊임없이 흘러가는 물에 비유하여 인생무상(人生無常)을 한탄한 노래로 평이한 소재(素材)를 통하여 주제를 심화하여 나타낸 솜씨가 한결 돋보이는 작품이다. '인생무상'이라는 주제에서 오는 애조(哀調)를 띤 애상적인 분위기가 이 시 전체를 지배하고 있다.

145. 청산은 내 뜻이오

청산(青山)은 내 뜻이오 녹수(綠水)는 님의 정(情)이
녹수(綠水) 흘러간들 청산(青山)이야 변(變)할손가
녹수(綠水)도 청산(青山)을 못잊어 울어예어 가는고

—황 진이—

♣ 어구 풀이—

청산(青山):푸른 산. 여기서의 '청산'의 속성은 '변함없는 푸름'을 의미. **녹수(綠水)**:맑은 물. 여기서의 '녹수'는 '청산'과 댓구를 이루는 것으로 유한자(有限者)를 의미. **님의 정(情)이**:임의 정이로구나. **울어예어**:울면서. '울다(泣)+예다(行)'의 복합어. **변(變)할손가**:변할 것인가? **가는고**:가는가. 흘러가는가?

♣ 해설—

초장:청산은 변함없는 자신의 마음이고, 잠시도 쉬지 않고 흘러가는 푸른 시냇물은 임의 정과도 같다.

중장:물이야 흘러가더라도 산이야 변할 수 있겠는가?

종장:그러나 흐르는 물도 자기가 놀던 청산이 그리워서 울면서 흘러가는구나.

♣ 감상—

이 시조는 변함없는 정절(貞節)을 노래한 것으로, 청산(青山)은 변함없는 자신의 마음이고, 녹수(綠水)는 물이 흐르듯 가버리는 님을 가리킨다. 나의 임에 대한 사랑은 청산과 같이 변함없는데, 임의 사랑은 흐르는 물과 같아서 믿을 수가 없다는 것이다. 즉 임의 사랑이 변하더라도 나의 임에게 바치는 사랑는 변하지 않겠다는 다짐과, 임도 나의 이 진실한 사랑을 알아주기 바라는 안타까운 심정이 비유적으로 잘 나타나 있는 작품이다.

♣ 작가 소개—

황 진이(黃眞伊):앞 시조 참조.

146. 어이 얼어 자리

어이 얼어 자리 무삼 일 얼어 자리
원앙침(鴛鴦枕) 비취금(翡翠衾) 어디 두고 얼어 자리
오늘은 찬비 맞았으니 녹아 잘까 하노라

—한 우—

♣ 어구 풀이—

어이:어찌. 어째서. **얼어 자리**:얼어서 자랴. **무삼 일**:무슨 일로. **원앙침(鴛鴦枕)**:원앙새를 수놓은 베개. 원앙새는 암수가 서로 떨어지지 않아 예로부터 금실이 좋은 부부를 일컬음. **비취금(翡翠衾)**:비취를 수놓은 이불(비취는 물가에 사는 새로서 청황색의 아름다운 깃털로 덮여 있음).

♣ 해설—

초장:어찌하여 얼어 자겠읍니까? 무슨 일로 얼어 자겠읍니까?

중장:원앙새 수놓은 베개와 비취색 이불을 어디다 버려 두고서 이 밤을 얼어 자려 하십니까?

종장:오늘은 낭군님께서 찬비를 흠뻑 맞고 오셨으니, 덥게 몸을 녹여 가며 잘까 합니다.

♣ 감상—

이 시조는 임 제가 부른 '한우가(寒雨歌)'에 대한 화답시(和答詩)이다.

임 제의 '한우가'에서와 마찬가지로, '찬비'는 한우(寒雨)를 중의적으로 표현한 것이며, 종장의 '찬비를 맞았다'는 것은 기녀인 '한우'를 만났다는 것으로 해석할 수 있다. 즉 찬비를 맞고 한 우를 만났으니 따스하게 맞이하겠다고 하는 인정미가 넘쳐 흐르는 노래이다. 임 제도 임 제려니와 한 우도 능히 그 상대가 되는 여인이다. 둘다 비꼬는 것 같은 표현이면서도 전체적으로는 부드러운 가락을 이루었고, '베개'·'이불'·'잔다'는 어휘가 뒤섞여 나와도 속(俗)되지 않으며 살뜰한 인정미(人情美)가 함축성 있게 표현된 작품이라 하겠다.

♣ 작가 소개—

한 우(寒雨):선조 때의 평양(平壤) 명기(名妓)로 백호(白湖) 임 제(林悌)가 부른 '한우가(寒雨歌)'에 화답(和答)한 시조 1수가 「청구영언」에 전한다.

147. 매화 옛 등걸에

매화(梅花) 옛 등걸에 춘절(春節)이 돌아오니
옛 피던 가지(柯枝)에 피엄 즉도 하다마는
춘설(春雪)이 난분분(亂紛紛)하니 필동말동 하여라

—매 화—

♣ 어구 풀이—

매화(梅花):매화꽃. 겨울눈이 다 녹기 전에 피는, 봄철이 다가옴을 알려주는 꽃. 자기의 이름과 꽃의 이름을 이중의 뜻이 되게 한 중의법 사용. **옛 등걸**:해묵은 등걸. 등걸은 줄거리가 자라났었던 초목의 밑둥. 여기서는 자기의 늙어진 몸과 고목나무를 이르는 중의법. **춘절(春節)**:봄철. **춘설(春雪)**:봄철에 내리는 눈. **난분분(亂紛紛)하니**:어지럽게 흩날리니. **필동말동**:필지 말지. 피게 될지 어떨지.

♣ 해설—

초장:매화나무 해 묵은 늙어진 몸의 고목이 된 봄철이 돌아오니

중장:옛날에 피었던 가지에 다시 꽃이 피게 될 것 같기도 하지마는

종장:뜻 아니한 봄철의 눈이 하도 어지럽게 펄펄 흩날리니 꽃이 필지 말지 하는구나.

♣ 감상—

이 시조는 늙음에 대한 한탄과 젊음을 그리워함을 노래한 것이다. 작가는 「해동가요(海東歌謠)」에 명기구인(名妓九人) 중의 한 사람으로 기록되어 있다. 초장의 '매화 옛 등걸'은 노기(老妓)로서 자기 자신을 말하는 것으로, 돌이킬 수 없는 젊음을 가리킨 것이며, 종장의

'춘설이 난분분하니'는 젊고 예쁜 기생이 많음을 뜻하는 것으로, 옛정의 사람이 찾아 올 법도 하지만 젊고 예쁜 기생들이 많으니 자신이 없다고 하는 안타까운 심정을 노래한 것이다.

해동소악부(海東小樂府)에 다음과 같이 한역되어 있다.

一樹權枒鐵幹梅(일수권야철간매) 犯寒年例東風回(범한년례동풍회)

舊開花想又開着(구개화상우개착) 春雪紛紛開未開(춘설분분개미개)

♣ 작가 소개—

매화(梅花;생몰 연대 미상):이조 때 평양에 살던 기생이라 하며, 그가 지은 시조가 「청구영언」에 8수 전한다.

148. 산촌에 밤이 드니

산촌(山村)에 밤이 드니 먼 뎃 개 짖어 온다
시비(柴扉)를 열고 보니 하늘이 차고 달이로다
저 개야 공산(空山) 잠든 달을 짖어 무슴 하리오

—천 금—

♣ 어구 풀이—

산촌(山村):산 속에 있는 마을. **먼 뎃 개**:먼 데의 개. 'ㅅ'은 관형격 촉음. **시비(柴扉)**:사립문. **공산(空山)**:아무도 없는 조용하고 한적한 산. **무슴 하리오**:무엇 하리오.

♣ 해설—

초장:산 속에 있는 마을에 밤이 깊어 지니 먼 데서부터 개 짖는 소리가 들려온다.

중장:임이 오시는가 싶어 사립문 '시비'를 열고 보니 임은 오지 않고 추운 날씨에 달이 높이 떠 있을 뿐이로구나.

종장:저 개야 공산에 걸린 달을 보고 짖어 임 기다리는 이 외로운 마음을 더 설레게 하느냐?

♣ 감상—

이 시조는 임을 기다리는 외로운 심정을 읊은 노래이다. 아무도 찾아올 사람이 없는 한적한 산마을에서 외로이 살아가는 심정으로는 개가 짖어대는 소리만 들려도 행여나 님이 아니신가 하고 가슴이 설레이는 것이다. 얼른 사립문을 열고 내다보니 찾아온 사람은 없고, 찬 하늘에 달빛만 휘영청 밝아 한층 외로움을 더해 주고 있다. 초조하게 임을 기다리는 여인의 심정이 '공산 잠든 달을 짖어 무슴 하리오'하는 자탄의 소리와 함께 애처롭게 부각되고 있는 시조이다.

♣ 작가 소개—

천금(千錦, 생몰연대 미상):기생. 신원은 알 수 없음.

149. 묏버들 가려 꺾어

묏버들 가려 꺾어 보내노라, 님의손대

자시는 창 밖에 심어 두고 보소서
밤비에 새 닢곧 나거든 날인가도 여기소서

—홍 낭—

♣ 어구 풀이—

묏버들: 산버들(山柳). 야생(野生)의 버들. 여기서는 님에게 보내는 정표(情表)가 된다. **가려 꺽어**: 골라서 꺾어. **님의손대**: 임에게. 님께. '~의 손대'는 부여를 나타내는 여격조사. **자시는**: 주무시는. **새 닢곧**: 새 잎이. 새잎만. '곧'은 어떤 일이 있을 때마다 반드시 어떤 사실이 따름을 나타낼 때 앞의 사실의 주어(主語)에 붙는 보조사. **여기소서**: 생각하소서. '소서'는 상대 존대 명령형 어미.

♣ 해설—

초장: 묏버들을 좋은 것으로 골라 꺾어 임에게 보냅니다.

중장: 그 묏버들을 임께서 주무시는 창 밖에 심어 두고 볼 때마다 나를 생각해 주십시오.

종장: 밤비에 새 잎이 돋아나면 나처럼 생각하십시오(임이 항상 자기를 잊지 말고 기억해 달라는 당부).

♣ 감상—

이 시조는 최 경창(崔慶昌)이 북해평사(北海評事)로 경성에 주재하고 있다가 서울로 돌아올 때 그를 배웅하여 영흥(永興)까지 왔다가 돌아오는 길에 지은 것이라 한다. 사랑하는 임을 보내면서 오래오래 잊지 않기를 당부하는 여성으로서의 애틋한 심정이 잘 나타나 있다.

이 시조의 작품 배경은 다음과 같다.

홍 낭은 함경도 경성의 기생인데 절개가 굳고 자색이 아름다왔다. 젊어서 최 경창에게 사랑을 받았는데, 최 경창이 서울로 돌아가게 되자 홍 낭은 쌍성(지금의 영흥)까지 따라가 이별하고 돌아오는 길에 함관령에 이르러 날이 저물어 비 내리고 침침해짐을 만나 이 시조를 지어 최 경창에게 부쳤다. 뒤에 홍 낭은 최 경창이 아프다는 소식을 듣고 그 날로 길을 떠나 밤낮으로 칠일만에 서울에 도착하여 간호를 했으나 이 때는 국상(國喪)이 있던 때라 최 경창은 이것이 말썽이 되어 파직이 되었다 한다. 후에 최 경창이 죽고 난 후 홍 낭은 스스로 치장을 않고 파주에서 묘소를 지켰다. 또한 임진왜란 때는 최 경창의 시고(詩稿)를 짊어지고 피난하여 병화를 모면하였다. 홍 낭이 죽자 최 경창의 묘 아래에 묻어 주었다고 한다.

♣ 작가 소개—

홍 낭(洪娘:생몰 연대 미상):선조 때의 명기(名妓). 삼당시인(三唐詩人)의 한 사람인 고죽(孤竹) 최 경창(崔慶昌)과 정이 깊었다.

150. 솔이 솔이라 하니

솔이 솔이라 하니 무슨 솔만 여기는다
천심절벽(千尋絶壁)에 낙락장송(落落長松) 내 긔로다
길 아래 초동(樵童)의 접낫이야 걸어 볼 줄 있으랴

—송 이—

♣ 어구 풀이—

솔이:소나무. 작가의 이름 '송 이(松伊)'가 중의적으로 표현된 말. **솔만 여기는다**:소나무로만 여기는가. '~는다'는 의문형 종결어미. **천심절벽(千尋絶壁)**:천 길이나 높은 절벽 '심(尋)'은 8척의 길이, 또는 사람의 한 길. **낙락장송(落落長松)**:가지가 척척 길게 늘어지고 키가 큰 소나무. **긔로다**:그것이로다. **초동(樵童)**:나무하는 아이. **접낫이야**:작은 낫이야. '이야'는 강세 보조사.

♣ 해설—

초장:소나무다 소나무다 하니 어떤 소나무로만 여기는가?

중장:천 길이나 높은 절벽 위에 솟아 있는 굵고 큰 소나무. 그것이 바로 내로다.

종장:(아무리 신세가 사나와서 기생 노릇을 하고는 있다마는 사철 푸르며 절개를 자랑하는 낙락장송과도 같은 뜻을 지녔으니) 어찌 길 아래로 지나가는 나뭇군 아이들의 풀 베는 작은 낫 따위를 함부로 이런 나무에다 걸어 볼 도리가 있겠느냐?

♣ 감상—

이 시조는 비록 신분이 천한 기생이지만 고고(孤高)한 자부심이 있음을 노래한 내용이다. '솔이'는 작가 자신의 이름을 고유어로 이른 말로써 중의적인 표현이다. 몸은 비록 기생이어서 세상 사람들의 입에 오르내리지만, 뜻은 높아 아무나 쉽게 접근할 수 없다고 하여 자기의 고고하고 의연한 긍지를 당당하게 읊고 있다.

♣ 작가 소개—

송 이(松伊, 생몰 연대 미상):기녀(妓女)라고만 전할 뿐 기타 신원은 알 수 없다.

151. 장송으로 배를 무어

장송(長松)으로 배를 무어 대동강(大同江)에
흘리띄워
유일지(柳一枝) 휘어다가 굳이굳이 매었으니
어디서 망령(妄伶)엣 것은 소(沼)에 들라 하
나니

—구 지—

♣ 어구 풀이—

장송(長松):크게 자란 소나무. **무어**:'무어내다'는 배를 지어내다의 옛말. **흘리띄워**:물살이 흐르는 대로 따라가게 띄워 놓고. **유일지(柳一枝)**:수양버들의 늘어진 한 가지. **굳이굳이**:굳게 굳게. 작가의 이름 '구지(求之)'와도 통함. **망령(妄伶)엣 것**:망령된 것. 요사스러운 것. **소(沼)**:연못.

♣ 해설—

초장:크게 자란 소나무를 베어 배를 만들어 대동강 맑은 물에 띄워 놓고

중장:강변에 늘어진 버드나무 가지를 휘어다가 굳게굳게 배를 매어 놓았는데

종장:어디서 나타난 요사스러운 것이 물살이 세게 흐르는 연못에 들어가라고 하느냐?

♣ 감상—

이 시조 역시 송 이(松伊)의 시조와 마찬가지로 자신의 곧고 굳은 절개를 노래한 것이다. 기류(妓流)들이라고 지조(志操)가 없으란 법이 없다. 오히려 그들의 절개가 더 곧고 곧은 지도 모른다. '배'는 작가 자신을 비유하는 것으로, 소나무로 만든 것이니 절개가 높음을 비유하는 것이다. 냇가의 버들가지에 굳게굳게 매였다는 말은 임을 사랑

한다는 뜻이며, 종장의 '망령엣 것'은 자신을 유혹하는 뭇남성들을 가리키는 것으로, 어떠한 유혹에도 넘어가지 않고 임에 대한 지조를 지키겠다는 뜻이다.

♣ 작가 소개—

구 지(求之, 생몰 연대 미상):기녀(枝女)라고만 전할 뿐 그 생애에 관한 다른 기록은 전하지 않음. 단지 위의 노래로 보아 평양의 명기(名妓)였으리라 짐작됨.

152. 이화우 흩뿌릴 제

이화우(梨花雨) 흩뿌릴 제 울며 잡고 이별(離別)한 임
추풍낙엽(秋風落葉)에 저도 날 생각는가
천리(千里)에 외로운 꿈만 오락가락 하노매

—계 낭—

♣ 어구 풀이—

이화우(梨花雨):배꽃이 피는 봄날 내리는 비. 배꽃이 흩날리며 떨어지는 풍경이 마치 비가 내리는 것 같다는 말이기도 함. **흩뿌릴 제**:어지러이 뿌릴 때. **추풍낙엽(秋風落葉)**:가을 바람에 나뭇잎이 떨어짐. **저도**:임도. **하노매**: '하노매라'의 준말. 하는구나!

♣ 해설—

초장: 배꽃이 가랑비 내리듯 흩날리던 무렵에 손 잡고 울며불며 하다가 헤어진 임이건만

중장: 벌써 가을 바람에 낙엽지는 가을이 되었으니 그 임이 아직도 나를 생각하여 주실까?

종장: 천리 길 머나먼 곳에 가 계시다 하니 외로운 꿈자리에서 잠깐씩 뵙곤 할 뿐이로구나.

♣ 감상—

이 시조는 이별한 임에 대한 연모(戀慕)의 정(情)을 노래한 것이다. 전라도 부안(扶安)의 명기(名妓)였던 지은이는 노래와 거문고, 한시에 능하여 촌은(村隱) 유 희경(劉希慶)과 사귀어 정이 깊었다가 촌은이 상경한 후에 소식이 없자 이 시 한 수를 짓고 수절하였다 한다.

배꽃이 어지러이 흩날리던 봄날에 서로 못내 아쉬워하며 이별한 임이건만, 계절이 바뀌어 낙엽이 지는 가을이 되어도 임으로부터는 소식 한 자 없는 것이다. '이화우'와 '추풍낙엽'은 계절의 변화를 알려주는 소재로 작가의 쓸쓸하고 외로운 심정을 한층 더해주고 있다. 이별한 임을 못내 그리워하는 여인 특유의 애련(哀憐)이 담긴 노래이다.

♣ 작가 소개—

계 낭(桂娘, 1513~1550): 명종 부안(扶安)의 명기(名妓). 성은 이(李). 본명은 향금(香今). 호는 매창(梅窓), 또는 계생(桂生). 노래와 거문고에 능하고 한시를 잘 지었다고 함.

153. 꿈에 뵈는 님이

꿈에 뵈는 님이 신의(信義)없다 하건마는

탐탐(耽耽)이 그리울 제 꿈 아니면 어이 보리?
저 님아 꿈이라 말고 자로자로 뵈시쇼

—명 옥—

♣ 어구 풀이—

신의(信義):믿음과 의리. **탐탐(耽耽)**:①매우 즐겨 좋아하는 모양. ②야심을 가지고 잔뜩 노리는 모양. **어이 보리**:어찌 보겠는가? **자로자로**:자주자주.

♣ 해설—

초장:옛부터 일러 오는 말에 꿈에 보이는 임과는 부부로 맺어질 인연이 없다고는 하오나

중장:만나 뵙지를 못하여 답답한 나머지 그리워 못 견딜 적에 꿈에서라도 뵙지 않고서야 어떻게 뵈올 수 있겠읍니까?

종장:멀리 가신 저 임이시여! 꿈이라 탓하지 마시고, 꿈을 꿀 적에나마 자주자주 뵙게 해 주십시오.

♣ 감상—

이 시조는 감당하기 어려운 임에 대한 그리움을 꿈속에서나마 풀어보겠다고 하는 간절한 소망이 담긴 노래이다.

기생의 신분이기 때문에 사랑하는 사람과 떳떳하게 함께 살 수 없는 처지이니, 만나지 못할 때의 그리움과 안타까움을 감당할 수 없었을 것이다. 꿈에 뵈는 임과는 부부로 맺어질 인연이 없다는 옛말이 전해 오지마는 나중 일이야 어떻게 되든간에 그리운 임을 꿈속에서나마 자주자주 뵙게 해달라고 하는 눈물겹도록 안타까운 심정이 나타난 시조라 하겠다.

♣ 작가 소개—

명 옥(明玉, 생몰 연대 미상):화성(華城:水原)의 명기라고만 전해짐.

제 5 부

무명씨시조(無名氏時調)

*무명씨시조(無名氏時調)

●무명씨 시조(無名氏時調)의 특징

고려에서부터 조선 시대에 이르기까지는 사회적인 특수성 때문에 문학 그 자체가 상당히 폐쇄적이었다. 그리하여 사대부의 자손이나 한학자들에 의하여 지어진 것이 대부분이었다.

말하자면 사대부의 자손이나 한학자들의 전유물인 것처럼 여겨져 온 것이 사실이었다. 그래서 규방문학이 엄격히 제한되었고, 평민들의 삶이 제한을 받고 있었던 것처럼 문학에 있어서도 그 폐쇄성을 면치 못하였다.

이러한 사회적인 특성은 작가 미상(作家未詳)의 작품을 많이 남기게 하는 원인이 되었던 것이다. 작가의 이름을 밝혀서 화를 당하느니 보다는 차라리 작품을 쓰는 일 그 자체만으로 만족해야 했던 당시 평민들의 고충은 그들의 작품에서도 잘 드러나고 있다.

양반문학이 갖는 어떠한 틀과 내용을 거부하고 상당히 개방적이며 비판적인 면이 강한 것이 무명씨 문학의 특색이다. 말하자면 그 내용에 있어서도 상사(相思)와 수탈과 욕설, 그리고 재담(才談)과 인생무상에 대한 탄식과 현실에 대한 갈등, 사회 비판 등이 적나라하게 표출되고 있는 것이다.

또 한 가지 무명씨 시조의 특색은 일반 평민들에 의해서 지어졌거나 여류층에 의해서 지어진 작품들인 만큼 그 순수한 비판정신이나 폭로정신에 비추어 질적인 수준에서는 상당히 미흡한 점도 없지 않다는 사실이다.

154. 아버님, 가나이다

> 아버님, 가나이다. 어머님, 좋이 겨오
> 나라이 부르시니 이 몸을 잊었내다
> 내년(來年)의 이 시절(時節) 와도 기다리지 마소서
>
> —무명씨—

♣ 어구 풀이—

가나이다: 갑니다. '~나이다'는 평서형 종결어미. **좋이**: 좋게. 잘. 안녕히. '~이'는 부사 파생 접미사. 형용사 '좋다'가 부사를 파생시켰음. **겨오**: 계십시오. 옛말. '겨시오'를 운율에 맞추어 줄여 쓴 것으로, 기본형은 '겨시다'. **나라이**: 나라가. '—이'는 주격 조사. **잊었내다**: 잊었나이다. '~내다'는 평서형 종결어미.

♣ 해설—

초장: 아버님, 저는 나라를 지키기 위해서 떠나갑니다. 어머님, 안녕히 계십시오.

중장: 나라(임금)가 나를 필요로 하여 부르시니 이 몸을 잊었읍니다.

종장: 한 해가 지나 내가 돌아오기로 되어 있는, 지금 이 때가 와도 나를 기다리지 마십시오.

♣ 감상—

이 시조는 나라의 부름을 받았으니 사사로운 일은 떨쳐 버리고 나라를 위해 몸바치겠다는 참된 애국심과 충성심이 나타나 있는 충의가(忠義歌)이다. 종장은 목숨을 다해 나라를 지키려다 죽을 지도 모르니 기다리지 말라는 뜻으로, 지은이의 굳은 결의가 집약되어 나타나 있다. 시조 작품에 있어 보통 지은이가 알려져 있지 않은 시조는 평민들의 작품이 많으며, 그것들의 대부분은 화려한 수식이나 한문투의 문장이 아닌 일상 생활의 언어들을 사용하여 자신의 마음을 솔직하게 드러냈는데, 이 작품도 그런 단면을 보여준다.

죽음을 각오하고 나라를 지키려 떠나는 청년의 결의가 비장하고, 부모와 자식간의 생이별이 가슴 아프지만 국토 수호의 결의는 우리에게 커다란 교훈을 준다.

155. 설월이 만창한데

설월(雪月)이 만창(滿窓)한데 바람아 부지마라
예리성(曳履聲) 아닌 줄을 판연(判然)히 알건마는
그립고 아쉬운 적이면 행여 귄가 하노라

—무명씨—

♣ 어구 풀이—

설월(雪月):눈 위에 비치는 달빛. **만창(滿窓)**:창문에 가득함. **예리성(曳履聲)**:신을 끌며 다가오는 소리. **판연(判然)히**:아주 환하게. 아주 뚜렷이. **알건마는**:알지마는. '건마는'은 방임형 어미. **기가**:그이인가.

♣ 해설—

초장:눈 쌓인 밤에 비치는 달빛이 창문에 가득한데, 바람아 불지를 말아라.

중장:신을 끌며 다가오는 임의 발자국 소리가 아닌 줄을 분명히 알고 있지마는

종장:그립고 아쉬울 때이면 그 바람소리가 혹시나 임의 발자국 소리가 아닌가 하고 마음 졸여 하노라.

♣ 감상—

임을 기다리는 안타까운 심정에 바람소리를 님의 발자국 소리로 착각한다고 하는 환각의 표현으로 매우 애절하게 표현되어 있는 작품이다. 바람소리에 창이 흔들리는 것이 분명 임의 발자국 소리가 아닌 것을 알지만 애타고 그리운 심정에 조그마한 소리에도 가슴이 설레이는 것은 어쩔 수 없는 일이리라.

156. 촉석루 밝은 달이

촉석루 밝은 달이 논낭자(論娘子)의 넋이로다

향국(向國)한 일편단심(一片丹心) 천만년에 비치오니

아마도 여중충의(女中忠義)는 이뿐인가 하노라

—무명씨—

♣ 어구 풀이—

촉석루:진주 남강가에 있는 누각. **논낭자(論娘子)**:진주 기생이었던 논개를 일컬음. '낭자'는 처녀를 일컫는 말. **향국(向國)**:나라를 향한. 나라를 위한. **일편단심(一片丹心)**:한 조각의 붉은 마음. 여기서는 애국심·충절 등을 일컫는다. **여중충의(女中忠義)**:여자 중에서 충절·절의가 높은 사람.

♣ 해설—

초장:촉석루 위에 뜬 밝은 달은 논개의 넋이로다.

중장:나라를 위한 충성심이 오랜 세월동안 비추고 있으니

종장:아마도 여자 중에서 높은 충절을 보인 사람은 논개 뿐인가 하노라.

♣ 감상—

이 시조는 임진왜란 때 적장 모곡촌지조(毛谷村之助)의 목을 껴안고 촉석루에서 남강 물에 몸을 던진 의기(義妓) 논개(論介)의 갸륵한 애국심(愛國心)을 노래한 것이다.

작가는 촉석루 위에 뜬 밝은 달을 보고 일개의 천한 기생의 몸으로 남자로서도 해내기 어려운 일을 해낸 논개를 생각한 것이다. 논개의 나라를 위한 아름다운 넋이 영원히 우리들 가슴 속에서 잊혀지지 않고 빛나길 바라는 뜻에서 쓴 시조라 여겨진다.

157. 천세를 누리소서

천세(千歲)를 누리소서. 만세(萬歲)를 누리소서
무쇠 기둥에 꽃피어 열음 열어 따들이도록 누리소서
그밖에 억만세(億萬歲) 외에 또 만세를 누리소서

—무명씨—

♣ 어구 풀이—

천세(千歲):천 년, 오랜 세월. **만세(萬歲)**:만 년. 오랜 세월. **무쇠**:철(鐵). **열음**:'열매'의 옛말. **억만세(億萬歲)**:무궁한 오랜 세월.

♣ 해설—

초장:천 년의 오랜 세월을 사십시오, 만 년의 오랜 세월을 사십시오.
중장:무쇠 기둥에 꽃이 피어 그 열매를 따들일 때까지 오랫동안 사십시오.
종장:이같이 오랜 세월 외에 또 만년을 더 사십시오.

♣ 감상—

임이 오랜 세월을 살도록 축수하는 심정이 잘 나타난 시조이다. 중장에서의 '무쇠 기둥에 꽃피어 열음 열어 따들이도록'은 불가능(不可能)을 가능으로 설정해 놓고, 거기에 맞추어 영원히 장수하기를 비는 수법이다. 이러한 수법은 이 노래 외에 고려가요의 '정석가(鄭石歌)'에서도 찾아볼 수 있다. 더 거슬러 올라가서는 '고려사악지(高麗史樂志)'의 '오관산(五冠山)'이라는 작품도 이와 흡사하다.

♣ 참고—
〈'오관산'의 한역시〉
木頭雕作小唐雞(나무로 작은 닭을 새겨)
筋子拈來壁上栖(벽에 보금자리 주어 살게 했네)
此鳥膠膠報時節(이 닭이 꼬끼오 하고 울 때까지)
慈顔始似日平西(어머니 오래 사시기를 빕니다)

'오관산(五冠山)'은 효자인 문충(文忠)이 지은 것으로 충(忠)은 오관산 밑에 살면서 모친을 지극히 효성스럽게 섬겼다 한다. 그는 자기 모친이 늙은 것을 개탄하여 이 노래를 지었는데 위에 실린 한역가는 이 제현(李齊賢)이 풀이하여 놓은 것이다.

158. 창 밖이 어른어른ᄒᆞ거늘

창(窓) 밖이 어른어른ᄒᆞ거늘 님만 여겨 펄떡 뛰어 뚝 나서 보니
님은 아니 오고 으스름 달빛에 열 구름 날 속였고나
맞초아 밤일세망정 행여 낮이런들 남 우일 뻔하여라

—무명씨—

♣ 어구 풀이—

어른어른ᄒᆞ거늘:어른어른거리거늘. 그림자가 희미하게 움직이거늘. **님만 여겨**:임으로만 생각하고. **펄떡**:힘을 모아 가볍게 뛰는 모양. **뚝**:버젓이의 뜻인 '떡'의 사투리. **으스름**:달빛이 흐린 모양. **열 구름**:지나가는 구름. **맞초아**:마침. **밤일세**:밤이였으니. **낮이런들**:낮이었더라면. **남 우일**:남을 웃길. **뻔하여라**:뻔하였구나.

♣ 해설—

초장:창 밖이 어른어른하기에 임이 온 것으로만 여겨 펄떡 뛰어 밖으로 나가서 보니

중장:임은 오지 않고 희미한 달빛에 지나가는 구름의 그림자가 날 속였구나.

종장:다행히도 밤이었기에 망정이지 혹시 낮이었다면 남을 웃길 뻔하였구나.

♣ 감상—

이 시조는 선이 굵고, 기복이 심하며, 물결이 이는 듯한 그리운 정서를 순박하고 서슴없는 필치로 표현한 사설시조다. 창 밖에 무슨 그림자만 어른거려도 그것을 임이 온 것으로 착각하고 뛰어 나가는 심정을 나타내어 임을 기다리는 간절한 심정이 나타나 있다. 초장의 '펄떡 뛰어 뚝 나서 보니'의 대담한 표현과 종장의 '남 우일 뻔하여라'와 같이 순진한 마음의 표현은 좋은 대조를 이루며 해학성마저 깃들어 있다 하겠다.

159. 귓도리 저 귓도리

귓도리 저 귓도리 에엿브다 저 귓도리
어인 귓도리 지는 달 새는 밤의 긴소리 쟒은

소리 절절(節節)이 슬픈 소리 제 혼자 울어
네어 사창(紗窓) 여윈 잠을 살뜰히도 깨우
는고야
두어라 제 미물(微物)이나 무인동방(無人洞
房)에 내 뜻 알 리는 저뿐인가 하노라

—무명씨—

♣ 어구 풀이—

귓도리:귀뚜라미. 실솔(蟋蟀). **에엿브다**:가련하다. 가엾다. 15세기 표기로는 '어엿브다'임. 오늘날에는 예쁘다로 어의가 전성됨. **어인**:어찌 된. **절절(節節)**:마디 마디. **울어 녜어**:계속 울어. 울고 또 울면서. **사창(紗窓)**:비단 망사로 바른 창문(窓門). 비단 포장을 친 창. 여기서의 뜻은 규방(閨房). **여윈 잠**:잠 들지 않은 잠. 설든 잠. **살뜰히도**:잘도. 고맙게도. 이 말은 '얄밉게도'란 뜻을 반어적(反語的)으로 표현한 말. **깨우는고야**:깨우는구나. '고야'는 감탄형 어미. **미물(微物)**:벌레 따위의 보잘것없는 생물(生物). **무인동방(無人洞房)**:사람이 없는 침방(寢房). 여기서는 임이 안 계신 탓으로 홀로 지키는 호젓한 방. **알 리는**:알아 줄 사람은. 알아 줄 것은.

♣ 해설—

초장:귀뚜라미, 저 귀뚜라미, 불쌍하다 저 귀뚜라미

중장:어찌 된 저 귀뚜라미인가? 지는 달 새는 밤에 긴 소리 짧은 소리 마디마디 슬픈 소리를 제 혼자 구슬프게 울면서 규방 안에서 얼핏 든 잠을 알뜰하게도 다 깨워버리는구나.

종장:두어라. 제 비록 보잘것없는 벌레이기는 하지만, 임이 안 계시는 빈 방에서 홀로 긴 밤을 지새우는 나의 마음을 알아 주는 것은 오직 저 귀뚜라미뿐인가 하노라.

♣ 감상—

이 시조는 독수공방(獨守空房)의 외롭고 쓸쓸한 마음과 임에 대한 그리움이 진솔하게 표현된 작품이다. 한낱 미물에 지나지 않는 귀뚜라미만이 상사(相思)의 일념(一念)으로 잠 못들어 전전반측(輾轉反側)하는 독수공방(獨水空房)의 이 쓸쓸함을 알아주듯 저리도 마디마디 가슴 저미게 울고 있다. 즉 임을 향한 상사일념(相思一念)을 귀뚜라미에 의탁하여 외로이 밤을 새우는 규정(閨情)을 노래했다.

160. 두터비 파리를 물고

두터비 파리를 물고 두험 위에 치달아 서서
건넌산 바라보니 백송골(白松骨)이 떠 있거늘 가슴이 끔찍하여 풀덕 뛰어 내닫다가 두험 아래 나자빠지거고
모쳐라 날랜 낼싀망정 어혈(瘀血)질 번하괘라

—무명씨—

♣ 어구 풀이—

두터비:두꺼비가. **두험**:두엄. 풀이나 짚같은 것을 쌓아서 썩힌 거름. 퇴비(堆肥). 거름 무더기. **치달아**:위로 향하여 달려. '치'는 강세 접두사. **백송골(白松骨)**:굳세고 날랜 매의 한 가지. 송골매. **있거늘**:있기에. **자빠지거고**:자

빠졌구나. '거고'는 과거 감탄형. **모쳐라**:마침. 아차! **날랜**:동작이 날쌘. **낼싀 망정**:나이기 망정이지. **어혈(瘀血)**:몹시 매를 맞거나 심하게 부딪혀 속으로 피가 뭉쳐서 생기는 병. 멍드는 것. **번하괘라**:뻔하였구나. '괘라'는 감탄형 어미.

♣ 해설—

초장:두꺼비가 파리를 물고 거름 무더기 위쪽으로 향하여 달려 올라가 서서

중장:먼 건너 산을 바라다 보니 무서운 흰 송골매가 떠 있거늘 가슴이 섬뜩하여 갑자기 펄쩍 뛰어 나가다가 거름더미 밑으로 굴러 떨어졌구나.

종장:아차! 내 동작이 날랬으니 망정이니 둔했더라면 다쳐서 멍이 들 뻔하였구나.

♣ 감상—

이 시조는 서민들의 노래로 우리나라 양반의 비굴성(卑屈性), 즉 약육강식(弱肉強食)을 풍자한 것이다.

이 내용은 둔한 자가 실수를 하고도 자기 합리화(合理化)를 꾀하는 우스꽝스러운 모습을 풍자한 것이다. 그러나 그 속뜻은 그 당시의 사회상(이조 말기의 사회상)을 동물을 의인화하여 신랄하게 풍자하고 있는 것을 역력히 엿볼 수 있다.

두꺼비가 파리를 잡아 먹으려고 하고 있음은 위정자(우리나라 양반, 또는 시골 양반)가 약한 서민(파리같은 목숨이란 말로 표현한데서 얻은 착상)을 착취하며 못 살게 굴지마는 송골매라고 하는 외세(外勢) 앞에서는 꼼짝 못하는 꼴, 혹은 약자를 잡아 먹는 강자 위에는 그 강자를 잡아 먹는 더 강한 자가 있다는 사회상을 희화(戲畫)적으로 나타낸 것이다.

161. 나모도 바이 돌도 없은

나모도 바이 돌도 없은 뫼에 메게 쫓긴 까토리 안과
대천(大川) 바다 한가운데 일천석(一千石) 실은 배에 노도 잃고 닻도 잃고 용총도 끊고 돛대도 꺾고 치도 빠지고 바람 불어 물결치고 안개 뒤섞여 잦아진 날에 갈 길은 천리(千里) 만리(萬里) 남은데 사면(四面)이 검어 어둑 저문 천지적막(天地寂寞) 가치노을 떴는데 수적(水賊) 만난 도사공(都沙工)의 안과
엊그제 님 여읜 내 안이야 엇다가 가을하리오

—무명씨—

♣ 어구 풀이—

바이:전혀. 아주의 옛말. **뫼에**:산(山)에. **매게**:매(鷹)에게. '게'는 시발적 조사. **까토리**:암꿩을 일컫는 말. 수꿩은 장끼. **안과**:속마음과. '과'는 비교격 조사. **대천(大川) 바다**:충청도 대천 앞 황해(黃海) 바다, 혹은 넓은 바다. **일천석(一千石)**:일천 섬의 쌀이나 벼. **노**:배를 젓는 기구. **닻**:닻줄. **용총(龍總)**:돛대에 달린 굵은 줄. **끊고**:끊어지고. **꺾고**:꺾어지고. **치**:키. 배의 고물에 달린 것으로 방향을 트는 기구. **잦아진**:자욱한. **검어 어둑**:검고 어둑하고. **저문**:저물어. **천지적막(天地寂寞)**:하늘과 땅 사이가 적적하고 막막함. **가치노을**:사나운 파도 뒤에 떠도는 흰 거품. 일명(一名) 백두파(白頭波)라 함. 수

적(水賊):물 위의 도둑. 해적(海賊). **도사공(都沙工)**:우두머리 뱃사공. **여읜**:이별(離別)한. 사별(死別)한. **내 안이야**:내 마음 속이야말로. **엇다가**:어디다가. **가을하리오**:비교하겠는가. 견주겠는가. 구분하겠는가.

♣ 해설—

초장:나무도 돌도 전혀 없는 산에서 매에게 쫓긴 암퀑의 마음 속과

중장:넓은 대천 바다 한가운데에 일천 석의 곡식을 실은 배에 노도 잃어버리고, 닻줄도 끊어지고, 돛대에 달린 줄도 걷히고, 바람 불어 물결치고, 안개가 뒤섞여 자욱히 퍼진 날에 갈 길은 천 리나 만 리나 되고, 사방이 껌껌하게 어두워져 저물어가고, 천지가 죽은 듯이 고요하고 쓸쓸하고, 백두파(白頭波)가 떠 있는데 해적을 만난 도사공의 마음 속과

종장:엊그제 이별한 내 마음 속과는 어디다 금을 그어 구분하리요?

♣ 감상—

임을 여읜 걷잡을 수 없는 심정을 어려움에 처해 있는 까투리와 도사공(都沙工)을 끌어다 표현한 사설시조이다.

임을 여읜 하늘이 무너질 듯한 아픔은 아무리 절박하고 극한 상황에 처해 있는 까투리와 도사공의 마음이라 하더라도 견줄 수가 없다는 것이다. 중장에서는 상상하기 어려운 극한적 상황을 나열함으로써 작가의 아픈 심정을 절박하게 표현하고 있다.

162. 시어머니 며늘아기 나빠

시어머니 며늘아기 나빠 벽바닥을 구르지 마소

빚에 받은 며느린가, 값에 받은 며느린가, 밤

나무 썩은 등걸에 휘추리나 같이 앙살피신 시아버니, 볕 뵈신 쇠똥같이 피종고신 시어머니, 삼년 곁은 노망태기에 새송곳 부리같이 뾰족하신 시누이님, 당피 가온곁에 돌피 나니 같이 샛노란 외꽃같이 피똥 누는 아들 하나 두고

건 밭에 메꽃 같은 며느리를 어디를 나빠하시오

—무명씨—

♣ 어구 풀이—

며늘아기:며느리. **구르지**:발로 바닥이 울리도록 내디디다. **빚에 받은**:빚 대신으로 데려온. **값에 받은**:무슨 물건 값으로 받은. **등걸**:줄기를 잘라낸 나무의 밑둥. **휘추리나 같이**:가늘고 긴 가지나 같이. '휘취리나니 같이'로 표기된 곳도 있는데, 이는 '휘추리가 난 것 같이'로 해석됨. **앙살피신**:매서운. 여위고 암상궂으신. 앙상하신. **볕 뵈신**:볕을 쪼이신. **피종고신**:말라빠지신. **삼년(三年) 곁은**:삼 년간이나 걸려서 엮은. **노망태기**:삼 껍질을 꼬은 노로 결은 망태기. 망태기는 예전에 남자들이 장 보러갈 적에 쓰던 것. **부리**:물건의 끝이 뾰족한 부분. **당(唐)피**:좋은 곡식. '당(唐)'은 외래품(外來品)에 붙어 고급(高級)이라는 뜻으로 사용됨. **가온곁에**:가운데와 곁이 합쳐진 말. **돌피**:낮은 피. '당(唐)피'의 댓구(對句)로 나쁜 피라는 뜻임. **나니 같이**:난 것처럼. 난 것같이. **건 밭**:기름진 밭. '건'은 '걸다'의 관형어. **메꽃**:나팔꽃과 비슷한 꽃으로 뿌리는 식용(食用)·약용(藥用)으로 쓰임.

♣ 해설—

초장: 시어머님, 며느리가 마음에 안든다고 벽바닥을 구르지 마오.

중장: 빚 대신으로 데려온 며느리인가, 무슨 물건 값으로 데려온 며느리인가. 밤나무 쎄은 등걸에 난 회초리와 같이 매서운 시아버지, 볕을 쬔 쇠통같이 말라빠지신 시어머니, 삼 년간이나 걸려서 엮은 망태기에 새 송곳 부리같이 뾰족하신 시누이, 좋은 곡식을 심은 밭에 난 품질 나쁜 곡식같이 샛노란 외꽃같은 피똥이나 누는 아들(며느리의 남편인 시어머니의 아들이 너무 나이가 어려서 사내 구실을 못한다고 꼬집는 말) 하나 두고

종장: 기름 밭의 메꽃같은 며느리를 어디를 나빠하시는가?

♣ 감상—

이 시조는 고부간의 갈등으로 인한 며느리의 원정(怨情)을 노래한 것이다.

봉건적(封建的)인 대가족제도하(大家族制度下)에서 인간 이하의 대우를 받던 부녀자들의 울분과 설움이 응결되어 이러한 작품이 이루어진 것이라 할 수 있겠다. 주로 직유법을 구사하면서 농가에서 쓰는 어휘들을 시어로 채택하여 적절한 효과를 거두고 있다는데 이 시조의 묘미가 있다 하겠다.

163. 댁들에 동난지이 사오

댁들에 동난지이 사오. 저 장사야, 네 황후 긔 무엇이라 외나니 사자
외골내육(外骨內肉), 양목(兩目)이 상천(上天), 전행 후행(前行後行), 소(小)아리 팔족(八足) 대(大)아리 이족(二足). 청장(淸醬) 으스슥하

는 동난지이 사오
장사야, 하 거북히 외지 말고 게젓이라 하여라

-무명씨-

♣ 어구 풀이—

댁(宅)들에:행상하는 장사치들이 외치는 소리. '들'은 복수 접미사. **동난지이**:게젓의 옛말. '지'는 김치 · 젓 등을 가리킴. **황후**:상품. 잡화(雜貨). '황화(荒貨)'에서 온 말. **긔**:그것이. **외나니**:외치느냐. **외골내육(外骨內肉)**:겉은 딱딱한 껍질이며 속에 연한 살이 든 '게'를 표현한 말. **양목(兩目)**:두 눈. **상천(上天)**:하늘을 향함. **대(大)아리**:큰 다리. '아리'는 다리(脚)의 옛말. **이족(二足)**:두 개의 발. **전행 후행(前行後行)**:앞으로 가고 뒤로 가고. **청장(淸醬)**:진하지 않은 무른 간장. 여기서는 게 뱃속에 들어 있는 게장을 뜻함. **으스슥하는**:무엇이 부서지는 듯하는. **하 거북히**:몹시 듣기에 거북하도록. **외지**:외치지.

♣ 해설—

초장:댁들이여, 동난지 사시오. 저 장사야, 네 물건 그것이 무엇이라고 외치느냐? 사자.

중장:겉은 딱딱한 껍질이며, 속에는 연한 살이 들었고, 두 눈은 하늘을 향하고 있고, 앞으로 갔다 뒤로 갔다 하며 작은 다리가 8개, 큰 다리가 2개, 진하지 않은 무른 간장이 으스슥하고 부서지는 동난지 사시오.

종장:장수야, 그렇게 너무 거북하게 외치지 말고 쉬운 말로 게젓이라 하려무나.

♣ 감상—

이 시조는 게젓 장수와의 대화로 이루어진 사설시조로, 일반적으로 시(詩)에 있어서 대화체(對話體)는 금기되어 왔었던 것에 비해 대담하게 대화체를 도입하고 있는 것이 큰 특징이라 하겠다. 또한 평시조

(平時調)에서는 상상할 수도 없었던 상거래(商去來)에 관한 소재를 다루고 있는 것이 특기할 만하다 하겠다.

164. 바람도 쉬어 넘는

바람도 쉬어 넘는 고개 구름이라도 쉬어 넘는 고개
산진(山眞)이 수진(水眞)이 해동청 보라매라도 쉬어 넘는 고봉(高峰) 장성령(長城嶺) 고개
그 너머 님이 왔다 하면 나는 아니 한 번(番)도 쉬여 넘으리라

—무명씨—

♣ 어구 풀이—

산진(山眞)이: 산에서 자연스럽게 자란 매. **수진(水眞)**: '水'는 '手'의 오기(誤記)인 듯. 집에서 길들인 매. **해동청(海東青)**: 송골매. **보라매**: 깨어난 지 채 일 년이 되지 않는 새끼매를 잡아다가 길들여 사냥에 쓰는 매. '보라'는 몽고어(蒙古語)로 '가을'의 뜻이라고 함. **고봉장성령(高峰長城嶺)**: 산봉우리가 높은 장성령 고개.

♣ 해설—

초장:바람도 (힘이 들어) 쉬어 넘는 고개, 구름이라도 쉬어 넘는 고개
중장:산진이 수진이 해동청 보라매도 다 쉬어 넘는 높은 장성령 고개
종장:그 너머에 임이 왔다고 하면 나는 한 번도 쉬지 않고 단숨에 넘어갈 것이다.

♣ 감상—

이 시조는 임을 목마르게 기다리는 어느 여인의 연모(戀慕)의 정을 읊은 것이다.

바람도 쉬어 넘고 구름조차도 쉬어 넘고 날랜 매들까지도 다 쉬어 넘는 고봉준령이라 할지라도 사랑하는 임이 그 너머에 계신다고 하면 한 번도 쉬지 않고 단숨에 넘겠다고 하는 강렬한 사랑의 의지가 나타난 시조이다. 종장의 주제를 한층 살리기 위해 초장과 중장에서 그런 주제와는 관계없는 높은 산봉우리를 소재로 삼은 것에 이 시조의 묘미가 있다 하겠다.

165. 바둑이 검둥이 청삽사리

바둑이 검둥이 청삽사리(青揷沙里) 중에 조 노랑 암캐같이 얄밉고 잣미우랴
미운 님 오게 되면 꼬리를 회회치며 반겨 내닫고 고운 님 오게 되면 두 발을 벋디디고, 콧살을 찡그리며 무르락 나오락 캉캉 짖는 요 노랑암캐
이튿날 문(門) 밖에 개 사옵세 외는 장사(匠

事) 가거들랑 찬찬동여 내어 주리라

-무명씨-

♣ 어구 풀이—

청삽사리(靑揷沙里):털이 긴 검은 개를 일컬음. '청삽살이'의 한자 표기임. 잣미우랴:몹시 밉다. '잣'은 '잘다(細)'에서 온 접두사. 벋디디고:뻗쳐 디디고. 버티고. 무르락:물러났다가. 혹은 '물다'에서 온 말로 해석할 수도 있음. 사옵세:삽시다. 삽니다. 외는:외치는. 장사(匠事):장수. 물건을 파고 사는 사람. 찬찬동여:칭칭 동여매어.

♣ 해설—

초장:바둑이 검둥이 청삽살이 중에서 저 노랑 암캐같이 얄밉고 몹시 보기 싫은 개가 있을까.

중장:미운 님이 오게 되면 꼬리를 홰홰 치며 반겨 달려들면서, 고운 님(사랑하는 사람)이 오게 되면 두 발을 버티고 콧살을 찡그리며 물러갔다 나아갔다 하며 캉캉 짖는 이 놈의 노랑 암캐

종장:다음날 문 밖에서 '개 삽시다'하고 외치는 개장사가 지나가면 칭칭 동여서 내다 팔아야겠다.

♣ 감상—

이 시조는 유녀(遊女)를 소재로 한 노래로, 고운 님을 향한 솔직하고 강렬한 사랑이 노랑 암캐에 대한 증오로 나타나 있다. 임을 애타게 기다리는 마음이 솔직하고도 적나라하게 표출되어 있다. 추호도 위장(僞裝)한 데가 없이 인간 그대로, 개성 그대로 직선적으로 나타나 더욱 더 따스한 인간미를 느낄 수 있게 한다.

판	권
본	사
소	유

고시조 해설감상

2020년 10월 20일 인쇄
2020년 10월 30일 발행

편저자 | 황 국 산
펴낸이 | 최 원 준

펴낸곳 | 태 을 출 판 사
서울특별시 중구 다산로38길 59(동아빌딩내)
등 록 | 1973. 1. 10(제1-10호)

■ **주문 및 연락처**
우편번호 04584
서울특별시 중구 다산로38길 59 (동아빌딩내)
전화 : (02)2237-5577 팩스 : (02)2233-6166

ISBN 978-89-493-0622-3 13810